Karine Giébel a été deux fois lauréate du prix marseillais du Polar : en 2005 pour son premier roman *Terminus Elicius*, et en 2012 pour *Juste une ombre*, également prix Polar francophone à Cognac. *Les Morsures de l'ombre* (2007), son troisième roman, a reçu le prix Intramuros, le prix SNCF du polar et le prix Derrière les murs.

Meurtres pour rédemption (2010) est considéré comme un chef-d'œuvre du roman noir.

Ses livres sont traduits dans plusieurs pays et, pour certains, en cours d'adaptation audiovisuelle.

Karine Giébel est également l'auteur de *Jusqu'à ce que la mort nous unisse* (2009), *Chiens de sang* (2012), *Purgatoire des innocents* (2013) et *Satan était un ange* (2014).

Tous ses ouvrages ont paru chez Fleuve Éditions et sont repris chez Pocket.

Retrouvez toute l'actualité de l'auteur sur :
www.karinegiebel.fr

SATAN ÉTAIT UN ANGE

DU MÊME AUTEUR
CHEZ POCKET

Terminus Elicius
Les Morsures de l'ombre
Chiens de sang
Jusqu'à ce que la mort nous unisse
Meurtres pour rédemption
Juste une ombre
Maîtres du jeu
Purgatoire des innocents
Satan était un ange

KARINE GIEBEL

SATAN ÉTAIT UN ANGE

fleuvenoir

MIXTE
Issu de sources responsables
FSC® C003309
FSC www.fsc.org

Pocket, une marque d'Univers Poche,
est un éditeur qui s'engage pour
la préservation de son environnement
et qui utilise du papier fabriqué à partir
de bois provenant de forêts gérées
de manière responsable.

ISBN 978-2-266-25865-4

À Colette

PROLOGUE

Silence médiatique, complice.

Agonie muette.

Ils souffrent et meurent. Lentement, sans faire de bruit, sans déranger personne.

Ils périssent, sans même voir venir l'ennemi. Ignorant jusqu'au bout le visage de leurs assassins.

La mort sillonne les routes.

Nos routes.

Vogue le long des côtes.

Nos côtes.

Avant d'atteindre sa cible.

On les emporte là-bas, on les conduit dans leur cimetière.

Mais même dans leur tombe, ils continuent à tuer. Encore et pour longtemps.

Qui donc s'en soucie ?

Moi.

Moi, qui ai vu l'horreur.

Moi, qui vois maintenant défiler ma vie à une vitesse vertigineuse. Dans le désordre le plus complet.

Moi, Ilaria.

Je sens…

La peur, plus forte encore que la douleur. La saveur âcre du sang dans ma gorge. Les forces qui m'abandonnent, ma vie qui m'échappe.

J'entends…

L'abominable silence dans ma tête, les ultimes battements dans ma poitrine.

Je vois…

Le canon du pistolet qui approche de mon front. Et ce visage d'enfant triste.

Pourquoi pleure-t-il, cet ange armé jusqu'aux dents ?

Je pleure, parce que vous ressemblez à ma mère.

Parce que, dans vos yeux terrifiés, se reflètent les siens. Les miens.

Je pleure, parce que je souffre de l'injustice que je rends.

Parce que je suis un prophète. Qui annonce mort et destruction.

Parce que je suis…

La main de Satan et rien d'autre.

Ô toi, le plus savant et le plus beau des Anges,
Dieu trahi par le sort et privé de louanges,

Ô Satan, prends pitié de ma longue misère !

Ô Prince de l'exil, à qui l'on a fait tort,
Et qui, vaincu, toujours te redresses plus fort,

Ô Satan, prends pitié de ma longue misère !

Charles Baudelaire, *Les Fleurs du mal*,
CXX, « Les Litanies de Satan »

CHAPITRE 1

Septembre 2000

L'asphalte défile, cauchemar silencieux qui semble ne pas connaître de fin.

Le pied sur la pédale d'accélérateur, les mains sur le volant gainé de cuir, les yeux sur la route détrempée. La lumière des phares qui tranche cette nuit qui tombe, l'encercle, le dévore.

Rouler, droit devant. Sur cette autoroute qui descend vers le sud. Passer les péages, les uns après les autres, sans même s'en rendre compte.

Rouler, droit devant. Doubler ceux qui ont le temps. Ne pas les regarder.

Surtout, ne pas les regarder !

Parce qu'ils sourient, peut-être. Parce qu'ils sont heureux, sans doute.

Parce que ce serait une offense.

Mettre la musique à fond pour ne plus entendre.

Tic-tac... Ricanement satanique de cette maudite horloge, logée au milieu de son crâne douloureux.

Bientôt, tu seras mort.

Ne plus entendre le temps qui passe, aussi impitoyable qu'indifférent.

Rouler, droit devant, en ignorant les bretelles de sortie, les aires de repos, les chemins de traverse.

Pas le temps, plus le temps.

Rouler, encore et encore, même s'il ne sait pas où il va.

Si, il sait.

Droit dans le mur. Droit vers la mort.

Lille est déjà loin. Il fuit, s'enfuit, laissant dans son rétroviseur un décor qui s'effondre, kilomètre après kilomètre.

Ce décor qu'il avait patiemment construit pour y tourner le film de son existence.

Ce décor qu'il pensait solide et qui pourtant s'écroule, tel un pitoyable château de cartes.

Tout est si fragile. La vie, surtout.

Il vient à peine de le comprendre.

Parce que bientôt, il sera mort.

La route défile, cauchemar absurde. Qui n'aura qu'une fin.

Tout va si vite.

Un nouveau péage le ralentit à peine. Le feu passe au vert, la barrière se lève, la BMW reprend de la vitesse.

Hier encore, il était quelqu'un. Un homme respectable et respecté. Qu'on regardait avec admiration, avec envie.

Aujourd'hui, alors que la nuit engloutit les paysages, il n'est plus qu'un fuyard, un fugitif qui tente d'échapper à son assassin. Il frappera, sans aucune pitié. Le rattrapera, où qu'il aille. Quoi qu'il fasse.

La mort est certaine. L'issue, forcément fatale.

Ce n'est plus qu'une question de temps.

Il vient à peine de le comprendre.

CHAPITRE 2

Difficile d'ouvrir les yeux après un sommeil aussi profond. Aussi laid.

Un sommeil au Lexomil.

François est assis sur le rebord du lit ; malgré les rideaux tirés, une fine lame de soleil effleure sa peau. Un soleil obscène. Comment peut-il encore briller ?

Venant du couloir, le bruit d'un aspirateur lui afflige les tympans. Ils font donc le ménage dans cet hôtel miteux ?

Il consulte sa Breitling : midi. Il essaye de se remémorer sa soirée. La route, devant lui, avec les multiples détours de l'errance. Avant d'échouer dans cet hôtel sans étoile.

Où est-il ?

Quelque part au sud de Paris.

Où va-t-il ?

Ça, François Davin l'ignore.

Il passe dans le réduit qu'ils ont le culot de nommer salle de bains, se surprend dans le miroir ébréché.

Visage encore séduisant ; déformé par tant de rides, qui n'ont plus rien de charmant.

Beaux cheveux châtain foncé, saupoudrés de gris ; hirsutes, souffrants.

Magnifiques yeux bleus ; tristes, gonflés, cernés de toutes parts.

Comment peut-on vieillir si vite ? Quand on sait que la mort approche. Qu'elle est là, juste derrière vous. Qu'elle vous poursuit, vous attend, vous assigne.

Après une douche rapide, François remet les vêtements de la veille. Ce qu'il ne fait jamais. Chemise blanche, costume gris. Il regarde sa cravate quelques instants avant de la jeter dans la corbeille de la chambre.

Hier encore, il était élégant.

Il s'aventure dans le corridor où une femme de ménage s'éreinte pour gagner son miséreux salaire. Au rez-de-chaussée, ne trouvant personne, il actionne la petite cloche posée sur le guichet. La patronne apparaît, dérangée pendant son déjeuner.

— Combien je vous dois ? demande-t-il sèchement.

La propriétaire du bouge rédige une note à la main, la pose devant son client. Il remarque que ses ongles sont sales, ça lui file la nausée.

— Cinq cents francs ? Y a erreur : c'est deux cent vingt la nuit…

Même sa voix a perdu de son assurance.

— Oui, mais fallait libérer la chambre avant dix heures, répond la logeuse. Là, je suis obligée de vous facturer deux nuitées. C'est affiché dans les chambres, derrière la porte.

François soupire.

— Deux cent vingt multiplié par deux, ça fait quatre cent quarante, pas cinq cents.

— Les petits déjeuners sont comptés, même si vous descendez pas les prendre. La nuit avec petit déjeuner, c'est deux cent cinquante francs. C'est affiché…

— … derrière la porte, je sais !

Avant, Davin aurait refusé de se laisser arnaquer de la sorte. Aujourd'hui, il est trop fatigué pour protester. De toute façon, quelle importance, maintenant ? Il règle avec sa carte bleue et s'en va sans ajouter un mot.

Dehors, le soleil inonde la cité. Une belle journée de septembre. Pour les autres.

Pour moi, il n'y aura plus jamais de belle journée.

Après avoir laissé sa voiture dans un parking du centre-ville, François se met en quête d'une banque où retirer du liquide. Dans la première boutique de vêtements, il achète sans les essayer deux jeans, des polos, des tee-shirts, deux pull-overs, le sac de sport qui va avec. Une rue plus loin, il choisit une paire de baskets.

Il veut être à l'aise, il sera presque méconnaissable.

Il lui faut aussi un nécessaire de toilette, puisqu'il est parti sans rien. Et des lunettes noires, parce que ce putain de soleil lui ronge les yeux.

Encombré de ses courses, il fait une halte dans une pharmacie. Cachets blancs pour l'aider à supporter. Cachets bleus pour l'aider à oublier.

Encore un arrêt au débit de tabac avant de regagner le parking. Avant de quitter cette ville sans intérêt.

Pour aller où ?

Il songe un instant retourner chez lui, à Lille. Flo rentrera ce soir de Zurich.

Florence qui doit être morte d'inquiétude. Son téléphone portable déchargé, il n'a plus aucun lien avec sa vie. Flo, ses associés, sa secrétaire. Ils le cherchent sans doute partout. Ils devraient commencer à fouiller du côté des cimetières…

Oui, il pourrait rentrer chez lui. Que la mort frappe ici ou ailleurs, quelle importance ?

Mais pour le moment, il obéit à son instinct comme à une boussole tyrannique.

Son instinct qui lui dicte de s'éloigner. De prendre de la distance.

De fuir.

Alors, il s'aventure sur la route, sans but précis. Une fugue, une course contre la montre. Droit devant, sans marquer d'arrêt. Enchaîner les kilomètres.

L'autoroute, deux heures durant. La BMW roule vite, monopolisant la voie de gauche.

Vers seize heures, François s'accorde une pause sur une aire de repos. Une cafétéria presque déserte où il commande un café, installé à une petite table plaquée contre une baie vitrée, sale. Il allume une Royale, laisse son regard suivre les voitures collées à la bande d'asphalte. Eux savent où ils vont, sans doute.

Et dire que la veille, il était encore un avocat renommé.

Cet après-midi, il ne sait plus qui il est.

Un type paumé sur une aire d'autoroute sordide, quelque part entre Paris et Lyon. Un condamné à la peine capitale en sursis.

Dans le couloir de la mort.

Il reste là, sans réaction, pendant de longues minutes. Une heure peut-être… Il ne compte plus. Ni les minutes, ni les heures.

Ni sur personne.

Brusquement, sa vue se trouble. Il peine à distinguer les véhicules foulant le bitume. Premières larmes depuis… l'adolescence, sans doute. L'épaule contre la vitre, le visage entre ses mains, il laisse venir. Mais pas grand-chose. À peine quelques sanglots mort-nés.

— Ça va pas, m'sieur ?

Davin relève la tête. La serveuse, plantée devant lui. La quarantaine un peu vulgaire ; mais un visage franc, des étincelles de gentillesse plein les yeux. François ne parvient pas à répondre à ce regard secourable, la gorge encore nouée. Alors, la femme s'assoit en face de lui. Elle n'a pas d'autre client à servir, se sent peut-être l'âme charitable aujourd'hui. François s'éclaircit la voix, retrouve enfin la parole.

— C'est rien, murmure-t-il.

— Je vous crois pas ! Vous voulez un autre café ? C'est pour moi.

Il refuse d'un signe de tête, s'allume une nouvelle clope.

— Je peux vous aider ? insiste la serveuse.

Il parvient à lui sourire. Un rictus nerveux, tout au plus.

— Non, vous ne pouvez pas. Personne ne peut, d'ailleurs…

— Chagrin d'amour ?

Pourquoi s'acharne-t-elle ainsi ?

— Non.

— Vous avez perdu quelqu'un ?

— Oui… moi.

C'est sorti tout seul.

Elle le considère avec étonnement.

— Vous êtes sûr que je peux pas vous aider ?

— Peut-être… Qu'est-ce que vous feriez si… Si vous saviez que vous allez mourir bientôt ? S'il ne vous restait que peu de temps à vivre ?

Elle ne semble pas déstabilisée par la question pourtant brutale. Elle s'accorde un temps de réflexion.

— Je crois que je partirais découvrir ce que je ne connais pas, dit-elle finalement. Je ferais le tour du monde.

— Le tour du monde ?

— Ouais, je crois que c'est ce que je ferais. Enfin, si j'avais le fric ! Ou bien…

— Ou bien ?

— Je profiterais des gens que j'aime. Mes enfants, mes parents, mes amis.

François pose la monnaie sur la table, laissant un généreux pourboire.

— Merci de votre aide.

⁂

Lyon, la nuit.

Pluie fine, mordante.

François ne connaît guère cette immense cité. Il lui faut juste dénicher un hôtel. Ils ne doivent pas manquer dans cette mégapole.

Il se souvient d'être descendu dans un très bon établissement, deux ans auparavant, à l'occasion d'un déplacement professionnel. Mais il ne se rappelle plus très bien l'endroit, seulement que c'était proche du palais de justice.

Tout juste vingt heures, le jingle des infos du soir résonne dans l'habitacle feutré de la BMW.

Tremblement de terre dans un pays où il n'a jamais mis les pieds, attentats meurtriers au Moyen-Orient, assassinat d'une journaliste italienne et de son cameraman en Afrique...

Des morts, partout. Tout le temps.

Moi aussi, je vais mourir. Bientôt, je serai mort... Bientôt, je ne serai plus.

Tic-tac. Abominable horloge lovée dans son cerveau.

Le seul avantage, c'est que je n'aurai plus peur.

Tic-tac. Implacable compte à rebours.

Il pourrait se boucher les oreilles, ça ne changerait rien.

Finalement, passer une nuit à Lyon ne lui dit pas grand-chose. De toute manière, là ou ailleurs... Il décide en définitive de quitter cette ville. Il s'arrêtera plus loin, dans un petit village, un coin plus intime.

Tandis que l'averse redouble d'intensité, il s'engage sur une voie rapide, monte le son de l'autoradio.

Pour remplir le silence. Pour ne plus entendre sa propre voix qui hurle.

Je vais mourir.

Ne plus entendre...

Tic-tac.

Sur la voie de droite, il roule plutôt lentement. Fatigué par ces heures au volant, par cette cavale.

Avaler les kilomètres pour s'éloigner de la mort ? Son ennemi aura vite fait de le rattraper et de le tuer, même au bout du monde.

Il pense à Florence, sans doute rongée par l'inquiétude. Il pense à ses amis... Tous doivent le chercher. Mais non, il ne veut pas leur parler. Il n'a pas les mots.

Trois suffiraient.

Je vais mourir.

D'habitude, il sait toujours quoi dire, quoi faire. Capable de gérer n'importe quelle situation, n'importe quelle crise.

Mais ce soir…

Il est presque soulagé, en cet instant, que ses parents aient quitté ce monde, à quelques mois d'intervalle. Eux, au moins, n'auront pas à souffrir de sa disparition prochaine. Pourtant, il aurait aimé pouvoir se réfugier dans les bras de maman ce soir… Comme un petit garçon effrayé. Oui, il réalise que c'est là qu'il aimerait être. Dans les bras de sa mère. Et nulle part ailleurs.

Soudain, dans la lumière de ses phares, une silhouette se détache sur le bord de la route. Un homme marche d'un pas pressé, tout en faisant signe aux voitures de s'arrêter. Un auto-stoppeur sur une voie rapide, à cette heure-là, c'est vraiment étrange. Il a dû se faire surprendre par le déluge…

François s'arrête, sans raison précise. Il descend la vitre côté passager, le piéton accourt.

— Bonsoir ! dit-il en reprenant sa respiration. Vous quittez Lyon ?

— Oui.

— Je peux monter ?

Davin hoche la tête, l'inconnu s'engouffre en même temps que la pluie dans la BM. Il n'a pas de bagages, seulement un sac à dos. François redémarre, baissant le son de l'autoradio.

— Vous allez où ? demande-t-il.

— Je sais pas. Et vous ?

— Je ne sais pas non plus.

Un long silence s'interpose entre les deux hommes.

— Du moment que je me barre de cette ville, ça me va ! annonce soudain le passager.

François l'observe du coin de l'œil. Jeune, à peine plus de vingt ans. Un accent, aussi léger qu'indéfinissable. Les cheveux longs, foncés, ramenés en queue-de-cheval. Un jean, un pull beige, un blouson en cuir.

— Ça vous dérange si je fume ?

Avant, François aurait répondu oui. Mais maintenant... De toute façon, avant, il n'aurait jamais pris quelqu'un en stop.

— Non, allez-y.

Pas très bavard, l'auto-stoppeur. Dommage, ça aurait pu lui changer les idées. Meubler ce silence abominable où résonne une seule phrase : je vais mourir. Où résonne un seul bruit : *tic-tac*.

François remarque que le jeune type a baissé son pare-soleil et surveille leurs arrières.

— Vous étiez suivi ?

— Non, quelle idée !

— Alors pourquoi vous regardez derrière vous ?

— Comme ça... Pour voir s'il y a du monde qui circule, ce soir.

Stupide comme mensonge.

— Elle est vachement classe, votre bagnole. Ça doit valoir une fortune une caisse comme ça !

— Six cent mille francs, annonce tristement François.

Le jeune gars émet un sifflement d'admiration.

— Six cent mille ! Ça doit arracher, en tout cas... Comment c'est, votre nom ?

— François.

— Moi, c'est Paul.

Prénom un brin démodé pour un homme si jeune.

— Vous avez votre permis, Paul ?

— Ouais.

François s'arrête de nouveau, juste avant l'entrée de l'autoroute.

— Vous voulez bien me remplacer un peu ?

— Sans problème. On conduit pas une bagnole à ce prix-là tous les jours !

Ils échangent leurs places, Paul caresse le volant de la BMW comme s'il désirait apprivoiser ses chevaux. Il tourne la tête vers Davin ; un visage lumineux, gracieux.

— On va où ?

— Où vous voulez, répond François.

— Où je veux ?

— Oui… Ça m'est égal.

— Personne vous attend, hein ?

Des dizaines de personnes en fait.

Et la mort.

— Si. Mais c'est sans importance.

Paul desserre le frein à main, s'ensuit un démarrage nerveux. La voiture s'élance sur l'autoroute. François ferme les yeux, cale sa nuque contre l'appuie-tête.

— Vous voulez dormir un peu ? suppose Paul. J'éteins la radio ?

— Non, c'est très bien comme ça.

— Y a un péage dans deux kilomètres…

— Ma carte bleue est dans le vide-poches.

Une fois le péage passé, la berline prend de la vitesse. Le moteur ronronne impeccablement, François s'assoupit aussitôt.

Il est chez lui, monte le grand escalier menant aux chambres. Pas un bruit, une étrange pénombre. La lumière refuse de s'allumer bien qu'il s'acharne sur l'interrupteur. Il pousse une porte, distingue Florence assise sur le lit. Elle pleure mais ne le voit pas. Il a beau l'appeler, elle ne l'entend pas. Il voudrait la rejoindre, n'arrive plus à avancer. Retenu à l'entrée de la chambre par une force aussi mystérieuse qu'invisible, il assiste à une scène étrange. Florence sanglote, penchée au-dessus de son propre corps. Oui, François est bien là, allongé sur ce grand lit. Leur lit. Et de son crâne fracassé s'échappe une monstrueuse masse informe et noire.

Il se réveille en sursaut, découvre un inconnu à ses côtés, qui lui sourit.

— Mauvais rêve ?

Davin se redresse sur le siège, reprend sa respiration. Il passe une main dans ses cheveux. Son crâne est entier, et Flo n'est pas là. Seulement un étranger qui fuit comme lui.

— Vous voulez qu'on s'arrête ? demande Paul.

— Oui... Prenez la prochaine sortie. On va se trouver un hôtel.

— Un hôtel ? C'est que... j'ai pas une tune.

— Pas grave. Je paierai votre chambre.

— Et pourquoi ?

— Parce que je ne vais pas vous laisser sur le bord de la route en pleine nuit, sous ce déluge ! rétorque François en allumant une cigarette.

— L'argent est pas un problème pour vous, on dirait !

— J'ai d'autres problèmes.

— En tout cas, c'est vachement sympa de votre part. C'est rare de tomber sur des gens comme vous... Pour une fois, on dirait que j'ai eu de la chance !

— *Pour une fois ?*

— Ouais… La chance, c'est pas mon truc. Moi, c'est plutôt galère and Co !

— Je vois… Pourquoi avez-vous quitté Lyon ?

Ça lui est bien égal, en vérité. Mais il faut bien trouver un sujet de conversation.

— Envie de changer d'air.

Paul met le clignotant, s'engage sur la bretelle de sortie à hauteur de Vienne, direction Pont-Évêque. Ils roulent encore quelques kilomètres avant de repérer un hôtel perdu sur le bord de la nationale.

— Ici, ça vous va ?

— Parfait, acquiesce Davin.

La BMW se range sur le parking entre deux autocars. Paul observe François en souriant.

— Je peux vous poser une question ? Ne le prenez pas mal, mais…

— Mais quoi ? soupire François qui a hâte d'avaler son somnifère.

— Ben… Vous n'êtes pas pédé, au moins ? J'veux dire, vous m'avez pas amené ici pour…

Davin reste d'abord bouche bée ; finalement, il se met à rire.

— J'dis ça parce que moi non ! précise Paul en riant à son tour.

— Moi non plus. Mais rassurez-vous, on va prendre deux chambres.

— Excusez-moi, vraiment ! Je préfère vérifier, vous comprenez…

François récupère son sac dans le coffre et ils franchissent la porte de l'établissement modeste mais correct. Détour rapide par le bar-restaurant sur le point de fermer. François boit un café, paye un en-cas à son autostoppeur. Puis ils se présentent à l'accueil. L'hôtel est quasiment complet, un groupe de retraités a pris possession des lieux. Il ne reste plus qu'une chambre. Avec deux grands lits, un minibar, une salle de bains et un WC privatif. François est épuisé, il consulte son passager du regard. Paul hoche la tête. OK, va pour la chambre double. Le prix ? Sans importance. Chambre 113. Paul n'est pas superstitieux, tant mieux.

Peu importe le numéro. Juste un lit et un verre d'eau pour avaler les calmants. Pour sombrer doucement dans un sommeil oublié des rêves.

Horloge ! dieu sinistre, effrayant, impassible,
Dont le doigt nous menace et nous dit : « Souviens-toi !
Les vibrantes Douleurs dans ton cœur plein d'effroi
Se planteront bientôt comme dans une cible ;

« Le Plaisir vaporeux fuira vers l'horizon
Ainsi qu'une sylphide au fond de la coulisse ;
Chaque instant te dévore un morceau du délice
À chaque homme accordé pour toute sa saison. »

Les Fleurs du mal, LXXXV, « L'Horloge »

CHAPITRE 3

7 h 30, chambre 113

Escortée par la nuit, la pluie a filé en douce vers d'autres contrées.

Paul s'étire… La grâce d'un félin. Sa première Marlboro s'embrase dans la lumière du petit matin. Par la fenêtre entrebâillée, il scrute tour à tour la route, déserte, et François, inerte. Que rien ne semble à même d'extirper des bras de Morphée.

Il pourrait empocher les clefs laissées sur le minibar pour tirer la BM. Avec, en prime, le portefeuille du conducteur contenant la MasterCard dont il a discrètement mémorisé le code cette nuit, lorsque Davin payait la note du bar. Question d'habitude.

Simple comme bonjour puisque l'autre roupille à poings fermés.

Il pourrait soulager son compte, sans doute plein à craquer, au gré des prochains guichets automatiques. Fourguer la caisse dix plaques à un garagiste véreux.

Tellement de choses qu'il pourrait faire…

Mais Paul se contente de sourire. Ce type l'a tiré d'un mauvais pas. On dirait qu'il lui porte chance, alors autant parcourir un bout de chemin à ses côtés. De toute façon, la journée ne fait que commencer ; il a tout le temps de changer d'avis.

François ouvre les yeux. Paupières obèses. Il entend vaguement de l'eau couler derrière la cloison, une voix masculine chantonner une rengaine inconnue. Il referme les volets, replongeant dans ses enfers intimes…

Paul sort de la salle de bains avec, autour de la taille, une serviette aussi blanche que les murs de la chambre où François dort encore. Mais il est plus agité que l'instant d'avant, remuant dans tous les sens. Droite-gauche sur le matelas, bataille rangée avec les draps, respiration saccadée. Paul enfile son jean, renonce au tee-shirt pour le moment. Assis sur son lit défait, il observe son compagnon d'une nuit qui lutte contre un adversaire aussi invisible que coriace. Coups de pied dans le vide, globes oculaires en mouvement sous les paupières closes.

Puis le jeune homme entreprend de fouiller méthodiquement la sacoche en cuir Longchamp abandonnée par terre. Portefeuille Vuitton qui recèle cinq cents francs et des poussières, une carte d'identité, un permis de conduire et un passeport au nom de François Davin domicilié à Lille, ainsi qu'une carte professionnelle de l'ordre des avocats. Ce qui explique la cocarde repérée la veille sur le pare-brise de la BMW… Stylo Montblanc, agenda électronique, mobile dernière génération, briquet en or Dupont… Décidément, le fric n'est pas un problème pour ce mec. Son cauchemar ne doit pas avoir le visage de la misère !

Sourire aux lèvres, Paul poursuit sa perquisition illégale : un tube de Lexomil, une ordonnance illisible, des lunettes de soleil sans marque… Étonnant ! Il s'attendait pour le moins à des Ray-Ban.

— Vous cherchez quelque chose ?

Paul a un léger sursaut, à peine perceptible. Dans son dos, la voix éraillée, épuisée mais gonflée d'amertume, paraît provenir de l'au-delà. François, redressé sur le matelas, l'observe d'un œil hébété.

— Salut… J'ai plus de clopes, je regardais s'il vous en restait.

— Dans la poche de mon blouson, marmonne le revenant.

— Bien dormi ?

— J'en sais rien.

Paul fait les poches de la veste jetée négligemment sur le dossier d'une chaise, s'empare du paquet de Royale. Il n'aime pas ces clopes, trop légères à son goût, mais donne le change. Tandis qu'il tire sa première bouffée, Davin le dévisage avec lassitude. Et autre chose dans le regard, aussi.

De l'envie.

Oui, il envie ce jeune homme apparemment en pleine santé, à la peau cuivrée… Un peu maigre, mais parfaitement proportionné. Fin, élancé, à la musculature sèche, puissante. Qui a l'avenir devant lui.

La vie devant lui.

Son front tombe entre ses mains. Son crâne pèse un bon quintal.

C'est si lourd que ça, une tumeur ?

CHAPITRE 4

Lille, deux jours plus tôt
Parking de l'hôpital Roger Salengro, 8 h 45

François reste quelques instants pétrifié derrière son volant. Il tente de se remémorer les paroles rassurantes du docteur Lestanza, son médecin traitant. *Il existe des traitements… Le neurochirurgien décidera sans doute de vous opérer et fera disparaître la tumeur.* Il s'inspecte dans le rétroviseur, comme pour vérifier que son crâne n'a pas enflé. Que son lobe pariétal gauche n'est pas difforme. Il se demande soudain pourquoi il n'a pas parlé de tout ça à Florence. Il lui a pourtant téléphoné la veille au soir, comme toujours lorsqu'elle est en déplacement. Il lui a juste dit qu'il avait passé des examens, suite à son dernier malaise. Avant de lui assurer que les résultats étaient normaux.

Inutile de l'affoler avec tout ça. Plus tard, quand j'en saurai un peu plus.

Davin quitte enfin sa BMW qui brille sous les feux d'un soleil généreux de fin d'été, puis longe les pelouses impeccablement tondues, jusqu'à l'entrée de l'imposant bâtiment. À l'accueil, on lui indique le chemin à suivre dans cet interminable labyrinthe aseptisé pour atteindre le service du professeur Ibrahim.

Le plus compétent qui soit, a affirmé Lestanza. *Vous ne pouvez pas être en de meilleures mains. On vient de loin, de très loin pour le consulter...*

La tension monte en même temps que l'ascenseur.

Troisième étage, un autre accueil, puis une petite pièce où quatre personnes patientent déjà.

Alors, c'est la longue attente qui commence. Silence lourd, oppressant. Chaleur qui l'oblige à desserrer sa cravate.

François n'a jamais aimé attendre. Jamais supporté les pertes de temps, les moments d'improductivité. Aujourd'hui, toutefois, il n'est guère pressé de rencontrer ce professeur avec lequel Lestanza a accompli l'exploit de lui obtenir un rendez-vous en moins de vingt-quatre heures. *Vous avez de la chance, c'est un très bon ami... On s'est rencontrés à la fac de médecine !*

De la chance... ? François sourit tristement.

De toute façon, il sera plus fort que n'importe quelle maladie. Il le sait, même s'il n'a jamais été malade. Question de volonté. Il ne va pas se mettre à pleurnicher ou à déprimer. Il va se battre et vaincre. Oui, dans la vie, tout est question de volonté. Il n'existe pas d'ennemi invincible. Il a toujours eu ce qu'il désirait, toujours atteint ses objectifs.

Il a voulu Florence, il l'a eue.

Il a voulu devenir un brillant avocat, il a réussi.

Jamais rien ne lui a résisté.

Rien ni personne.

Une heure et demie plus tard, son tour arrive enfin. La secrétaire le précède jusqu'au grand cabinet. Le professeur Ibrahim s'est levé pour l'accueillir. Poignée de main un peu molle, légèrement fuyante. Légèrement moite. Sourire un brin compatissant.

Ibrahim plaque les clichés de l'IRM puis ceux du scanner sur un panneau lumineux. Le cerveau de François s'étale soudain en pleine lumière. De façon indécente.

Il ne devine pas grand-chose sur ces photos intimes, ne discerne pas le monstre ayant insidieusement germé dans son crâne.

Pour Ibrahim, en revanche, tout semble désespérément clair… Pourtant, il reste muet, prolongeant le suspense. Il observe, scrute le moindre détail. Puis les images défilent une à une sur l'écran du PC.

Le temps passe, François n'ose parler, de peur de déconcentrer le génie de la neurochirurgie.

— Suivez-moi, s'il vous plaît.

Davin sursaute rien qu'au son de sa voix. Il talonne le toubib jusqu'à une petite pièce jouxtant le bureau. Auscultation et interrogatoire en règle.

Ça n'en finira donc jamais ?

Et *marchez tout droit, les yeux fermés*, et *est-ce que vous voyez bien ma main lorsque je la place sur le côté ?* Je la vois si bien que je la vois double ! C'est sans doute mauvais signe… Les réflexes du genou, maintenant, puis ceux du bras. *Est-ce que vous sentez mes doigts sur votre jambe ? Yeux fermés, touchez le bout de votre nez avec votre index, main droite, puis main gauche… Très bien…* Pourtant, je crois que je l'ai raté, le bout de mon nez… *Avez-vous des céphalées ? Des vertiges, des nausées ?* À ton avis, pourquoi je suis allé passer tous ces examens ? Parce que j'en avais marre de m'évanouir pour un rien… *Des pertes de mémoire ?* Il plaisante, j'espère ? Je ne suis pas sénile. *Ressentez-vous de l'asthénie ?* Je ne suis jamais fatigué, pauvre con ! Je suis en pleine forme.

Malgré l'énervement, François répond sagement à toutes les questions, minimisant juste un peu les symptômes, comme si ça pouvait minimiser le mal. Pour prouver qu'il n'est pas inquiet plus que de raison. Qu'il est fort. D'ailleurs, Ibrahim paraît impressionné.

Au bout d'un quart d'heure, Davin se rhabille et ils retournent tous deux dans le cabinet. Pourquoi il me regarde comme ça, le toubib ?

— Bon, je crois que votre médecin traitant vous a déjà expliqué de quoi vous souffrez, monsieur...

— Oui, d'une tumeur au cerveau.

— C'est cela. Plus précisément, il s'agit d'un glioblastome dans le lobe pariétal de l'hémisphère gauche.

Vas-y, balance ton jargon médical ! Histoire de montrer ta prétendue supériorité.

— Vous avez quel âge ?

— Bientôt quarante-huit... C'est comme un cancer, c'est ça ?

— C'est ça. C'est une tumeur cancéreuse.

Oui, d'accord. Mais Lestanza a dit qu'il suffit de l'enlever. Reste calme, François. Reste calme...

Il veut avaler sa salive mais n'en a plus. Bouche et gorge arides. Peut-être pas si fort que ça, en définitive. Le médecin replonge le nez dans le compte rendu du radiologue, François manifeste soudain son impatience.

— Vous allez m'opérer ?

— Non, monsieur.

— Non ?

Finalement, c'est une bonne nouvelle. Parce que l'idée de se faire charcuter les méninges est encore pire que tout. Trépané. Quel horrible mot…

— Le gliome n'est pas opérable. Vu l'endroit où il est situé, on ne peut pas envisager l'exérèse.

Encore son putain de dialecte scientifique !

— *L'exérèse* ?

— L'ablation… La tumeur est trop profonde, on ne peut pas prendre le risque d'y toucher.

Ce n'est peut-être pas une si bonne nouvelle que ça.

— Et alors ? Qu'est-ce qu'on va faire ?

— De la radiothérapie, monsieur. Ce sont des séances de rayons… Ainsi que de la chimio et un traitement à base de corticoïdes afin de limiter l'œdème dans les tissus environnants.

Chimio, rayons. Ces mots-là, François les connaît. Se dressent alors dans son imaginaire des visages émaciés, des crânes chauves. Le visage de…

Tout, sauf ça.

— Mais il n'y a pas une autre solution ?

— Non, monsieur. Il n'en existe aucune autre.

François le fixe alors droit dans les yeux et surprend de la douleur dans ce regard étranger. À partir de cette seconde, il commence vraiment à avoir peur.

La trouille de sa vie.

— Qu'est-ce qui va se passer ? s'enquiert-il d'une voix déformée.

— Eh bien, vous allez suivre le traitement et…

— Non, c'est pas ça, ma question. Est-ce que je vais guérir ?

Ibrahim hésite un instant. Brève indécision qui finit de terroriser son patient.

— Le traitement permettra de ralentir l'évolution de la tumeur.

— Ra… Ralentir l'évolution ?

— Oui.

Davin se lève, poings serrés, tel un boxeur s'apprêtant à engager le combat.

— Dites-moi la vérité, exige-t-il nerveusement. Je veux savoir ce qui va m'arriver !

— Eh bien, il faut faire les séances de rayons et ensuite…

— Je veux savoir ! s'écrie-t-il. Je veux *tout* savoir… Est-ce que je vais mourir ?

Ibrahim le considère un instant. Il essaie en général de ne pas entrer dans le détail. Mais il émane de cet homme une incroyable détermination. Il veut la vérité, saura débusquer le mensonge.

— Asseyez-vous, prie-t-il d'une voix calme. S'il vous plaît.

François n'en fait rien, continuant à le dévisager sans relâche.

— Est-ce que je vais mourir ?

— Oui, monsieur Davin.

Une minute de silence.

Comme un hommage, déjà.

Soixante longues secondes d'un terrible silence.

Est-ce que je vais mourir ?
Oui, monsieur Davin.

Son cœur redevient anormalement serein. Aussi serein que s'ils parlaient d'un inconnu. Seul un léger tressaillement agite sa lèvre supérieure.

— Quand ?

— Je ne sais pas.

— Combien de temps me reste-t-il ?

— Je n'en sais rien, monsieur.

— Bien sûr que si, vous le savez ! s'emporte-t-il à nouveau. Et vous allez me le dire !

Ibrahim esquisse un mouvement de recul, craignant peut-être que son patient ne lui saute à la gorge. Puis il se résigne enfin à répondre.

— Un an, peut-être deux. Si vous suivez mon traitement.

François retombe sur la chaise ; son regard tombe avec lui.

— Et… Et si je ne suis pas votre traitement ?

— Entre trois et six mois. Pas plus… Je suis désolé, monsieur Davin.

Un damné descendant sans lampe,
Au bord d'un gouffre dont l'odeur
Trahit l'humide profondeur,
D'éternels escaliers sans rampe

Les Fleurs du mal, LXXXIV, « L'Irrémédiable »

CHAPITRE 5

Chambre 113

Son front tombe entre ses mains. Son crâne pèse un bon quintal.

C'est si lourd, une tumeur…

Un glioblastome. Voilà l'assassin qu'il fuit depuis deux jours.

Assassin qui le rattrapera, où qu'il aille. Qui le tuera, c'est certain.

— Mal à la tête ? s'enquiert Paul.

François oublie de répondre et s'exile dans la salle de bains. Il y a un miroir, bien sûr. Comme dans toutes les salles de bains. Dommage, il n'échappera pas à cette image qu'il voudrait tant pouvoir fuir. Évidemment, rien de comparable au jeune loup qui squatte sa vie depuis hier… Dire qu'avant, il aimait s'admirer de longues minutes dans la glace. Même que Florence se moquait souvent de cette manie de nana égocentrique !

Flo… Que fait-elle à cette heure-ci ? A-t-elle réussi à dormir, cette nuit ?

François entre dans la baignoire. Paul est passé par là, n'a pas pris la peine de remettre de l'ordre ou même simplement de nettoyer. Il s'est servi de ses affaires de toilette, en plus ! Il se sert bien dans ses poches, alors… Il faudra songer à le larguer sur le bord d'une route aujourd'hui. Avant qu'il ne lui subtilise son fric, sa carte bleue et pourquoi pas sa voiture.

François laisse l'eau chaude réveiller son corps meurtri. Il n'a pas les idées très claires, navigue au sextant dans une nuit encore épaisse. Quelques minutes sous la caresse liquide, chaude, délicieuse. Un peu comme les mains d'une femme sur sa peau. Les mains de Flo…

Il se lave les dents en espérant que Paul n'a pas utilisé sa brosse, discipline rapidement ses cheveux. Ne pas rester trop longtemps face à son reflet.

Dans la chambre, il retrouve son auto-stoppeur en train d'observer les retraités qui partent en excursion.

— Vous voulez un petit déjeuner ?

— Ouais, je veux bien… Merci.

François décroche le téléphone.

— Bonjour. Monsieur Davin, chambre 113. Nous aimerions un petit déjeuner.

Il tourne la tête vers Paul.

— Thé ou café ?

— Café avec du lait !

— Café noir et café au lait… Oui. Merci.

François finit de s'habiller sous l'œil impudique de son copain de chambrée.

— Vous êtes bien pour votre âge !

Ça vient de tomber sur le silence comme un cheveu sur la soupe.

— *Pour mon âge* ?

— J'ai pas voulu dire que vous êtes vieux ! C'est pas ça… Excusez-moi. J'voulais pas vous vexer !

— Sans importance, prétend Davin.

Quelqu'un frappe à la porte, Paul se précipite ; une demoiselle, chargée d'un plateau bien trop lourd pour elle. Le jeune homme se fait un plaisir de la délester de son présent. Elle lui sourit, apparemment sous le charme. Il la remercie, la raccompagne, en fait des tonnes. Avec sa voix enjôleuse, parée de cet accent aux notes chaudes, inconnues. François soupire, la fille s'éclipse enfin. Elle ne l'a même pas vu, sans doute. Trop occupée à dévorer l'autre des yeux.

Et après ? Qu'est-ce que j'en ai à foutre ?… Une gamine, vraiment pas mon genre… Ce novice ne doit même pas savoir ce qu'est une vraie femme, il doit encore jouer dans la cour des petits !

Une vraie femme. Flo.

Elle lui manque et pourtant… Il ne la rejoindra pas aujourd'hui. Il ne la rejoindra peut-être jamais.

Rester près d'elle ? Qu'elle me voie agoniser, devenir laid, infirme ? Qu'elle assiste à ma déchéance avant d'assister à ma mort ?

S'il était à sa place, comment réagirait-il ? Il voudrait qu'elle demeure auprès de lui, voudrait partager cette épreuve avec elle. Il lui reprocherait de choisir la fuite.

Mais il n'est pas à sa place, Flo n'est pas à la sienne.

Personne ne peut prendre sa place. Personne ne peut *mourir* à sa place.

On peut partager sa vie, pas sa mort.

Non, François ne trouve pas le courage de rentrer, d'annoncer à tous l'horrible vérité. Braver les regards compatissants ou désespérés, il n'en a pas la force. Affronter les pleurs de sa femme… Vraiment trop dur.

Trouver les mots pour rassurer les autres, alors qu'il est mort de trouille… un comble ! Et pourtant, s'il fait demi-tour, c'est ce qui l'attend, il le sait.

Les deux hommes s'assoient de part et d'autre de la petite table ronde. Paul noie son café dans le lait, y ajoute deux sucres puis tourne frénétiquement sa petite cuiller dans le breuvage que François trouve écœurant. Il attrape un croissant, le trempe dans sa tasse avant de l'engloutir en deux bouchées. Davin le fixe, choqué par son manque cruel d'éducation. Il y a quatre croissants dans le petit panier en osier. Paul en avale deux en moins de trois minutes.

— Vous mangez pas ? s'étonne-t-il, la bouche pleine.

— Pas très faim…

François réalise alors qu'il est à la diète depuis son départ de Lille. Seulement du café et de l'eau. La tumeur aurait-elle fait des petits dans son estomac ?

— Vous pouvez tout prendre, si vous voulez.

Paul ne se fait pas prier, les deux dernières viennoiseries sont expédiées en cinq minutes chrono.

— Vous allez par où, aujourd'hui ?

— Je ne sais pas trop, avoue Davin.

Un type qui ne sait pas où il va. Qui ne sait pas s'il a bien dormi. Sait-il au moins d'où il vient ? Qui il est ?

— Vers le sud, je pense.

— Vous pouvez m'emmener ? espère le jeune homme.

— Et vous, vous savez où vous allez ? s'amuse François.

— Je descends sur Marseille.

— Vous avez de la famille, là-bas ?

Il n'a vraiment pas l'accent cigales et pastis, mais pourquoi pas ?

— Non, juste un pote.

— Très bien, je vous déposerai à Marseille.

— C'est cool.

Les yeux de Paul pétillent. François remarque alors qu'ils sont presque de la même couleur que les siens. Bleus mais tirant sur le gris. Ça contraste agréablement avec sa peau mate. Pas étonnant que la midinette de l'hôtel ait fait du zèle.

Une demi-heure plus tard, François paye la note à l'accueil tandis que Paul en profite pour envoyer des œillades libidineuses à la soubrette qui traîne là comme par hasard. Il ne semble pas gêné de se faire entretenir mais, sur le parking, il remercie tout de même son généreux bienfaiteur.

— C'est vachement sympa, vraiment.

François ne dit rien, il prend le volant. Paul se hâte de monter, craignant peut-être que son chauffeur, changeant d'avis, ne l'abandonne dans ce bled. Il pourrait toujours refaire du stop mais préfère voyager en première classe.

Surtout, ne pas perdre la MasterCard de vue.

Petit vent frais et ciel laiteux, ce matin. Premiers symptômes de l'automne en marche.

Mon dernier automne.

François règle la climatisation sur vingt-deux degrés, met un disque dans l'autoradio. Les archets glissent sur les cordes, Paul soupire mais n'ose protester.

Grande messe inachevée de Mozart.

François monte le son.

Inachevée.

Comme ma vie.

Il se retient de chialer tandis que les polyphonies vocales explosent dans l'habitacle.

Grande messe... inachevée mais sublime.

Pas comme ma putain de vie.

Lentement, il réalise que son existence touche à sa fin. Que bientôt, il sera mort. Qu'il a construit tout cela pour rien. Qu'il a bâti une carrière extraordinaire, négligeant sa vie privée pour arriver à rien.

Il aurait mieux fait... Une déferlante de regrets, une légion de remords viennent l'assaillir. Escadrons successifs, attaques en rafales.

Toutes ces heures à bosser comme un dingue pour se hisser tout en haut. Lui qui venait du bas de l'échelle. Qui refusait de vivre en HLM, de rouler dans une Renault d'occasion, d'acheter ses fringues au supermarché, de passer ses week-ends devant la télé par manque de moyens.

Finalement, ses week-ends, il les a passés à travailler, la plupart du temps.

Son père, simple ouvrier, a travaillé dur, lui aussi. Pour faire vivre – survivre – sa famille, tandis que sa mère se tapait du repassage ou des ménages au black pour que leur fils unique puisse aller à la fac. Pour qu'il ne soit pas tout le temps fauché, comme eux. Pour qu'il ait une belle vie, contrairement à eux.

Qu'a fait François pour les remercier ?

Des cadeaux, pour pallier ses absences, pour se donner bonne conscience. Des objets high-tech dont ils ne se servaient quasiment jamais. Quelques billets laissés sur la toile cirée, au terme d'une brève visite dans l'appartement qui lui filait la nausée. Trop modeste, trop petit, trop prolo. Cette odeur de bon marché, de Formica, de compressé.

Cette carence de luxe, de classe.

Insupportable.

Une heure ou deux, dans le meilleur des cas, pendant lesquelles il lorgnait toutes les dix minutes par la fenêtre pour voir si un zonard ne reniflait pas de trop près sa berline.

Faut que j'y aille, maman, j'ai du boulot par-dessus la tête.

Bien sûr, mon chéri, je comprends…

Elle comprenait toujours tout. Ce qu'il ne disait pas, surtout.

Il a renié ses origines, ses racines enfouies dans un terreau qu'il jugeait trop pauvre.

Lui qui rêvait de faste, de confort, de fric. D'apparat.

Mais surtout, de pouvoir. De puissance.

Il continue à rouler, droit devant lui. Vers le néant.

Son esprit est vide. Ou trop plein.

Combien de fous rires, ces dernières années ? Il pourrait les compter sur les doigts d'une main.

Tellement de choses qu'il a ratées ou n'a pu connaître, encore…

La circulation est fluide, François ne dépasse pas les cent trente, maîtrisant parfaitement son bolide embourgeoisé. Le soleil apparaît enfin, réussissant une aveuglante percée au milieu du voile terne. Une belle journée de septembre s'annonce.

Mon dernier mois de septembre.

Mais dans son crâne, un complot se trame. Petite douleur lancinante, au début. Vicieuse, sournoise, qui s'immisce lentement dans chaque parcelle de matière grise. Avant d'exploser soudain, telle une grenade à fragmentation, pulvérisant tout sur son passage.

François ferme les yeux une seconde, serre les mâchoires. Livide, ses mains tremblent. Son front perle de sueur malgré la clim parfaitement réglée.

— Ça va pas ? s'inquiète son passager.

— Je... On va s'arrêter à la prochaine aire de repos...

Voix bancale, doigts crispés à mort sur le volant cuir. Tenir encore quelques minutes. Avec ces tisonniers qui se fichent au plus profond de son cerveau, cette nausée fulgurante qui lui soulève les tripes.

Tenir.

Enfin, un panneau indique une aire à deux kilomètres. François accélère, la voiture dépasse allègrement les cent soixante. La bretelle de sortie se présente, il se rabat sur la droite, faisant une queue-de-poisson à un semi-remorque. Appels de phares, coups de klaxon furieux. Mais la BMW est déjà loin et François n'a rien vu.

— Qu'est-ce qui vous arrive ? demande Paul.

Davin n'a ni le temps ni l'envie de répondre. Il se précipite en direction des toilettes. Paul hausse les épaules, se grille une Marlboro. Il cherche la carte bleue dans la sacoche, mais se souvient que Davin l'a mise dans la poche de son blouson après avoir réglé la note de l'hôtel.

C'est alors qu'il voit le poids lourd arriver sur le parking d'en face.

— Merde !

Paul récupère les clefs sur le contact, s'éloigne de la bagnole tout en gardant un œil dessus. Ainsi qu'il l'avait prévu, le routier s'avance à grandes enjambées vers la berline. Il en fait le tour, zyeute les parages. Déçu, il s'en retourne à son trente-huit tonnes. Paul, planqué derrière une cabine téléphonique, esquisse un sourire mordant.

Désolé, pépère, la baston ce sera pour une autre fois !

Il écrase son mégot, s'aventure dans les sanitaires.

— François, ça va ?

Il entend une chasse d'eau, voit surgir son compagnon de route, aussi blême que le carrelage sur les murs. Davin se penche au-dessus du grand lavabo rectangulaire, s'asperge le visage et la nuque, se rince la bouche.

— Mal au cœur ?

— Ça va, c'est rien... Juste une migraine.

— Ça craint, la migraine !

Ils rejoignent la BM, Paul jette un œil du côté du camion. Pas de trace du routier qui a dû aller cuver sa mauvaise humeur devant un café. Mais François ne redémarre pas tout de suite. Il s'octroie une pause Royale.

— On devrait y aller, suggère calmement Paul.

— Pourquoi, vous êtes pressé ? rétorque Davin avec agressivité.

— Non. Mais...

Il s'apprête à lui toucher un mot du chauffeur irascible lorsque celui-ci apparaît justement à l'horizon. L'archétype du routier. Tas de muscles d'un mètre quatre-vingt-dix avec une bonne couche de graisse pour enrober tout ça. François a laissé sa portière ouverte, l'homme pose ses mains sur le toit et se penche.

Éclipse brutale de soleil.

— Où t'as appris à conduire ?! aboie-t-il.

François ne comprend pas tout de suite ce qui se passe.

— Pardon ?

— Ça te prend souvent de couper la route ?

— C'est le chauffeur du camion, lui souffle tranquillement Paul. Le camion auquel vous avez fait une queue-de-poisson.

Une queue-de-poisson ? Il ne s'en souvient pas. Et n'a pas la moindre envie de discuter avec cette brute en marcel.

— C'est bon, foutez-moi la paix ! répond-il en essayant de fermer la portière.

Mais le chauffeur l'en empêche, perdant son calme déjà précaire.

— Eh ! J'te parle, connard ! Tu te crois tout permis parce que tu roules en BM ?

François tente encore de tirer la portière à lui. En vain. Il se met alors à insulter l'intrus, sous le regard sidéré de son auto-stoppeur.

— Dégage, sale con ! Barre-toi !

Le camionneur saisit François par le bras, l'arrache à sa voiture comme s'il ne pesait rien. Ce n'est pourtant pas une petite nature, François. Mais pour l'instant, il tient à peine sur ses jambes ; alors l'autre en profite pour le plaquer contre la BM en le tenant par le col.

— Tu veux que je t'apprenne la politesse, enfoiré ?

— Lâchez-moi ! s'étrangle Davin dont le cœur saute à l'élastique.

— C'est ta petite copine l'autre tarlouse ?

Paul lève les yeux au ciel. Il sort lentement de la voiture, se positionne derrière le mastodonte qui continue d'aplatir François sur la tôle.

— Laisse-le ! ordonne-t-il.

Sourd à l'injonction, le camionneur secoue violemment son nouveau jouet. Paul l'empoigne par les épaules, l'oblige à lâcher prise. Là, face à l'agresseur, il ne montre pas le moindre signe de peur.

— Bon, on arrête maintenant, OK ? Sinon, ça va mal finir…

— Qu'est-ce qu'elle veut la demoiselle avec sa petite queue-de-cheval ?!

François reprend sa respiration. Le type lui a broyé la gorge, une grosse caisse résonne dans sa tête. Il est sur le point de s'évanouir.

Flou artistique… Deux ombres qui s'affrontent…

— Elle t'emmerde, *la demoiselle*.

Paul lève son majeur vers le ciel histoire de ponctuer la conversation. La masse musculaire s'élance au coup de sifflet, le jeune homme se contente d'esquiver avec l'agilité d'un serpent. Le routier se heurte au vide, perd l'équilibre, emporté par son propre poids. Paul en profite pour l'aider un peu. Il le pousse, l'envoyant ainsi goûter le gazon maladif d'une bordure, avant de se mettre à genoux sur lui et de lui tordre un bras dans le dos.

— Le monsieur a raté *la demoiselle*, on dirait !

— Lâche-moi, p'tit enculé !

François ne voit pas bien la scène, son jeune auto-stoppeur lui tournant le dos. Paul récupère quelque chose dans la poche intérieure de son cuir, le colle contre la joue du cétacé échoué dans l'herbe. Puis il se penche vers le visage de son adversaire pour lui chuchoter diverses douceurs à l'oreille avant de se relever. Enfin libéré, le camionneur se remet debout avec difficulté et recule doucement jusqu'à son trente-huit tonnes, la mine effrayée.

Incrédule, Davin regarde partir précipitamment le camion.

— Ça va ? s'enquiert Paul.

François ne répond pas. Il n'y a pas eu de coups. Juste… Qu'a-t-il bien pu lui dire et lui montrer pour le faire fuir de la sorte ? Le jeune homme n'a pas l'air nerveux, il n'est même pas décoiffé !

— Je vais conduire, propose-t-il. Montez.

Davin se traîne jusqu'au siège passager, boucle sa ceinture, continuant de dévisager son compagnon avec stupéfaction.

— Quel con ! marmonne Paul en démarrant. Vaut mieux le semer.

La BMW s'élance sur l'asphalte, direction Marseille.

— Merci, murmure François.

— Oh, mais de rien ! La prochaine fois que vous faites une crasse à quelqu'un, choisissez un p'tit maigre ou une nana ! Ça sera moins dangereux.

— J'étais tellement pressé de m'arrêter que je n'ai pas fait attention… Comment vous avez neutralisé ce type ? Vous savez vous battre ou…

— On ne s'est pas battus, il est tombé tout seul, ce taré !

— Mais…

— Ça vous arrive souvent ce genre de migraines ?

— Presque chaque jour, mais…

— Faudrait voir un docteur.

Le visage du professeur Ibrahim apparaît devant les yeux de François.

Je vais mourir.

Il attrape une bouteille d'eau dans le vide-poches, avale un comprimé. De quoi calmer un peu la douleur. Pour quelques heures. Pas plus.

Et si j'allais voir un autre toubib ?

Les paroles de Lestanza le percutent violemment. *Vous ne pouvez pas être en de meilleures mains. On vient de loin, de très loin pour le consulter... Le plus compétent qui soit...*

Oui, mais Lestanza a pu se tromper. Tout comme Ibrahim, le dieu de la neurochirurgie !

Pourtant, François le sait, le sent. Les médecins ont dit vrai, son corps le lui chuchote à l'oreille... Tu vas mourir. Bientôt, tu seras mort.

— Qu'est-ce que vous allez faire à Marseille ? demande soudain Paul.

— J'en sais rien. Voir la mer.

— Vous êtes en vacances ?

— Non.

— Vous habitez Paris ?

— Lille. Enfin, dans la région de Lille.

— Je connais pas. J'sais que c'est dans le Nord, mais à part ça...

— Et vous, où habitez-vous ?

— Jusqu'à maintenant, à Lyon. Mais... je squattais chez une fille... On s'est disputés, j'me suis cassé.

Soudain, le sourire d'Adelina lui revient en mémoire. Ses yeux emplis d'amour, d'inconscience. Sa main gauche se crispe légèrement sur le volant. Non, ce n'est pas sa faute. Elle a agi de son plein gré, elle savait ce qui l'attendait.

Pourtant, elle a donné sa vie pour sauver la sienne. Sans doute parce que sa vie ne valait plus la peine d'être vécue... Il n'oubliera jamais son sacrifice. Mais il vaut mieux penser à autre chose désormais. Tourner la page.

Il s'adresse de nouveau à François, qui se remet doucement de ses émotions.

— Pourquoi vous avez quitté Lille ?

— Besoin de prendre un peu de recul… De rester seul.

— *Seul ?* Ah ben c'est raté, on dirait !

— Je voulais dire de m'éloigner de mon boulot, de ma vie.

— C'est quoi, votre job ?

— Je suis avocat. Avocat d'affaires, précise-t-il aussitôt.

Il dit encore *je suis*. Étrange… Il devrait plutôt dire *j'étais*. Apprendre à parler au passé. À parler de lui à l'imparfait.

— Avocat d'affaires ? Ça doit être vachement bien payé !

Toujours cette fascination pour l'argent. C'est souvent comme ça chez ceux qui en manquent. Comme lui, avant.

Non, lui ce n'était pas le fric qui le fascinait. Plutôt le pouvoir, la réussite. L'ascension de l'Himalaya social. Changer de milieu, devenir quelqu'un.

Au fait, ça veut dire quoi, devenir quelqu'un ?

Aujourd'hui, François a oublié la réponse.

— C'est bien payé, confirme Davin, la gorge serrée. Par contre, il ne faut pas compter ses heures… Et vous ? Vous aviez un travail à Lyon ?

— Ouais, bien sûr ! Des petits boulots à droite, à gauche. J'ai fait serveur, et là j'étais DJ dans une boîte.

Un paumé, pense François. Il l'observe avec un peu plus d'attention. Un visage fin, délicat. Il se souvient des paroles du camionneur… Vrai qu'il a quelque chose de féminin. Mais pas d'efféminé. Une vieille cicatrice sur l'arcade sourcilière. La peau mate où brillent ses yeux clairs, durs et pétillants à la fois. La peau mate, oui… il est typé. Il n'est peut-être pas français. Ce léger accent…

— Ça va mieux ?

— Oui, merci. Le médicament commence à agir.

— C'est bien ! Vous auriez dû le prendre plus tôt. Si vous voulez, on peut s'arrêter. Moi, je suis pas pressé. On a semé le gros lard, maintenant !

— On s'arrêtera pour le déjeuner, décide François.

— OK, mais c'est moi qui invite ! Je crois qu'il me reste deux cents balles.

— Laissez… S'il ne vous reste que ça, vaut mieux le garder. Ça pourra vous servir une fois à Marseille.

— Oui, mais ça me gêne que c'est tout le temps vous qui payez !

Les oreilles de François sont égratignées par la mauvaise tournure grammaticale ; il apprécie néanmoins le geste.

— Y a pas de problème, je vous assure… L'argent est secondaire. Il y a des choses beaucoup plus importantes.

Paul ne semble pas persuadé par cette affirmation. L'oseille, c'est vital. Quand t'en as pas, tu crèves.

Sans fric, tu es forcément l'esclave de quelqu'un.

Mais l'argent n'est plus un problème pour Paul non plus. Il n'a peut-être pas de liquide sur lui. mais bientôt, il sera riche. De quoi se prélasser au bord de la mer jusqu'à ses vieux jours. Une plage immense avec des cocotiers, balayée par les vents du large. Comme sur les cartes postales à deux francs. Après tout, il l'a bien mérité. Une plage, oui, des cocotiers, les alizés… Et Marilena, bien sûr. Souriante, enfin. À ses côtés, enfin.

Pour toujours.

Kilomètre après kilomètre, le soleil pointe au zénith.

Ils ne sont plus très loin de Marseille mais décident de s'arrêter pour déjeuner ensemble. Comme s'ils appréhendaient la séparation prochaine.

Un restaurant d'autoroute, à peine mieux qu'une cafétéria. Paul commande une pizza, énorme, tandis que François se contente d'une salade, légère. Arrivera-t-il seulement à l'avaler ? Ces médicaments lui filent des brûlures d'estomac, ses intestins sont noués. D'ailleurs, il contemple longtemps son assiette sans oser y toucher. Ainsi qu'il toiserait un ennemi.

— Vous ne bouffez pas ?

Pourquoi parle-t-il toujours la bouche pleine ? Ses parents ne lui ont donc rien appris ?

— Non, j'ai pas très faim.

— Déjà, vous avez rien mangé ce matin…

Davin saisit enfin sa fourchette, du bout des doigts. Quelques feuilles de laitue, un morceau de tomate, du bout des lèvres. Rien de plus.

Oursins plantés dans la gorge.

— C'est votre mal à la tête qui vous coupe l'appétit ?

— Sans doute.

— Vous auriez dû prendre une pizza, c'est vachement plus appétissant que ce machin !

Depuis quand n'a-t-il pas mangé une pizza ? Ces derniers temps, il faisait des efforts pour garder la ligne. Pour rester jeune, séduisant. Pour plaire à Flo, se plaire à lui-même. Lutter contre l'embonpoint sournois qui le guettait à l'aube de la cinquantaine, une obsession qui lui paraît si stupide à présent ! Parce que bientôt, son corps si parfait ne sera plus qu'un souvenir. Un amas de chairs en putréfaction. Un cadavre qui sentira mauvais…

En s'imaginant dans son cercueil, il frissonne, secoué de la tête aux pieds par un séisme glacial.

— Vous avez froid ? s'étonne le jeune homme en se léchant les doigts.

— Non.

Là, vraiment, il n'a plus faim du tout.

— J'peux abuser ? demande Paul en souriant.

— *Abuser ?*

— Prendre un dessert !

— Bien sûr.

Paul adresse un signe à la serveuse mais celle-ci s'obstine à regarder dans une autre direction. Alors il l'appelle. Carrément, sans aucune gêne.

— Hé ho ! S'vous plaît ! Hé !

La jeune femme s'approche enfin, Paul commande une glace. Engloutie encore plus vite que la pizza. Viennent ensuite les cafés-cigarettes. François remarque alors que Paul a sorti un paquet de Marlboro de la poche de son blouson.

— Je croyais que vous n'aviez plus de clopes ! balance-t-il avec un sourire en coin.

L'autre semble à peine déstabilisé d'être pris en flagrant délit de mensonge. Il répond par une mimique désarmante.

— J'avais pas vu qu'il me restait un paquet au fond de mon sac !

Ce fameux sac à dos qu'il ne lâche jamais. François lui signifie d'un simple regard qu'il n'est pas dupe. Ce gamin n'a pas froid aux yeux, en tout cas.

Il paye l'addition, ils regagnent le parking. Après un détour par la station-service, ils reprennent l'autoroute où un immense panneau promet Marseille à soixante-deux kilomètres. Paul calcule qu'avec une moyenne de cent vingt kilomètres à l'heure, ils se sépareront dans à peine une demi-heure.

— Vous êtes marié ? questionne-t-il soudain.

— Non, mais je vis avec une femme.

— Ah… avocate, elle aussi ?

— Non, elle possède une galerie d'art.

Paul s'imagine alors une femme déjà fanée, un peu sévère. Chignon, lunettes, tailleur gris… Une intello coincée qui s'extasie devant des croûtes immondes. Il n'a jamais compris qu'on puisse aimer regarder un tableau pendant des heures. Pendant quelques minutes, même !

— Elle a quel âge ?

— Quarante-quatre ans.

Pas si vieille que ça, finalement.

— Elle est mignonne ?

François esquisse un sourire tendre. Le visage de Flo se dessine sur le pare-brise. Mignonne ? Bien plus que ça.

— Très. Très belle.

— Vous me trouvez trop curieux, peut-être ?

Davin ne répond pas, Paul considère que ce silence veut dire oui. Il arrête donc son interrogatoire, monte le son de l'autoradio, change de station sans demander l'avis de son compagnon. Puis il se met à chantonner, d'une voix chaude mais complètement fausse.

⁂

Florence tourne en rond dans le salon, charriant son angoisse comme un énorme fardeau. Inutile d'appeler François, il a déjà reçu une bonne quinzaine de messages sur son portable. Elle a prévenu la police, les gendarmes. A fait le tour des services d'urgence, contacté tous les amis ou même les vagues relations de François. Elle ne peut rien de plus. Tourner en rond dans le salon est tout ce qu'il lui reste. S'asseoir un moment au creux du canapé, le front entre les mains. Avant de repartir dans l'errance, en s'arrêtant de temps à autre devant la fenêtre. Mais même la vue du parc verdoyant et la sagesse des arbres centenaires ne parviennent pas à soulager cette anxiété démesurée.

François assassiné par un malade mental, par un truand qui a voulu s'emparer de sa voiture de luxe… François mort dans un fossé.

Bien sûr, les gendarmes n'ont pas manqué de lui rappeler qu'il est majeur, que ce départ précipité pourrait être volontaire.

Mais Florence refuse obstinément d'y croire.

Non, il ne peut pas être parti comme ça, tout d'un coup. Déserter sa vie, abandonner sa femme, son travail.

Avait-il une maîtresse ? Mais bien sûr que non ! *Comment pouvez-vous en être aussi sûre, madame Béranger ?* Évidemment, elle n'a pas de preuve. Mais non, il n'est pas parti avec une autre femme, si c'est ça que vous insinuez ! *Vous savez, madame, cela arrive plus souvent qu'on ne le croit. Et sans crier gare…* Pas François. Pas lui, impossible. Non, ce n'est pas parce que ça blesserait ma fierté ! C'est parce que ce n'est pas son genre.

Le gendarme s'est permis d'esquisser un sourire, à peine voilé.

Vous allez le chercher ? *Oui, madame. Nous allons tenter d'établir son emploi du temps dans les heures qui ont précédé sa disparition. Essayer de découvrir l'endroit où il se trouve. Mais vous savez, nous avons des dizaines de disparitions à traiter et...*

Et rien.

Rien depuis quarante-huit heures. Peut-être n'ont-ils même pas entamé les investigations ? Pourtant, ce sont les premières heures qui comptent. Après, ce sera trop tard.

Vous allez peut-être recevoir une demande de rançon. Dans ce cas, prévenez-nous immédiatement même si les ravisseurs vous donnent l'ordre de n'appeler personne.

Une demande de rançon ? Ils ne sont pas assez riches pour ça ! Quoique du côté des Béranger... Mais pourquoi François, dans ce cas ?

Le téléphone sonne, Florence pique un sprint, heurtant les meubles au passage.

— François ?

— Madame Béranger ? Ici le capitaine Richard de la gendarmerie.

— Vous avez des nouvelles ?

— Oui, madame. Pouvez-vous venir à la caserne ?

— Vous l'avez retrouvé ?

— Non... Mais nous avons de nouveaux éléments.

— Il lui est arrivé quelque chose, c'est ça ?!

Elle hurle, à présent.

— Non, madame. Mais j'aimerais mieux en parler avec vous... Vous pouvez être là dans combien de temps ?

— D'ici un quart d'heure.

— Ne roulez pas trop vite, quand même. Je vous attends.

⁂

Marseille.

Qui lézarde au soleil, entre mer et collines.

Ville chamarrée, indisciplinée, résolument tournée vers le sud. Belle après-midi d'arrière-saison, pimentée d'un léger mistral qui coule du nord en suivant le Rhône.

La séparation est désormais imminente.

Suivant les instructions de son copilote, François se faufile dans la circulation dense et désordonnée de la grande cité phocéenne ; il finit par atterrir dans un quartier plutôt mal famé, celui où habite le *pote* de son autostoppeur. La BMW s'engage dans une impasse sordide, bordée de maisons de ville noircies par les années et les gaz d'échappement. Des enfants surexcités jouent au foot au milieu des voitures et des poubelles.

Que des gosses un peu bronzés, pense Davin.

— C'est là, indique Paul en pointant du doigt un porche d'entrée.

François se gare en amont, le long du trottoir d'en face. Les gamins lorgnent avec curiosité cette magnifique berline immatriculée 59.

— Ben voilà, dit Paul. Merci pour tout.

— Je vous en prie, sourit François.

— Ça m'a fait plaisir de faire votre connaissance.

— Moi aussi... Vous voulez que j'attende ici, au cas où votre ami ne serait pas là ?

À vrai dire, il n'a guère envie de traîner dans ce coin, bien trop populaire, mais ne s'est pas encore départi de ses bonnes manières.

— Non, ça va aller... Merci encore !

— Bonne chance pour la suite.

S'ensuit une poignée de main virile avec un drôle de sourire partagé. Paul attrape son sac à dos, entrouvre la portière. Là, il s'immobilise brusquement. La bouche crispée, il fixe l'autre bout de la ruelle.

— On s'en va ! murmure-t-il soudain.

— Pardon ?

— Démarrez, on se casse !

— Mais…

— Faut qu'on se tire, magnez-vous !

En suivant le regard de Paul, Davin ne distingue rien d'autre que des véhicules stationnés. Dont un avec trois ombres à l'intérieur. Une Mercedes grise.

— Putain ! gémit Paul. Démarrez, vite, sinon on est morts !

— Hein ?

— On est morts ! s'écrie Paul.

François réagit enfin, n'attendant pas plus d'explications. Marche arrière nerveuse mais stoppée par un minot qui refuse de s'écarter. Il jette un œil à la voiture repérée l'instant d'avant, voit le conducteur en sortir. Un colosse, manteau en cuir noir, lunettes fumées. Le parfait stéréotype du tueur, comme dans un mauvais thriller. Il tourne à nouveau la tête, fait signe au Zidane en herbe de se pousser. Celui-ci consent à rejoindre le trottoir en prenant son ballon sous le bras et la BMW quitte l'impasse tandis que l'homme en noir se hâte de reprendre le volant de la Mercedes.

François s'engage sur une avenue, Paul baisse son pare-soleil.

— Putain, ils sont déjà derrière nous !

— Mais c'est qui, ces mecs ?

— T'occupe ! hurle le jeune homme. Fonce !

François appuie sur le champignon, lorgnant à son tour dans le rétroviseur. La Mercedes grise est collée au pare-chocs.

— Qu'est-ce qu'ils veulent ? s'écrie-t-il.

— Ils me cherchent ! explique Paul d'une voix haletante. Accélère, faut les semer !

Les semer ? Mais il ne pourra jamais ! Il grille un feu orange, puis un rouge. Des coups de klaxon fusent, la Mercedes est toujours accrochée dans leur sillage. Davin donne un coup de volant à droite, coupe la route à un bus qui freine brutalement pour éviter de justesse la collision. La BMW s'aventure plein pot dans un sens interdit. Le bus arrêté au croisement a retenu les poursuivants un instant. Droite, gauche. À droite, encore. Dédale de petites rues étroites où la BMW mord les trottoirs sans se soucier des stops ou des priorités.

— On les a semés ! s'exclame Paul avec soulagement. T'es le meilleur, on les a eus !

François continue à s'éloigner du danger, menant son bolide au rythme de ses pulsations cardiaques.

— Entre dans le parking ! ordonne Paul. On va se planquer là un moment !

La voiture s'engouffre dans le souterrain. Quelques secondes pour prendre un ticket et ils plongent dans ses entrailles jusqu'au troisième niveau. Le plus loin possible. Davin s'arrête enfin, coupe le contact. Alors, il ferme les yeux, renverse la tête en arrière, reposant sa nuque durcie par le stress contre l'appuie-tête. Paul garde désormais le silence, visiblement mal à l'aise. François attrape d'un geste nerveux son paquet de cigarettes. Il baisse la vitre, en allume une. Après avoir tiré une bouffée, il toise méchamment son passager.

— Vous pouvez m'expliquer ce qui vient de se passer ?

Paul regarde ailleurs.

— Eh, je vous parle !

— Ça va, pas la peine de vous exciter…

— Mais vous vous foutez de ma gueule, ma parole ! Qu'est-ce que voulaient ces types, hein ?

— C'est pas vos oignons.

— Je rêve… J'ai failli emboutir ma bagnole, j'ai roulé comme un dingue pour vous sortir de la merde et *c'est pas mes oignons* ?

Paul allume une cigarette à son tour.

— OK… Ils me cherchent parce que je sais des trucs sur eux.

— Quels *trucs* ?

— Ben en fait, je me suis cassé de Lyon à cause de ça… Je me demande comment ils ont fait pour me retrouver.

— C'est qui, ces mecs ?

Paul affronte enfin son interlocuteur de face.

— À Lyon, je bossais comme DJ dans une boîte. Le patron trempait dans des affaires pas très nettes… J'ai surpris ses trafics, alors il m'a menacé.

— Vous avez été témoin de faits illégaux et ces hommes veulent vous… faire taire ? C'est ça que vous essayez de m'expliquer ?

Paul hoche la tête.

— Quand le boss s'est aperçu que j'avais découvert le pot aux roses, il a voulu me buter et je me suis enfui. Mais visiblement, il m'a logé.

— Bon, reprend François d'un ton plus posé, dans ce cas, je vais vous conduire au commissariat le plus proche.

— Chez les flics ?!

— Je ne vois pas d'autre solution.

— J'irai pas chez les poulets. Vous êtes malade !

— Et pourquoi ? Vous avez été témoin d'actes délictueux, vous devez en référer à la police. Vous demanderez une protection et…

— J'irai pas chez les keufs, tranche Paul d'une voix sans appel.

— Pourquoi ?

— J'ai pas envie, c'est tout.

François éclate d'un rire nerveux.

— *J'ai pas envie, c'est tout !* répète-t-il en imitant son passager. Vous préférez vous faire tuer ?

— Parfaitement ! Je balance pas… Vous avez qu'à me laisser ici, je vais me débrouiller.

— C'est ça ! Dès que vous mettrez le nez dehors, ils vous tomberont dessus.

— Faut pas exagérer. C'est grand, Marseille.

— Et ma voiture ?

— Quoi, votre voiture ? Elle a rien, votre caisse.

— Ils l'ont seulement repérée, c'est tout !

— Ils ne vous retrouveront pas. Ils n'en ont rien à foutre de vous.

— Moi, je crois que si vous refusez d'aller à la police, c'est parce que vous avez des choses à vous reprocher.

— Vous pouvez pas comprendre, conclut Paul en prenant son sac. Je vais rester ici un moment. Vous avez qu'à partir. Merci.

Il claque la portière ; François le suit des yeux, tandis qu'il s'assoit contre un pilier, à vingt mètres de là. Il balance son mégot par la fenêtre, prend le temps de réfléchir, peu pressé de regagner la surface. Les malfrats ne sont sans doute pas seuls. Ils possèdent peut-être plusieurs voitures qui ratissent le quartier. Ils finiront bien par le localiser.

Et après ? Il n'est rien pour moi ! Qu'est-ce que ça peut me faire qu'il crève ?

Il regarde encore en direction de Paul. Assis par terre, jambes repliées devant lui, son sac à dos posé à ses pieds. Sans argent, une bande de tueurs lancée à ses trousses.

Alors, François ne démarre pas.

Toute sa vie, il n'a vu que lui. Enfermé dans sa tour d'ivoire, indifférent à la misère quotidienne. Celle qui ronge les rues, qui rampe partout. Et là, à quelques mètres de sa superbe voiture, un gamin à même le sol, au fond d'un parking souterrain. Un gamin qui va peut-être mourir ce soir.

Et lui ? Lui aussi va mourir.

Pendant quelques minutes, il a oublié qu'il était condamné. En définitive, cette poursuite lui a changé les idées. Précieuses minutes où il n'a pas entendu cette phrase : je vais mourir. Où il n'a pas entendu le macabre *tic-tac* résonner dans son crâne.

Finalement, il rejoint Paul.

— Vous êtes encore là ? sourit le jeune homme.

— Je ne peux pas vous laisser.

— Vous pouvez pas ou vous *voulez* pas ?

— Qu'est-ce que ça change ?

— Je veux pas vous attirer encore des ennuis. Alors vaut mieux vous barrer.

— Non, vous allez venir avec moi, on va quitter cette ville… De toute façon, il est hors de question que vous retourniez chez votre ami.

— Cette nuit, peut-être.

— Ils vous attendront, c'est de la folie ! Allez, venez.

— Où on va ?

— Je ne sais pas… Je vais réfléchir. C'est pas les endroits qui manquent.

Paul soupire. Davin est toujours planté devant lui, debout, bras croisés. Tel un père face à un enfant capricieux.

— Bon, vous venez ?

— Je veux savoir où on va, d'abord.

François lève les yeux au ciel.

— Mais je n'en sais rien ! On y réfléchira en prenant la route… L'important est de s'éloigner du danger, non ?

— Je vais pas débarquer dans une ville où je connais personne !

— C'est sûr ! Mieux vaut rester dans une ville où des tueurs sont à votre recherche.

— De toute façon, j'ai pas un rond.

— Ça n'a pas posé de problème jusqu'à présent, il me semble ?

Paul se remet enfin sur ses pieds d'un bond agile.

— OK, je vous suis… Je reviendrai ici quand ils se seront calmés.

Ils retournent s'installer dans la voiture, décident de rester encore un peu dans le souterrain. Le temps de laisser les chasseurs s'éloigner.

⁂

Florence abandonne son 4 × 4 sur le parking de la gendarmerie. Elle ne pense même pas à fermer, se précipite à l'intérieur.

— Je suis madame Béranger, le capitaine Richard m'attend !

— Je vous accompagne, répond le brigadier.

Florence le suit dans les couloirs un peu sombres du bâtiment, jusqu'à l'exigu bureau qui empeste le renfermé.

— Alors ?

— Bonjour, madame Béranger. Merci d'être venue si vite… Asseyez-vous, je vous en prie.

— Bonjour, marmonne Florence. Alors ?

— Nous avons reconstitué l'emploi du temps de votre compagnon, juste avant qu'il ne disparaisse. Nous avons découvert qu'il avait eu un malaise sur son lieu de travail le 4 septembre, deux jours avant sa disparition.

— Je sais ! C'était la veille de mon départ pour Zurich.

— Suite à ce malaise, il a vu son médecin traitant, le docteur Lestanza, qui lui a demandé de passer un scanner…

— Je sais tout ça ! s'impatiente Florence. Après l'examen, il m'a appelée pour me dire que les résultats étaient bons.

— Il vous a menti, madame.

Le mot *menti* résonne bizarrement dans la pièce. Florence met quelques instants à retrouver la parole.

— Pardon ?

— Les résultats n'étaient pas bons, poursuit le capitaine. Pas bons du tout.

— Je ne comprends pas…

— En fait, le radiologue lui a appris qu'il souffrait d'une tumeur au cerveau.

— Une… Une tumeur au cerveau ?

Il aurait peut-être dû se montrer moins brutal. Aurait peut-être dû la renvoyer vers le neurologue…

— Oui, madame. Je suis désolé.

— Mais ensuite ? Qu'est-ce qu'il a fait ?

— Le lendemain, il a consulté en urgence le professeur Ibrahim à l'hôpital Salengro. C'est là que nous perdons sa trace. Nous avons interrogé ce neurochirurgien, il nous a déclaré que face à l'insistance de son patient, il lui avait révélé la vérité sur son état de santé. Tumeur non opérable et… espérance de vie limitée à quelques mois.

Le souffle coupé, Florence cherche de l'air pour décoincer ses poumons. Le capitaine ouvre la fenêtre de son réduit.

— Depuis ce rendez-vous à l'hôpital, nous avons pu suivre plus ou moins son parcours grâce à l'utilisation de sa carte bleue. Il est d'abord passé par Melun où il a dormi dans un hôtel. Ensuite, il est allé à Lyon en empruntant l'autoroute. Nous en sommes là pour le moment…

— Je comprends rien ! gémit Florence. Il… Pourquoi ne m'a-t-il rien dit ? Pourquoi est-il parti ?

— Nous pensons que l'annonce de sa mort prochaine a été un terrible choc pour lui. Suite à ce choc, il a préféré s'en aller, pour faire le point, prendre le temps de réfléchir. Peut-être ne savait-il pas comment vous l'annoncer ?

— Mais j'aurais pu l'aider ! J'aurais pu… Ce toubib lui a peut-être dit n'importe quoi ! On peut sans doute l'opérer à l'étranger !

— Ça, je n'en sais rien, madame. Je ne suis pas médecin.

— Il faut que je le retrouve !

— Écoutez, il va certainement revenir de lui-même, dans quelques jours. Inutile de vous lancer à sa poursuite, il vous sera difficile de le retrouver… Même si nous pouvons le localiser, c'est avec un temps de retard.

Je pense qu'il vaut mieux que vous l'attendiez chez vous. Par contre, vous pouvez toujours lui laisser un message en lui disant que vous connaissez la vérité. Ça l'incitera peut-être à vous contacter.

— Je vais devenir folle à attendre !

— Je comprends, madame. Mais au moins, vous savez maintenant qu'il n'a pas été enlevé ou assassiné.

Florence marche lentement jusqu'à la porte.

— Je sais seulement qu'il va mourir, murmure-t-elle.

CHAPITRE 6

— On pourrait aller à Nice, suggère François.

Il garde un excellent souvenir de cette ville. Il y a passé de si bons moments en compagnie de Florence…

— Ouais, pourquoi pas.

L'après-midi touche à sa fin. Les deux hommes sont restés dans le souterrain pendant près de trois heures. Comme le gibier traqué se planque au fond du terrier. Puis la BMW a enfin mis le museau dehors.

François conduit nerveusement, les yeux englués dans le rétroviseur. À chaque fois qu'il aperçoit la calandre d'une Mercedes, son cœur joue au yo-yo.

— Vous connaissez ? demande Paul, beaucoup plus calme.

— Quoi ?

— Nice…

— Évidemment !

Pourquoi *évidemment* ? songe Paul. On peut très bien passer une vie sans mettre les pieds à Nice. Pas quand on est bourré de pognon, *évidemment* ! Mais bientôt, lui aussi ira dans les endroits les plus chics de la planète. La présence des frères Pelizzari à Marseille retarde seulement de quelques jours ses projets.

— Pourquoi refusez-vous de témoigner contre ces truands ? reprend François.

— J'aime pas les flics.

— Vous préférez les truands ?

Paul soupire.

— Auriez-vous quelque chose à vous reprocher ? insiste l'avocat.

— Rien du tout. J'étais juste là quand fallait pas.

— Ce trafic, c'est quoi exactement ?

— Came.

— Ma parole, vous êtes givré de ne pas aller chez les flics ! s'étrangle Davin en le dévisageant d'un œil soupçonneux.

— Pour vous, quelqu'un qui connaît des trafiquants de drogue, c'est forcément quelqu'un qui se drogue, c'est ça ? ricane Paul. Je touche pas à ça ! J'ai la tronche d'un tox, peut-être ?

Il n'y a pas vraiment de visage pour ça. La drogue, François l'a côtoyée de près. Dans son milieu, la toxicomanie est même un fléau. Du simple pétard à la dose quotidienne de cocaïne ou d'amphétamines, il a tout vu sans jamais avoir la faiblesse d'y toucher. C'est vrai, ce gamin n'a pas l'air d'un junkie en manque. Il a peut-être simplement mis les pieds où il n'aurait pas dû…

Ils affrontent les embouteillages de la fin d'après-midi, finalement rassurés par cette promiscuité semblant à même de les protéger.

Ils sont un peu perdus et finissent par s'engager sur l'autoroute en direction de Toulon. Voilà une ville dans laquelle François n'a jamais mis les pieds. Il connaît Monaco, Nice, Cannes, Saint-Tropez, mais pas Toulon. De toute façon, ils ne feront que la traverser.

La circulation est particulièrement ralentie et, à chaque péage, un bouchon les attend.

— On va prendre du retard, soupire Davin.

Mais du retard sur quoi ?

François n'a ni destination précise, ni horaire à respecter. Plus d'emploi du temps surchargé ni d'agenda trop étroit pour contenir tous les rendez-vous. Plus rien.

Si.

Un étrange sentiment de liberté.

⁂

Florence est rentrée juste après sa visite à la gendarmerie. Espérant trouver François dans le salon. Mais la grande maison sonne désespérément vide. Elle se sert un scotch, s'effondre sur le sofa. Elle avale le contenu de son verre d'un trait, une grimace déforme son visage délicat mais fatigué.

François va mourir.

Double douleur.

Il s'est enfui, l'a abandonnée, mais elle ne peut même pas lui en vouloir. Parce qu'il doit souffrir. Souffrir tellement… Pourquoi cette fuite ? Pourquoi ne pas avoir voulu partager ce drame avec elle ? Comment peut-il la tenir à l'écart de quelque chose d'aussi important, d'aussi grave ? Elle veut l'aider, en a besoin pour supporter le choc. Elle ne pourra pas rester là, les bras croisés. Seule, inutile. Elle empoigne le téléphone, compose le numéro du portable. Bien sûr, elle tombe sur le répondeur. *Bonjour, vous êtes bien en communication avec le portable de Maître Davin. Je ne suis pas disponible pour l'instant, mais je me ferai un plaisir de vous rappeler si vous me laissez un message. Merci et à très bientôt.* Cette voix si douce, si chaude. Qui lui manque si cruellement… Encore quelques secondes puis un bip atroce.

— François, c'est encore moi… Je t'en prie, rappelle-moi ! Je sais pour… pour les résultats du scanner et ton rendez-vous à l'hôpital… Alors je t'en prie, rappelle-moi, mon amour ! Je t'aime. Et je suis morte d'inquiétude pour toi. Je t'embrasse.

Elle raccroche, se sert un autre verre. Elle qui ne boit jamais…

Je n'aurais peut-être pas dû prononcer le mot *morte* dans mon message. Quelle conne !

On croit toujours que ce genre d'horreur n'arrive qu'aux autres. Qu'on est à l'abri.

On se trompe.

Mais il y a forcément une solution, François ne peut pas mourir ! Il est en pleine forme, dans la force de l'âge. Ils iront voir un autre toubib, des tas de toubibs, jusqu'à trouver le bon. Ils se battront, ensemble. Dès qu'il reviendra. Dès qu'il retrouvera le chemin de la maison, de la raison.

Florence ingurgite son alcool, repose le verre sur la table basse en pierre de lave. Finalement, cette maison est froide, impersonnelle. Elle ne s'en était jamais aperçue. Avec ces murs blancs, ces sculptures, ces tableaux, ces meubles anciens. Ce marbre gris sur le sol. Trop bien rangée, trop impeccable. Trop grande aussi. Et si silencieuse… Elle n'a pas d'âme. Ou alors, elle n'en a plus.

Le téléphone sonne, elle se jette sur le combiné.

— François ?

— Non, c'est moi.

Camille Béranger. La Reine Mère, comme l'appelle François.

— Bonsoir maman.

— Alors, tu as du nouveau ?

Malheureusement, oui. Mais François n'aimerait pas qu'elle le révèle.

— Pas vraiment, non.

— Qu'entends-tu par là ?

— Eh bien, les gendarmes ont pu retrouver sa trace à Lyon et…

— Lyon ?

— Oui… Apparemment, il est parti.

— Avec une autre femme ?

— Non, maman… Écoute, je crois que François avait besoin de prendre un peu de recul.

— Du recul par rapport à quoi ?

Florence soupire.

— Je n'en sais pas plus pour le moment, tranche-t-elle. Mais il est en vie et va bien… Pour le reste, j'attends qu'il se manifeste.

— Je ne comprends rien ! Je t'ai toujours dit que cet homme n'était pas fiable…

— Il faut que je te laisse, coupe Florence d'une voix cinglante. Si j'apprends quelque chose, je te rappelle. Vaut mieux que la ligne reste libre.

Elle raccroche violemment et contemple son verre vide d'un air hagard. Elle n'a même pas envie de se saouler. De toute manière, le whisky importé directement d'Écosse n'a plus de goût. Plus rien n'a de goût. Parce que François n'est pas là.

Parce que bientôt, il ne sera plus là.

⁂

Après avoir déchiqueté les rails de sécurité, l'énorme poids lourd s'est couché sur le flanc avant de s'échouer au milieu de l'autoroute, telle une gigantesque baleine sur une plage. Deux voitures encastrées dans sa remorque ressemblent désormais à des compressions de César.

— Ils ont dû morfler, murmure Paul en écarquillant les yeux.

La BMW avance au pas, coincée depuis deux heures dans un gigantesque bouchon. Enfin, ses deux passagers comprennent la raison de cet embouteillage record entre Marseille et Toulon. Un carambolage comme ceux que l'on voit à la télé. Sauf que là, les images sont réelles. Cruelles. Les secours s'activent toujours pour désincarcérer le conducteur d'une Peugeot, inconscient au volant de son véhicule ratatiné. Prison de tôle déformée qui refuse de desserrer ses mâchoires. La police a réussi à dégager une voie où les automobilistes passent chacun leur tour, le regard braqué vers le drame. Curiosité face à la mort, face au sang. Fascination morbide.

François, lui, ne tournera pas la tête.

Paul non plus, d'ailleurs.

Enfin, la BMW s'élance sur la voie de gauche, heureuse de reprendre de la vitesse, de pouvoir refroidir ses entrailles métalliques. Le jour décline déjà, Davin sent son mal de tête revenir en douce, au fur et à mesure que le soleil abandonne la partie.

— Je crois qu'on n'arrivera pas à Nice ce soir, annonce-t-il. On s'arrêtera à Toulon.

— Comme vous voulez.

Ils n'ont guère parlé depuis leur départ de Marseille. Maintenant qu'ils ont semé les tueurs, François pense à nouveau à lui. À ce monstre qui lui grignote consciencieusement la tête.

Il entend à nouveau l'horloge, l'ignoble *tic-tac*.

Je vais mourir.

L'oubli aura été de courte durée.

Pourtant, au milieu de cette obsession, émergent d'autres questions.

Est-ce que Paul me dit la vérité sur ces hommes ? A-t-il vraiment été un témoin gênant ou fait-il partie lui aussi de cette bande de malfrats ?

Ce garçon sait mentir, c'est évident. Mais il est en danger, donnant ainsi à François un bon prétexte de fuite en avant. Il ne peut revenir sur ses pas, il doit d'abord aider cet inconnu en détresse.

Toulon, enfin. François s'engage sur un large boulevard, sans trop savoir où il va.

— Vous connaissez cette ville ? espère-t-il.

— Un peu… J'ai bossé ici.

— Bossé ?

— Oui, un job d'été, quoi. Mais c'était il y a longtemps.

Une forêt d'immeubles à gauche, puis la prison. À droite, l'arsenal et la préfecture maritime… Ils arrivent rapidement sur le port. De temps en temps, un bout de mer, quelques mâts de bateaux qui se devinent entre les murailles de béton.

— J'ai faim, marmonne soudain Paul. On pourrait peut-être s'arrêter dans un resto.

Davin soupire. Pire qu'un gosse… Mais *c'est* un gosse ! Qui, sans doute, a grandi trop vite.

— Je voudrais d'abord trouver un hôtel. Pour la bouffe, on verra plus tard.

En roulant un peu au hasard, ils atterrissent dans un quartier plus touristique, juste en face de la mer. Après tout, c'est bien la Méditerranée que François est venu admirer en prenant la direction du sud… Il laisse la voiture sur un grand parking, près des plages, et les deux hommes marchent jusqu'à un hôtel cossu qui domine la corniche. Cette fois, il y a la possibilité de prendre deux chambres mais, à la grande surprise de Davin, Paul refuse catégoriquement. Inutile de payer pour deux piaules, du moment qu'il y a deux lits bien sûr. *Qu'on nous prenne pas pour des tarlouses !* ajoute-t-il en riant. Après avoir déposé leurs affaires, il y en a si peu, ils redescendent à la recherche d'un restaurant. Des petits snacks, sortes de paillotes en dur qui plairaient bien à Paul, s'alignent sur le front de mer. Mais François opte pour un établissement plus chic. C'est lui qui paye, son invité ne se permet donc aucun commentaire. De toute façon, ce gamin semble à l'aise partout. Dans la misère comme dans les beaux endroits… Malgré la fraîcheur du soir, ils se calent en terrasse, juste au-dessus de la plage ; un petit vent leur apporte des nouvelles du large, effluves d'iode et d'embruns. En définitive, cette ville possède aussi de jolis coins.

Paul hésite longtemps devant la carte. Il n'aime pas spécialement les fruits de mer ; or le restaurant ne propose quasiment que ça. Lorsque le serveur se pointe, François commande deux whiskies en apéritif sans se soucier de savoir si son convive apprécie cet alcool. Il allume une clope, lève son verre. Paul le considère avec étonnement puis lui sourit.

— À quoi on trinque ?

— À ce que vous voudrez, répond l'avocat.

— Bon ben… à votre santé, alors !

Évidemment. Il ne peut pas savoir… Les verres s'entrechoquent, Paul continue de sourire. Il a l'air serein malgré la mésaventure du jour.

— C'est bien de vous avoir trouvé sur ma route, dit-il en lui piquant une Royale. Je peux ?

— Je vous en prie.

— Un jour, je vous rembourserai, affirme-t-il. Les restos, les hôtels, tout ça… Faudra juste que vous me laissiez une adresse où vous envoyer le fric.

— Et comment allez-vous faire ? ironise François d'un ton un peu hautain.

— Je serai bientôt bourré de tunes, moi aussi !

— Vraiment ?

— Ouais, j'ai un bon plan qui m'attend à Marseille.

— Il y a surtout des tueurs qui vous attendent à Marseille !

— Ils finiront par m'oublier.

— Ça dépend. Pourquoi vous cherchent-ils ?

— Je vous l'ai dit : j'ai découvert leurs trafics alors ils ont peur que je balance.

— Pourtant, c'est pas votre genre !

— Ouais, mais peuvent pas savoir.

— Cependant, ils ont l'air de bien vous connaître. Ils savaient précisément où vous trouver à Marseille.

Paul ne répond pas immédiatement. Le temps de confectionner un beau mensonge, suppose François.

— J'ai dû leur raconter que j'avais un pote là-bas…

— Ils connaissaient même son adresse ?

— Juste son nom, mais ça suffit pour trouver où il crèche !

Soudain, il pâlit un peu, sa bouche se crispe. Comme s'il venait d'avaler un truc amer.

— J'espère qu'ils ne lui ont pas mis la tronche au carré ! Ou pire…

— Si c'est après vous qu'ils en ont, je ne vois pas pourquoi ils lui auraient fait le moindre mal… Et puis si c'était le cas, ils vous auraient attendu en haut, chez lui. Ainsi, ils étaient sûrs de vous coincer.

La pertinence du raisonnement permet à Paul de se détendre.

— On pourrait se tutoyer, propose-t-il.

Il est en train de siroter son apéro, le coude sur la table. Ce simple détail incommode François.

— Vous m'avez déjà tutoyé, tout à l'heure… Lorsque vous avez vu les trafiquants.

— Mais là, c'était dans le feu de l'action… Alors, on se dit « tu » ?

— Si vous voulez.

Une serveuse arrive, lance un chaleureux bonsoir, adresse un sourire appuyé à François. Après leur avoir souhaité bon appétit, elle s'éclipse et Paul fixe son chauffeur avec un sourire puéril.

— Eh ! T'as vu ? chuchote-t-il.

Davin a encore du mal à accepter ce tutoiement qui le fait presque sursauter, cette marque de familiarité un peu déplacée.

— Quoi donc ?

— La serveuse. Elle t'a bouffé des yeux !

— Je n'ai pas remarqué, prétend François.

— Pourtant, elle a insisté ! Tu dois emballer facile, non ?

— Je n'ai pas pour habitude *d'emballer*, précise François d'un ton cinglant.

— Oh, pardon ! Je ne voulais pas te choquer, *Maître* Davin !

Il éclate de rire. Un rire puissant, généreux. François se sent d'abord un peu vexé. Mais finalement, ce rire lui fait du bien. Ce rire, c'est la vie. Celle qui s'en va doucement de son âme en perdition…

Ils s'attaquent au contenu de leurs assiettes, Paul admirant au passage la dextérité de Davin qui maîtrise à la perfection l'art de décortiquer le poisson avec une fourchette et un couteau. Sans jamais mettre les doigts. Incroyable.

— Vous avez quel âge, Paul ?

— *Tu* as quel âge !

— Ah oui… Tu as quel âge, Paul ?

— Bientôt vingt.

Encore plus jeune qu'il ne l'aurait cru ! Il pourrait presque être son fils. Non, il *pourrait* être son fils… Ce fils qu'il n'a pas eu. Trop occupé à s'occuper de lui.

— Et toi ?

— Quarante-sept.

Presque quarante-huit, mais François ne le précise pas, lui.

— T'es plus vieux que mon père.

— Quel tact !

— Désolé, je voulais pas te vexer… On a l'âge qu'on a, de toute façon.

C'est certain. Et puis maintenant, l'âge n'a plus d'importance. Au moins, François ne se verra pas vieillir. Une grande angoisse qui l'a poursuivi ces dix dernières années. Vieillir, devenir impotent, dépendant, inutile… Improductif. Incontinent. Impuissant. Tous ces préjugés-clichés liés à l'âge, matraqués par la société de consommation, histoire de fourguer camelotes en tous genres, de la crème antirides à la convention obsèques.

Obsession qui aujourd'hui lui semble tellement dérisoire.

— De toute façon, tu fais pas vieux du tout. J'aimerais bien être comme toi à ton âge !

C'est sans doute un grand compliment. À la manière Paul.

Un long silence vient ponctuer leur conversation déjà clairsemée. François a commandé un cassis blanc pour accompagner le repas. Il en est à son quatrième verre et en demande une autre bouteille.

— Pourquoi t'es là ? demande soudain Paul.

Cette question, François l'attend depuis longtemps. Surpris qu'elle ne soit pas tombée plus tôt.

— Je te l'ai dit, j'avais besoin de me retrouver un peu seul, loin de mon boulot et de ma vie.

— Tu t'es disputé avec ta gonzesse ?

— Non.

— Et tu l'appelles même pas ?

Le cœur de François se contracte. L'appeler, il y songe constamment. Mais se sent incapable de lui parler.

— Remarque, ça ne me regarde pas, conclut Paul. Elle sait où t'es ?

François répond d'un signe négatif de la tête, s'offre un cinquième verre de vin. Alors que déjà, le bruit des vagues résonne bizarrement dans sa tête.

— Tu l'aimes plus, c'est ça ?

— Non, c'est pas ça.

— T'as pas envie de me dire ?

— Il n'y a pas grand-chose à dire… J'ai vécu quelque chose de difficile récemment et j'avais besoin de cette coupure.

Paul regarde la mer qui danse doucement dans les ténèbres, se demandant ce que son compagnon de route essaie de lui cacher.

— T'as des enfants ?

— Non, soupire François.

Heureusement, non. Ça serait tellement plus dur avec des enfants. Mais en même temps, il prend conscience en cet instant de sa terrible solitude. Il ne laissera rien derrière lui.

Le vide.

Personne ne portera son nom, ses gènes. Personne ne lui tiendra la main sur son lit de mort, en l'appelant papa... D'un seul coup, une épée lui transperce le cœur.

Son père, lui, avait un fils. Un fils qui n'a même pas été capable de lui tenir la main.

Non, je n'étais même pas là au moment où...

La honte, les regrets, les remords. Confinés au fond de lui depuis des années et qui, soudain, ressurgissent pour le frapper en pleine tête.

Il se ressert encore un verre de vin.

— Tu vas finir bourré ! prévient Paul en riant.

— Tu me porteras jusqu'à la chambre...

— Je suis pas assez costaud. Mais la serveuse, je suis sûr qu'elle se fera un plaisir de s'occuper de toi... Elle te cajolera toute la nuit si tu veux !

La deuxième bouteille est vide, Paul n'y a pas beaucoup touché. Davin peine à se remémorer le code de sa MasterCard. Son invité voudrait bien l'aider mais n'ose pas lui souffler la série de quatre chiffres.

François se lève. Ça tangue. Fort. Avis d'ouragan sur la Méditerranée. Il ferme les yeux, tente de se contrôler.

— Tu vois, t'as trop bu.

— Gueule encore plus fort, que tout le monde t'entende !

Gueule ? Voilà un mot qui n'a pas sa place dans le vocabulaire de François ! pense le jeune homme.

— On peut marcher un peu sur la plage avant d'aller se pieuter, propose-t-il. Ça te fera du bien. L'air frais, y a pas mieux pour dessaouler.

François parvient encore à marcher, mais il lui semble que le sable court sous ses pieds.

— Assieds-toi, ordonne Paul.

Il le pousse sur un muret, s'accroupit devant lui.

— Mais qu'est-ce que tu fous ? grogne Davin.

— Je t'enlève tes godasses, comme ça, tu pourras marcher dans l'eau. Ça va te faire de l'effet, tu vas voir. Radical !

Il accroche les deux chaussures par leurs lacets, les suspend autour du cou de François qui continue de râler.

— Je vais avoir plein de sable sur mon pull…

— On s'en fout ! T'es pas au bureau, mon vieux !

Mon vieux ? S'il en avait la force, Davin lui collerait volontiers une mandale. De quel droit se permet-il ?… Paul lui retrousse même le bas de son jean puis fait la même chose avec son pantalon treillis. S'occupant de lui comme le ferait une épouse dévouée. Ou un fils, peut-être. Ça, il ne peut pas savoir.

— Allez, debout, maintenant !

— J'ai mal au cœur…

— Justement, ça va te faire du bien. Allez, viens !

Il remet François sur ses pieds avec la force d'un palan, puis le pousse jusqu'à l'eau.

— Houa ! Elle est gelée !

— J'ai mal au cœur…

— Ça va passer. C'est cool, un bain de minuit !

— J'ai mal au cœur.

François titube de plus belle, malgré l'électrochoc.

— Je vais me casser la gueule, putain…

— T'inquiète, je te laisserai pas te noyer.

Finalement, Paul prend ses précautions. Il décide de tenir François par le bras. Car s'il tombe, il ne se relèvera plus. Et il n'a pas envie de le porter jusqu'à l'hôtel.

— Lâche-moi, marmonne Davin. Tu te prends pour ma mère ou quoi ?

— Marche et ferme-la.

Le gamin rigole toujours. Il semble bien s'amuser. François accomplit des efforts surhumains pour rester sur ses deux jambes. Puis il essaie de se justifier dans un sursaut de dignité.

— Je ne comprends pas… ça doit être ces médicaments.

— Sans doute ! s'esclaffe Paul. C'est pas du tout le whisky ni les deux bouteilles de pinard !

Ils continuent d'avancer, direction l'hôtel, de l'eau jusqu'aux genoux. La poigne vaillante de Paul toujours clouée sur le bras de François.

— Ça va mieux ?

— Un peu. C'est vrai que ça fait du bien ! Mais j'suis mal…

Les plages sont désertes, les snacks ont fermé leurs portes. Il fait frais, on est en semaine. Il n'y a plus personne.

— On devrait rentrer, dit François.

— C'est ce qu'on est en train de faire, rappelle Paul. Encore un petit effort. Quand on sera au bout, on quitte la plage, on traverse le parking et on se remet sur la route… Ensuite, tu retrouves ton pieu.

Ils marchent toujours, pieds nus dans une eau sans lune. Couple insolite, formé par l'errance, la douleur. À la faible lueur des quelques lampadaires dont le halo de clarté se reflète en ricochet jusqu'au large.

Soudain, Paul aperçoit quelques personnes sur la plage. Il ne peut distinguer ni leur nombre, ni leur âge ; il les entend juste rire. Ils sont peut-être dans le même état que François... Ou pire.

Ils passent à proximité des jeunes affalés sur le sable. Cinq mecs, trois nanas. Qui carburent à la bière ; à autre chose aussi, sans doute. Bien sûr, ils ne manquent pas de remarquer ce drôle d'équipage à l'équilibre douteux.

— Eh ! C'est quoi ça ? lance l'un d'eux. C'est pas une plage de pédés, ici !

François s'immobilise, s'efforçant de fixer les malotrus dans la pénombre. Sentant arriver les problèmes, Paul essaye de l'entraîner plus loin.

— P'tit connard ! défie l'avocat.

— Arrête ! supplie Paul. Les écoute pas, amène-toi !

Mais Davin n'est pas décidé. Il veut en découdre avec la faune nocturne qui peuple cette plage. Il a soudain rajeuni de trente ans.

Un des adolescents s'approche.

— Qu'est-ce t'as dit, toi ? Qu'est-ce t'as dit ? Vas-y répète !

— J'ai dit *p'tit connard* ! assène François avec un geste désynchronisé du bras.

— Tu veux que je te fasse ta fête, papy ?

Papy ? François veut se ruer sur l'ennemi, mais Paul le retient avec force.

— J'vais te casser la gueule, racaille !

— On se calme ! ordonne Paul. Allez, viens...

— Ouais, c'est ça ! Amène ta copine avec toi, espèce de fiotte !

Un autre s'avance, suivi de près par le reste de la meute.

— Il va nous filer son blé avant de partir, le vieux con.

Paul distingue une lame dans la main du nouveau venu. Un cran d'arrêt.

— Va te faire foutre ! rugit François.

— Le fric ! exige le caïd des plages en brandissant son couteau.

Il s'empare du portefeuille dépassant de la poche arrière du jean de François, qui esquisse un mouvement désespéré pour récupérer ce qui lui appartient. Il part en avant, se retrouve la tête dans le sable, telle une autruche. Les autres se marrent puis s'intéressent à Paul.

— File ton fric, toi aussi !

— OK, murmure Paul. OK, je vais vous donner tout ce que j'ai… Mais on reste calmes, les mecs.

— Dépêche !

François tente de se relever. Il fixe le couteau, apparemment calmé. Comme s'il venait de réaliser qu'il est encerclé et incapable de tenir sur ses jambes. Paul laisse tomber son sac à dos, en ouvre la première poche.

— Alors, tu te bouges ? s'impatiente le petit nerveux au couteau.

— Ça vient, assure-t-il en se redressant.

Les visages se figent. Paul sourit à son tour.

— Le portefeuille, tu le rends à mon ami. Tout de suite.

Les petits malfrats ont les yeux exorbités, rivés sur l'énorme calibre braqué dans leur direction. Le couteau semble soudain ridicule à côté de l'engin que serre Paul dans ses deux mains. Le caïd lâche le portefeuille.

— C'est bien, dit Paul. Maintenant, vous avez dix secondes pour disparaître. Sinon, je vous allume.

— Déconne pas, mec ! implore l'un d'eux en reculant. On voulait juste s'amuser…

— *10, 9, 8…*

— Merde !

— *7, 6, 5…*

Ils détalent soudain comme des lapins, s'évaporant rapidement dans l'obscurité. François est toujours par terre. Groggy mais conscient. Paul met le pistolet à sa ceinture puis aide l'avocat à se redresser.

— Allez, debout ! On rentre.

— Ils sont partis ?

— Ouais, mais faut pas traîner ici. Appuie-toi sur moi… Putain de soirée !

CHAPITRE 7

François ne parvient pas à ouvrir les yeux. Il est allongé sur le ventre, la tête sanglée à l'oreiller, incroyablement lourde. Comme si quelqu'un appuyait sur sa nuque. Et tous ces clous plantés à la racine des cheveux... Il met plusieurs minutes à se retourner sur le dos. Soulève une paupière avec précaution. Une seule pour économiser ses forces. Une lumière tranchante pulvérise sa pupille, il rabaisse précipitamment le store.

Il vient de comprendre que l'alcool et certains médicaments ne font pas bon ménage.

— Paul ?

— Oui ?

Il n'est pas seul. Ce n'était pas un rêve ou plutôt un cauchemar. Il sent quelqu'un s'asseoir près de lui, le matelas couine sous l'effort.

— Mal à la tête ?

François essaye de répondre mais ses lèvres semblent avoir enflé pendant la nuit. Sa langue aussi. Elle est énorme. En ciment ou en plâtre.

— Tu veux du café ?

Paul n'attend pas la réponse ; il décroche le téléphone au-dessus du lit. François l'entend commander un petit déjeuner. Sans doute avec un mégaphone. Décibels qui rebondissent contre les parois de sa falaise crânienne.

— Allez, on ouvre les yeux !

François s'exécute, la lumière l'agresse à nouveau. Plusieurs essais plus tard, il découvre le décor suranné d'une chambre d'hôtel et Paul, déjà habillé. Tandis que lui est *encore* habillé. Il se redresse difficilement, rattrape son crâne irrésistiblement aimanté par l'oreiller.

— Jolie gueule de bois ! T'as une tronche, j'te dis pas !

— Quelle heure il est ?

— Neuf heures et il fait un temps magnifique.

Le petit déjeuner arrive jusqu'à eux, apporté par le patron de l'hôtel en personne. François est gêné d'être surpris dans un état aussi lamentable.

— Tu mets du sucre dans ton café ?

Davin répond par un signe négatif de la tête, observant d'un œil éteint le jeune homme qui remplit les tasses. Il a l'impression que tout tourne au ralenti. Le café brûlant, un peu amer, le ramène à la vie. Progressivement, il se remémore les images de la veille au soir, comme un mauvais film.

Le resto, la plage. Un couteau. Une arme à feu.

Mais peut-être a-t-il rêvé ?

— Qu'est-ce qui s'est passé, hier soir ?

Paul, qui dévore une tartine de pain, se contente d'une réponse évasive.

— T'as bu trop de vin blanc.

— Je parlais de ce qui s'est passé après… Sur la plage.

— Tu t'en souviens pas ?

François finit son café, s'assoit sur le bord du lit. Il fixe Paul avec un embryon de colère au fond des yeux.

— T'as sorti un revolver, hein ?

— T'inquiète, c'est un faux ! Un jouet... Vaut mieux en avoir un quand on est sur la route.

— Un jouet ?

— Ouais. Mais plus vrai que nature !

— Montre.

— Quoi ?

— Le *jouet*.

— Pourquoi, tu me crois pas ?

— Si, si... Bien sûr.

Paul passe dans la salle de bains. François, dans un effort surhumain, se déplie pour s'emparer du sac à dos posé par terre. Il ouvre la première poche à l'avant, tombe direct sur le fameux jouet. Il le prend en main, reste le souffle coupé.

Beretta neuf millimètres. Plus vrai que nature, oui.

Avec plusieurs chargeurs.

— Lâche ça, ordonne une voix qu'il ne reconnaît pas.

Davin se retourne, l'arme dans la main gauche.

— Pose ça tout de suite.

François reste aphone. Paul s'approche, prudent. Il confisque le flingue avec délicatesse, le remet à sa place.

— Faut pas s'amuser avec ça... C'est dangereux.

— Parce qu'en plus, il est chargé ?

Paul le regarde droit dans les yeux. François frissonne.

— Évidemment, qu'il est chargé. Sinon, à quoi ça sert ?

Davin retombe sur le lit. Anéanti.

— C'est pas vrai !

— Te mets pas dans des états pareils…

— Merde… Je rêve !

Paul soupire. Il allume une Marlboro, se poste dos à la fenêtre, en face de François qui le dévisage maintenant avec fureur.

— Pourquoi tu as une arme, hein ? T'es qui, au juste ?

— T'inquiète. J'ai un flingue parce que ça peut servir. C'est tout.

— *C'est tout* ?! Mais…

— Je me suis dit que, dans ma situation, valait mieux que j'aie de quoi me défendre. Et puis heureusement que je l'avais hier soir. Sinon tu te serais pris une sacrée branlée ! Et t'aurais plus un rond… Plus rien.

— C'était des gamins !

— Ils avaient piqué ton portefeuille, tes *gamins*. Et ils allaient sans doute te casser la tronche… ou te planter une lame dans le bide.

— Arrête tes conneries ! ordonne François en se levant. Qui t'a procuré cette arme ?

— T'es flic ? Je croyais que t'étais avocat.

— Te fous pas de ma gueule !

— C'est un pote qui me l'a filée.

— T'as de drôles de *potes* !

— Ouais. Et alors ? On va pas passer la matinée là-dessus ! J'ai un flingue dans mon sac, et après ?

Comment ça, *et après* ?

— C'est interdit.

— Sans déconner ? J'suis au courant, figure-toi ! Et quoi ? Tu vas me balancer aux keufs ?

François secoue la tête. Il ne sait plus où il en est. Il passe dans le réduit pour soulager sa vessie douloureuse. Il s'affronte dans le miroir, surpris de voir qu'il a encore un visage humain. Il tente de faire le point. Il se trouve dans la même chambre qu'un inconnu armé d'un gros calibre. Qui lui a peut-être sauvé la vie. En tout cas, qui lui a permis de récupérer son portefeuille. Avec tout dedans ; papiers d'identité, carte bleue… Il y a trois jours, il était un homme normal, avec une vie normale. Un homme brillant, même. Ce matin…

Il retourne dans la chambre où Paul sirote un deuxième café.

— Tu manges pas ?

— Pas faim…

— C'est le flingue qui te contrarie ?

— Mais non, penses-tu ! Je me balade à travers la France avec un mec poursuivi par des tueurs et qui trimballe un revolver dans son sac… Tout va bien !

— Un pistolet.

— Pardon ?

— C'est pas un revolver, c'est un pistolet.

— Ça change quoi ?

— Rien. C'est un pistolet, c'est tout… Tu veux un autre café ?

— Merde, je vais me réveiller, c'est pas possible !

— T'énerve pas. T'aurais préféré que je laisse ces p'tits cons te piquer ton blé ?

François ne répond pas. Il retombe sur son matelas.

— T'es fâché ? demande Paul avec une moue de petit garçon.

Fâché. Comme s'il s'agissait d'une bêtise sans importance.

— Imagine que les flics nous contrôlent !

— Y a pas de raisons qu'on se fasse arrêter par les poulets et encore moins de raisons qu'ils fouillent mon sac ! Arrête de flipper. Si ça arrivait, je dirais que tu n'étais au courant de rien. Ça te va ?

François lève les yeux au ciel. Après tout, il n'est plus à ça près. Il lui est arrivé tant de choses en quelques jours que les règles de relativité ont tendance à changer. Il prend une bonne douche, s'habille rapidement. Il faudra songer à s'acheter d'autres vêtements.

— Alors, on va à Nice ? demande Paul.

François le toise bizarrement. Il a l'impression que ce jeune homme planifie le programme de ses vacances sur la Côte. On fait quoi, aujourd'hui ? On braque une banque ou on visite un musée ?

— On va d'abord aller faire un tour en ville. Je veux m'acheter des fringues.

— Si tu veux. Il m'en faudrait aussi, mais pour le moment…

Ils quittent l'hôtel avant midi, font une halte dans un grand centre commercial. François retire deux mille francs, en donne immédiatement la moitié à Paul.

— Achète-toi ce dont tu as besoin.

Paul reste un instant stupéfait.

— Merci.

— De rien.

— Si… t'es vraiment un type génial.

— Non, je ne suis pas un type génial ! Après tout, c'est grâce à toi que j'ai encore un peu de fric… Bon, on se retrouve à la voiture dans une heure, d'accord ?

François part de son côté à la recherche d'une boutique de vêtements pour hommes. Pourquoi fait-il tout cela pour un pauvre gamin un peu perdu ? Parce qu'il est perdu, justement. Et que l'argent qui dort sur son compte n'a plus la même valeur qu'avant.

Avant, où il ne donnait jamais le moindre centime aux SDF qui venaient quémander à sa portière de voiture.

Ils n'ont qu'à bosser autant que moi, ces parasites !

Avant.

⁂

Aux portes de Fréjus, la BMW quitte l'autoroute. Ce sera un peu plus long, mais tellement plus beau. Autant faire du tourisme.

— Tu comptes retourner à Marseille ? interroge François.

— Oui. Je leur laisse le temps de m'oublier et ensuite, j'y retourne.

— Tu as appelé ton ami ?

— Je l'ai prévenu que j'arriverai plus tard que prévu.

— Tu ne lui as rien dit pour les tueurs ?

— Non, inutile qu'il s'inquiète.

François admire la sérénité de son passager qui se régale des paysages sans avoir l'air de paniquer le moins du monde.

Alors, il se demande une fois encore ce qu'il fabrique sur cette route ensoleillée, en compagnie de ce jeune homme, ce délinquant.

Une drôle de cavale, vers une destination inconnue, aux côtés d'un inconnu. Alors qu'ailleurs, des proches espèrent son retour.

Paul chantonne, comme souvent quand le silence devient trop pesant. Et cette voix, cette présence lui changent les idées. Même si le *je vais mourir* résonne toujours à intervalles réguliers dans sa tête.

Même s'il ne peut ignorer le *tic-tac* qui égrène le temps qu'il lui reste à vivre.

Même s'il ne peut arrêter l'horloge.

Dans la même voiture, sur une même route, deux hommes que tout semble opposer et qui pourtant fuient ensemble des destins différents. Après tout, pourquoi tenter sans cesse de trouver des explications ? Sa tumeur au cerveau n'en a pas. Sa mort prochaine non plus. Sa fuite encore moins.

Rouler droit devant, admirer la mer qui se marie à la perfection avec la peau rouge de l'Esterel. Il se souvient de la serveuse, dans la cafétéria de l'autoroute. *Profiter des derniers moments avec ceux que j'aime ou... faire le tour du monde*. Vivre des choses insensées. Faire ce qu'il n'a jamais fait.

Au moins, Flo ne me verra pas agoniser. Elle gardera une belle image de moi. De beaux souvenirs.

La pitié, il n'en veut pas.

Il comprend en cet instant précis qu'il aura du mal à revenir en arrière.

Qu'il ne le pourra peut-être plus jamais.

Quand la terre est changée en un cachot humide,
Où l'Espérance, comme une chauve-souris,
S'en va battant les murs de son aile timide
Et se cognant la tête à des plafonds pourris ;
[…]
— Et de longs corbillards, sans tambours ni musique,
Défilent lentement dans mon âme ; l'Espoir,
Vaincu, pleure, et l'Angoisse atroce, despotique,
Sur mon crâne incliné plante son drapeau noir.

Les Fleurs du mal, LXXVIII, « Spleen »

CHAPITRE 8

Finalement, Nice n'a pas su les retenir.

Pourtant, les plages y sont belles, le climat accueillant, les souvenirs rassurants.

Mais d'un commun accord, les deux voyageurs ont décidé de découvrir l'arrière-pays. La fatigue de François, ses maux de tête récurrents, y sont peut-être pour quelque chose ; envie de calme, de verdure. De simplicité.

Alors, empruntant au hasard les petites routes de traverse, ils ont atterri la veille au soir au cœur d'un village perdu dans la montagne. Saint-Martin-Vésubie, son architecture bordélique à l'italienne, ses ruelles fraîches, étroites. Ils ont posé leurs valises dans un gîte où ils occupent un appartement avec une chambre. Et deux lits.

François dort encore, tandis que Paul s'étire en gémissant de plaisir. Il écarte légèrement les rideaux et admire la vue sur le sommet d'en face, majestueux, divinement ciselé par un soleil naissant. Il doit faire froid, la BMW est recouverte d'une fine plaque de givre. Il demeure longtemps face à ce paysage, le plus beau qu'il ait vu depuis longtemps. Pas de béton, pas de bruit.

Pas de danger.

Un ciel à l'incroyable pureté et, au loin, un minuscule hameau suspendu à la falaise comme par miracle. Ce panorama, ça lui rappelle un peu… Non, il ne veut pas s'en souvenir. C'est si loin. Si dur… Il quitte la chambre.

François s'éveille à son tour ; il sent immédiatement que la journée sera difficile. Mal à la tête, déjà. Douleur diffuse, pas encore très nette, mais qui promet de prendre ses aises.

Une agréable odeur de café inonde l'appartement. Dans la cuisine, Paul s'affaire à la préparation du petit déjeuner.

— Salut ! Bien dormi ?

— Oui, répond Davin.

— J'ai acheté du pain à la boulangerie du bled… T'as faim ?

François réalise que oui, il a faim. Pour la première fois depuis de si longs jours. Peut-être est-ce l'altitude qui a décoincé son estomac.

— Ouais, j'ai les crocs !

Pain grillé, confiture, beurre. Rien ne manque. Le Petit a fait les courses. Il progresse.

— Avec quel argent, t'as payé tout ça ? s'étonne François.

— Avec mes fameux deux cents francs !

— Fallait prendre dans mon portefeuille.

— T'inquiète…

Ils s'assoient face à face, comme un vieux couple.

— Tu veux qu'on reparte ? demande Paul.

— J'aimerais me poser un peu. On est bien ici, non ?

— Ça me va… Quelques jours. Ensuite, je redescendrai vers Marseille. Ils ont dû abandonner, maintenant.

— Reste prudent.

— T'en fais pas… Tu veux visiter le coin ?

— Pourquoi pas. Personne nous attend, on est libres.

— C'est vrai, personne pour nous emmerder !

Personne sauf la migraine.

Au moment de sortir, François doit renoncer. La douleur cogne dans son crâne et, malgré les comprimés avalés à la va-vite, elle devient insupportable.

— T'as qu'à aller te balader seul, murmure-t-il en se recouchant. Je vais essayer de dormir.

— Tu veux que j'appelle un toubib ?

— Pas la peine… Faut juste attendre que les cachets agissent.

Paul considère le malade avec compassion ; puis il s'éclipse sur la pointe des pieds après avoir récupéré les clefs et les papiers de la BMW.

⁂

François émerge du coma en début d'après-midi. Une matinée horrible, passée entre la chambre et les toilettes. Suivie de quelques heures de sommeil. Enfin, son mal a rendu les armes, momentanément anesthésié par les doses massives de calmants. Paul n'est pas encore rentré ; François reste un moment seul, assis dans la cuisine.

Soudain, il a envie d'appeler Florence. Une envie irrépressible.

Il descend à l'accueil, tombe sur Mme Arlanc, Cerise de son prénom. La patronne du gîte, une femme charmante. Ils échangent quelques banalités, puis François s'isole dans la cabine téléphonique, près de la salle de restaurant. En composant le numéro, ses doigts tremblent. Va-t-il trouver la force de lui expliquer ? Trouver les mots pour qu'elle comprenne ? Il hésite, va pour renoncer. Mais Flo le prend de vitesse, décrochant dès la première sonnerie, comme si elle avait le téléphone posé sur ses genoux.

— Allô ?

François serre le combiné dans sa main, son cœur s'enraye. Cette voix qui lui manque tant. Qu'il entend jusque dans ses rêves.

— Allô ?

L'émotion l'étrangle, le bâillonne.

— C'est toi, François ? C'est toi, mon amour ?

Il ferme les yeux.

— Oui, c'est moi.

— Mon Dieu ! Enfin… J'ai attendu ce moment si longtemps !

— Je sais… Pardonne-moi.

— Où es-tu ? Comment vas-tu ?

— Ça va… Ça va, je t'assure.

Elle aussi cesse de parler. Se croyant maladroite.

— Tu as eu mes messages ? demande-t-elle enfin.

— Non. Mon portable n'a plus de batterie et je n'ai pas mon chargeur.

— Je… Je sais pour… pour ce que t'a annoncé le médecin de l'hôpital… Il faut que tu reviennes, François. Il faut que tu te fasses soigner !

— Je sais pas. Je crois qu'il n'y a plus rien à faire, Flo.

— C'est faux, ce toubib s'est planté ! Il existe certainement des traitements !

— Florence, je… Je ne veux pas passer le temps qu'il me reste dans une chambre d'hôpital.

— Mais…

— Je ne veux pas mourir comme ça, tu comprends ? Je ne veux pas mourir comme lui. Comme mon père.

— Mais tu ne vas pas mourir !

— Si, Florence. Je le sais, je le sens. On ne peut plus rien faire.

Il écoute ses sanglots, impuissant et révolté. Puis Florence se reprend.

— Tu te trompes, parvient-elle à articuler. Tu dois consulter quelqu'un d'autre, tu dois tout tenter ! Tu ne peux pas baisser les bras aussi vite…

— On verra, répond-il pour la rassurer. Peut-être… Je dois réfléchir.

— Où es-tu ? Je te rejoins !

— Non, je ne veux pas que tu viennes.

Elle reste aphone une seconde.

— Je ne comprends rien, avoue-t-elle avec désespoir.

— Il… Il faut que tu m'oublies, maintenant. Il ne faut plus que tu me voies…

Les mots qu'il vient de prononcer lui font mal. Pourquoi balancer de telles horreurs ? C'est sorti tout seul, presque malgré lui.

— *T'oublier* ? François, ne dis pas n'importe quoi ! Tu vas m'expliquer où tu es, je vais venir te chercher !

— Non, j'ai besoin d'être seul. Je t'en prie…

Elle prend quelques instants pour réfléchir. Pour infléchir sa volonté.

— Explique-moi au moins où tu te trouves, essaye-t-elle d'une voix douce. Je ne viendrai pas sans ton accord, je te le promets. Juste pour que je sache.

— Un village, dans le Sud. Saint-Martin-Vésubie, au-dessus de Nice.

— Tu es descendu dans un hôtel ? Donne-moi ton numéro, que je puisse t'appeler pour avoir de tes nouvelles.

Comme il ne répond pas, elle insiste.

— S'il te plaît, François... Permets-moi au moins de t'appeler !

— C'est moi qui t'appellerai, assure-t-il.

— François, je t'en prie !

— Je suis dans un gîte... J'ai loué un appartement.

— Tu es seul ?

Bizarre qu'elle pose cette question. A-t-elle peur qu'il soit avec une autre femme ? Comme s'il avait la tête à ça !

— J'ai pris un jeune type en stop... Il est avec moi.

— Un auto-stoppeur ? répète Florence d'un ton sidéré.

— Il est sympa, il me tient compagnie.

Il vient de la blesser. Durement. Elle riposte.

— Tu préfères que ce soit lui qui te tienne compagnie ? Et moi alors ? Tu penses à moi ?

— Flo, je t'en prie... Ne complique pas les choses.

— D'accord, murmure-t-elle à contrecœur. Tu ne veux vraiment pas me donner le numéro ?

— Je te téléphonerai.

— Tu promets ?

— Je te le jure. Pour le moment, j'ai encore besoin d'être seul.

— Si c'est ce que tu veux...

— Oui. C'est mieux comme ça. Mais je te promets de te rappeler. Et... je vais revenir, ne t'inquiète pas.

Laisse-moi juste un peu de temps… D'accord, ma chérie ?

— Oui… tu sais que je t'aime, n'est-ce pas ? Tu le sais ?

— Oui, je le sais. Moi aussi, je t'aime, Flo… Je t'embrasse. Fort.

— Moi aussi, je t'embrasse. Et je t'attends.

Il raccroche, ferme les yeux. Appuyé contre la cloison vitrée de la cabine, il reste immobile un moment. Avant que ses jambes ne le trahissent ; avant de glisser jusqu'au sol pour laisser libre cours à ses larmes.

Florence s'est figée dans le salon, près du téléphone. Il ne veut pas la voir. Préfère être seul. Ou en compagnie d'un inconnu. Doit-elle respecter ce choix ou foncer vers le sud ? Et s'il refuse de lui ouvrir sa porte ? Non, impossible. Lorsqu'elle sera près de lui, il la prendra dans ses bras, ne pourra pas la repousser. Son coup de fil en est la preuve. Un appel au secours. Il n'a pas su trouver les mots mais elle a compris.

Elle s'installe devant son ordinateur, répertorie sur l'annuaire les différents gîtes de Saint-Martin-Vésubie. Puis elle les contacte, un par un. La troisième tentative est la bonne. François loge bien là, sous son vrai nom. Elle note l'adresse, imprime le plan, se met à réfléchir. Y aller tout de suite ou attendre qu'il la rappelle ?

Finalement, elle se rue dans la chambre, récupère une valise sur le haut de l'armoire, y enfourne pêle-mêle quelques vêtements, des affaires de toilette et redescend en quatrième vitesse au rez-de-chaussée. Autant ne pas courir le risque qu'il disparaisse à nouveau. Elle ferme les volets roulants, éteint les lumières. Elle empoigne sa valise, sort sur le perron. Là, elle tombe nez à nez avec un homme qui s'apprêtait à sonner. Elle a un mouvement de recul.

— Bonjour, madame. Capitaine Perrot, police judiciaire. Désolé de vous avoir fait peur…

Il brandit sa carte tricolore, la remet instantanément dans sa poche.

— J'aimerais parler à François Davin, s'il vous plaît.

— Il n'est pas là.

— Savez-vous où il se trouve ?

Florence hésite un instant.

— Qu'est-ce que vous lui voulez ?

— Nous savons qu'il a pris quelqu'un en stop. Or cet homme est un délinquant recherché par la police, madame. Nous avons donc toutes les raisons d'être inquiets pour M. Davin. Vous comprenez, son passager est dangereux…

— *Dangereux ?*

— Oui. C'est un criminel. Il faut que vous me disiez où le trouver.

— J'allais justement le rejoindre.

— Vraiment ? Savez-vous si l'auto-stoppeur est encore avec lui ?

— Oui, ils sont ensemble.

Elle lui tend le morceau de papier où elle a noté les coordonnées du gîte.

— Parfait, je vous remercie, madame.

— Vous allez vous y rendre ?

— Je vais envoyer une équipe là-bas. Il faut que nous mettions la main sur ce type…

— Et François ? Il n'aura pas d'ennuis ?

— Non, madame. Nous n'avons rien à lui reprocher. Il ne pouvait pas savoir !

— Il a subi un choc, récemment. Il ne faut pas le malmener.

— Ne vous inquiétez pas, il n'y aura aucun problème… Tout se fera en douceur.

— Je serai sur place, de toute façon… Je pars tout de suite, j'arriverai dans la nuit.

Elle se retourne pour fermer la porte à clef, sent soudain quelque chose se ficher dans ses reins.

— Rentre ! ordonne le policier.

— Mais…

— Discute pas ! Rentre.

Florence pousse la porte, ils se retrouvent dans le salon.

— Assieds-toi sur le canapé.

Elle s'exécute, pétrifiée par la vision du canon pointé dans sa direction. Le policier prend en main la bouteille de whisky pleine aux trois quarts.

— C'est du bon, on dirait…

Puis il contourne le sofa et se penche vers Florence.

— Je te sens crispée, murmure-t-il à son oreille. Détends-toi.

Sa voix est lisse et froide, Florence frissonne.

— Tu as besoin de repos, ajoute-t-il. Dormir te fera le plus grand bien…

⁂

Perrot remonte dans sa voiture banalisée garée sur le bord de la route et allume une cigarette. À l'aide de son briquet, il brûle le petit morceau de papier sur lequel il avait noté la plaque d'immatriculation de la BMW de Davin, puis son adresse, et le balance sur la route.

Il compose ensuite le numéro de Gustave Pelizzari sur son portable. Le Vieux décroche aussitôt.

— Bonjour monsieur, Perrot à l'appareil.

— Tu l'as retrouvé ?

— Oui. Je viens d'obtenir l'adresse où ils se planquent par la copine de l'avocat… C'est pas très loin de Nice, à Saint-Martin-Vésubie.

Gustave réfléchit quelques instants.

— Il faut que tu y ailles, dit-il finalement.

Perrot soupire discrètement.

— Je suis dans le Nord, rappelle-t-il. Très loin de Nice… Vraiment *très* loin.

Déjà qu'il vient de se taper la route entre Lyon et Lille, il n'a pas la moindre envie de retraverser le pays dans l'autre sens…

— Je me fous de savoir où tu es, gronde Pelizzari. Mes fils sont bloqués à Genova… Ils ne pourront pas être là-bas avant demain matin. Et je n'ai pas envie que ce petit salopard nous file entre les doigts.

Perrot serre les mâchoires et jette son mégot par la vitre ouverte.

— Tu pars immédiatement, ordonne Gustave. Une fois sur place, tu les surveilles, mais tu n'interviens pas. C'est compris ?

— C'est compris, monsieur.

⁂

Lorsque Paul regagne le gîte, le crépuscule grignote déjà le ciel. Il trouve François dans la pénombre, échoué sur son lit.

— Ça va mieux ? s'enquiert-il d'un ton enjoué.

— Qu'est-ce que ça peut te foutre ?

Le visage de Paul se contracte.

— T'as passé une bonne journée ? Je t'ai pas trop manqué ? enchaîne Davin.

— Ah… T'aurais voulu que je rentre plus tôt, c'est ça ? Mais tu dormais, alors c'était pas la peine.

— J'aurais pu crever, c'était pareil !

Paul soupire en s'asseyant sur le lit d'à côté. Il a l'impression d'être face à un père possessif, se sent soudain étouffer.

— Tu vas me faire une scène ?

François se renfrogne, tournant la tête de l'autre côté.

— Je suis allé me balader dans la vallée ; ensuite, je me suis arrêté au village pour boire un café… Au bar, j'ai fait la connaissance d'une nana super sympa. Canon, en plus ! Je lui ai dit que j'étais avec un pote et… On est invités à dîner, ce soir. Elle organise une petite fiesta chez elle.

François le toise soudain avec férocité.

— *Invités* ? T'as fait ton numéro de gigolo ?

Paul se lève, l'air excédé.

— *Gigolo* ? C'est nouveau, ça… J'ai juste lié connaissance avec une fille et t'en fais tout un plat… T'es vraiment chiant !

Il migre vers la cuisine, François le suit. Décidé à vomir sa détresse sur son souffre-douleur du moment.

— Je suis chiant ? Sauf pour payer tes repas et tes fringues, hein ?

— Je t'ai rien demandé, rappelle Paul. C'est toi qui étales ton fric comme si t'en avais à revendre !

— T'es bien content de le trouver, *mon fric* !

— Rien à foutre de ton blé ! s'emporte le jeune homme. Tu peux te le mettre au cul ! D'ailleurs, tu me laisseras une adresse et dès que je serai à Marseille, je te rembourserai tout ce que t'as dépensé pour moi ! Avec des intérêts si tu veux.

— Ah oui ? Comment comptes-tu y arriver ? Tu vas braquer une banque avec ton calibre ? Ou piquer le sac des vieilles ?

Le jeune homme serre les poings.

— C'est ça, ton plan pour gagner du fric ? continue Davin. À moins que tu te mettes sur le trottoir !

François regrette instantanément d'être allé aussi loin. Face aux yeux gris étincelants de colère mais aussi de tristesse, il se trouve soudain ridicule.

— Pour qui tu me prends ? murmure Paul. Tu crois que je braque les vieilles ? Tu crois que je vends mon cul ? Et quoi encore ?

— Excuse-moi... Je sais pas ce que j'ai. Excuse-moi, vraiment.

Paul allume une Marlboro, se poste devant la fenêtre, tournant le dos à son adversaire.

— Ça va, reprend François. Je m'excuse, je te dis. Je pense pas un mot de ce que je t'ai dit. Tu as bien fait de profiter de ta journée...

Mais Paul s'est retranché dans le silence, profondément blessé. Sans crier gare, il bouscule François pour se rendre dans la chambre. Là, il commence à rassembler ses quelques affaires tandis que Davin l'observe, appuyé contre le chambranle de la porte.

— Qu'est-ce que tu fous ?

— Ça se voit pas ? Je me casse !

— Sois pas idiot ! Je me suis excusé... Tu ne vas pas partir à cette heure-ci ! Pour aller où, d'abord ?

— Je vais bien trouver une bagnole qui redescend sur Nice.

— Et après ? T'as pas un rond… Qu'est-ce que tu feras à Nice ?

— *Le trottoir !* balance Paul d'un ton cinglant. À moins que je braque une pauvre mamie qui passe par là ! Peut-être même que j'en profiterai pour violer deux ou trois gonzesses ou étrangler un gosse !

Il se poste à quelques centimètres de l'avocat avant de murmurer :

— Y a des tas de choses que je peux faire… T'imagines même pas.

Non, tu ne peux pas imaginer.

François tente de lui prendre le sac des mains.

— Allez, arrête… Tu partiras demain matin.

— Lâche ça, menace Paul.

— Calme-toi, arrête de te comporter en gamin capricieux !

— *Gamin capricieux* ? C'est pas pire que bourge coincé ! Tu crois que tu vaux mieux que moi parce que t'es plein de tunes ? Mais ce fric, je suis sûr que t'es né avec. T'as pas dû trop te fatiguer pour le gagner, hein ? Facile, comme ça !

— Qu'est-ce que t'en sais, p'tit con ?

— Ça se voit ! T'es habitué à péter dans la soie ! Tu crois que tu vas me donner des leçons ? Tu connais rien à la vie. Tu sais même pas où tu vas ! Venir en aide à un paumé comme moi, c'est distrayant pour un type comme toi !

Paul pousse violemment François pour quitter la pièce.

— C'est ça, barre-toi ! hurle Davin d'un air mauvais.

— Ouais ! Et j'espère plus jamais te revoir !

Il récupère son paquet de cigarettes dans la cuisine, traverse le salon en direction de la sortie ; soudain, il voit François tituber puis s'écrouler. Une chute brutale. Il se précipite vers le corps inanimé.

— Eh ! Tu m'entends ?

Il le retourne sur le dos, constate qu'il a perdu connaissance.

— Merde, réveille-toi ! Allez, arrête tes conneries !

Il court jusqu'au frigo, revient avec une bouteille d'eau. Il hésite un instant, puis enlève le bouchon et verse le liquide glacé sur le visage de l'inconscient. Douche froide à effet immédiat. François rouvre les yeux. Il porte une main à son crâne, gémit de douleur.

— Ça va ? Qu'est-ce que tu as ?

— C'est rien, murmure-t-il.

— J'appelle la patronne ? Tu veux voir un toubib ? Je t'emmène à l'hosto ? Doit pas y avoir d'hosto dans ce trou !

— Calme-toi… Aide-moi plutôt à me remettre debout.

Paul l'empoigne sous les aisselles, le redresse avant de l'accompagner jusqu'à la banquette.

— Ça va, t'es sûr ?

— Oui, t'en fais pas… Ça m'arrive souvent.

— C'est pas normal.

François se laisse aller en arrière, fermant à nouveau les paupières.

— Recommence pas ! implore le jeune homme. Reste avec moi !

— C'est bon… Donne-moi à boire, s'il te plaît.

Paul remplit un verre qui traîne sur la table. François le vide d'un trait. Comme quoi, il vaut mieux qu'il ne s'énerve pas. La moindre contrariété, la moindre émotion forte peut avoir des effets dévastateurs. Paul, assis à ses côtés, le surveille comme le lait sur le feu. François s'excuse d'un regard ; des larmes surgissent soudain au fond de ses yeux clairs.

— Tu me files une clope ?

Il contient son envie de chialer, s'allume une Marlboro. Paul continue à le fixer d'un air désemparé.

— Tu sais, j'ai tout quitté parce que… je vais mourir.

— Mourir ? Mais… Pourquoi tu dis ça ?

— J'ai une tumeur au cerveau. Il ne me reste pas longtemps à vivre.

Paul tombe des nues.

— C'était ça, tes migraines ?

François hoche la tête, Paul reste bouche bée un instant.

— Merde.

Il ne trouve rien de mieux à dire face à la nouvelle. Au bout d'un instant, il réagit enfin.

— Mais pourquoi t'es pas à l'hosto ? Pourquoi tu te soignes pas ?

— Leurs traitements ne me guériront pas, annonce Davin. Ça me fera gagner quelques mois, c'est tout.

— On sait jamais, faudrait tenter le coup !

— Non.

— T'es têtu ! s'emporte Paul. Tu peux pas te laisser crever sans rien faire, merde !

François écrase la clope qui lui brûle la gorge.

— Paul, mon père est mort d'un cancer, explique-t-il d'une voix qu'il voudrait calme. Il était condamné, mais les toubibs ne le lui avaient pas dit… Pendant des mois, il a subi les traitements. Il a souffert le martyre.

— C'était le même cancer que toi ?

— Non…

— Alors c'est différent !

— Oui, c'est différent. Moi, je refuse d'endurer ce qu'il a enduré. À quoi bon ? Je l'ai vu décliner lentement, agoniser… Il a peut-être survécu quelques mois de plus, mais à quel prix ? Les derniers temps, il ne quittait plus son lit, à l'hosto. Les effets secondaires du traitement sont terribles, tu sais… Je ne veux pas finir comme ça. Je ne veux pas finir comme lui.

Il revoit la chambre impersonnelle, étroite ; avec vue sur rien. Des mois à regarder le même mur défraîchi… Il revoit aussi les longs couloirs sinistres, les blouses blanches compatissantes, aimables ou sadiques ; il se souvient même des odeurs écœurantes, des gémissements.

— Il aurait mieux fait de ne pas se soigner et de profiter du peu de temps qu'il lui restait, tu ne crois pas ?

— Peut-être, concède Paul.

— Moi, je ne veux pas passer des mois à l'hosto, à jouer les cobayes. À me regarder crever lentement… À voir les autres, ceux qui sont en bonne santé, ceux qui sont libres, venir me rendre visite et s'apitoyer sur mon horrible sort ! Je ne veux pas devenir un morceau de barbaque allongé sur un lit, un numéro de dossier dans un hosto ! Je ne veux pas qu'on me charcute, qu'on m'intube, qu'on me perfuse… Je ne veux pas subir ce que mon vieux a subi. Ce que je n'ai pas su lui éviter.

Les mains de François se sont crispées sur le rebord du sofa.

— Je comprends, répond soudain Paul. Après tout, c'est toi qui décides… Mais pourquoi tu t'es barré de chez toi ?

— Je sais pas trop… Je ne savais pas comment annoncer ça à Florence.

— C'est ta femme ?

— Oui… J'avais peur de sa réaction, je crois. Et puis, elle va forcément essayer de me faire changer d'avis… Tout le monde va essayer de me convaincre ! Tout le monde va me dire d'aller à l'hosto, de suivre les traitements… J'ai peur de flancher, peur de les écouter. Peur d'être trop faible pour m'y opposer.

— Et ta mère ?

— Quoi, ma mère ?

— Tu l'as appelée, au moins ?

— Elle est morte. Un infarctus… Même pas un an après mon père.

— Je suis désolé.

— Elle n'a pas supporté la mort de papa, je crois… Ça lui a brisé le cœur, sans doute.

Ils laissent la nuit envahir l'appartement dans un silence pesant. François tend le bras, allume une lampe. Il regarde Paul avec une sorte de tendresse.

— Si tu veux partir, tu peux. Tu serais peut-être mieux sans moi.

— Je suis bien avec toi, rétorque Paul avec un drôle de sourire.

— Tu sais, si je me suis éloigné de chez moi, c'est aussi pour éviter de voir la pitié dans les yeux des gens qui me sont proches… Alors je ne veux pas de ta pitié non plus.

— C'est pas de la pitié, explique calmement le jeune homme. Tu m'as porté chance, tu sais… À Lyon, j'avais déjà les frères Pelizzari au cul quand tu m'as pris en stop.

— Les *frères Pelizzari* ?

— Les mecs à la Mercedes… Et à Marseille, c'est encore toi qui m'as sauvé. Tu sais, si je reste avec toi, c'est pas de la pitié. En fait, je ne sais pas trop ce que c'est, la pitié. Je suis bien, avec toi, c'est tout. Et ta tumeur au cerveau n'y change rien.

Encore un long silence.

— C'est qui, cette fille ? demande soudain François.

— Quelle fille ?

— Celle qui nous a invités…

— C'est une nana qui vit ici. Elle est monitrice de ski. Mignonne, sympa… Très cool !

— On y va ?

Paul le considère avec étonnement.

— T'as vraiment envie ?

François lui répond par un sourire carnassier. Un de ces sourires ravageurs dont il a le secret.

— T'es pas trop fatigué ? s'inquiète le gamin.

— Non, ça va aller.

— T'es sûr ? Tu devrais te reposer, je crois.

— J'ai besoin de prendre l'air ! Besoin de voir des gens, de me détendre.

— Si tu le dis… Y aura des copines à elle, ce soir… Y aura plein de nanas ! exagère Paul en riant. Je vais descendre pour l'appeler, elle a proposé de venir nous chercher. Paraît que c'est compliqué de trouver sa baraque.

— Quelle tête j'ai ?

— Bien, comme d'hab. Mais je te préviens : la monitrice de ski est pour moi.

— À la guerre comme à la guerre, Petit ! lance François en se levant. Alors que le meilleur gagne…

CHAPITRE 9

Dans la pénombre, ce décor le surprend. Une chambre, celle d'une femme qu'il connaît à peine mais avec qui, pourtant, il a passé la nuit.

François la contemple, tandis qu'elle dort encore, se demandant soudain ce qui peut bien les unir à part quelques heures partagées. Quelques heures aussi agréables qu'inattendues.

D'elle, il ne sait presque rien, sinon son prénom. Il sait qu'elle s'appelle Claire, qu'elle est belle, drôle et touchante. Qu'elle lui a plu dès les premières secondes.

Le reste ne compte pas.

Son regard s'attarde sur sa peau veloutée, fine, précieuse, joliment marquée par les années. Il a envie de la réveiller…

Il songe alors à Florence ; c'est la première fois qu'il la trompe. Pourtant, aucun remords ne vient le tarauder.

L'amour même n'aurait-il plus d'importance ?

Assis contre la tête de lit capitonnée, il sourit tristement.

Non, bien sûr que non… Avec Claire, ce n'est pas de l'amour. Il n'a pas trompé Florence, puisqu'il n'aime pas cette inconnue.

L'amour, la fidélité. Ne pas tout mélanger, ne pas confondre.

Comme quoi, les choses peuvent devenir simples… Si simples.

Il attrape son paquet de cigarettes sur le chevet, en profite pour consulter le vieux réveil mécanique qui lui annonce six heures. Ses pensées s'envolent vers Paul, qui dort dans les bras d'une autre. Il y a encore quelques semaines, cette situation lui aurait semblé choquante. Ce matin, il la trouve délicieuse. En fin de compte, ce rendez-vous précipité avec la mort le libère de bien des carcans…

Il éteint sa clope, caresse doucement le dos, puis la nuque de Claire. Elle se réveille, bien sûr ; radieuse, tendre, sensuelle. Il la prend dans ses bras, embrasse ses épaules, son cou, son visage. Il oublie tout, ou presque.

Reste le tic-tac atroce de ce putain de réveil qu'il a envie de jeter par la fenêtre.

Je vais mourir.

Il aimerait que ce soit maintenant, à l'instant précis où un plaisir violent illumine son visage. Mais il y survit, son cœur reprend un rythme normal. Blotti contre cette étrangère, il essaye d'omettre qu'elle n'est qu'une rencontre fortuite, un instant dans sa vie.

Un sursis.

Je vais mourir.

Dévorer le peu de vie qu'il lui reste. Savourer chaque minute, chaque seconde. Ne rien perdre, ne rien abandonner à la mort.

⁂

Paul est le premier à rentrer au bercail. Il a faim, prépare du café et tout ce qui va avec pour rassasier son appétit démesuré. À peine s'est-il attablé que François apparaît, détendu, rayonnant. Ils échangent un regard complice, rien de plus. Le Petit a la délicatesse de ne pas relater ses exploits, sa leçon de ski un peu particulière. Les paroles sont superflues de toute façon, leurs yeux racontant tout, mieux que les mots. Ceux du gamin pétillent telles deux coupes de champagne… Ils sont devenus proches sans même avoir le temps de se connaître. Malgré toutes leurs différences, le fossé se comble, peu à peu.

— Tu veux aller te balader, aujourd'hui ? demande Paul. T'as pas mal à la tête ?

— Non, ça va… Où on va ?

— Aucune idée ! Mais je suis sûr qu'il y a des tas de choses à visiter dans le coin.

Il trempe sa tartine dans le café, François sourit. Ce matin, ce geste déplacé ne le heurte plus. Il l'amuse.

— Je vais me doucher, dit-il en se levant.

Il s'éclipse, laissant son jeune compère à son gargantuesque petit déjeuner.

Devant le miroir de la salle de bains, il s'éternise, s'observant de longues minutes. Étrange de rajeunir quand on va mourir. Étrange de se sentir libre quand on est condamné.

En définitive, ce n'est pas la mort qui enchaîne. C'est la vie.

Avec toutes ses contraintes absurdes, ces choses que l'on s'impose à soi-même ; ces barrières que l'on érige patiemment autour de soi. Par obligation, par peur, bêtise ou convenance. Par habitude ou par pudeur.

On participe à construire sa prison, dorée ou pas, barreau après barreau. Et même si on dispose des clefs, rester à l'intérieur pour y périr lentement…

François est en train de scier les barreaux, de briser les murs. Dommage que ce soit si tard.

Trop tard.

Il semblerait que l'approche de la mort rende lucide.

Il se déshabille, mordu instantanément par le froid.

Est-ce qu'on a froid quand on est mort ? Éternellement froid ?

François pleure longtemps, ni vu ni connu, assis dans le grand bac à douche. Ses larmes se fondent dans l'eau qui inonde son visage, son corps. Le bruit du jet couvre ses sanglots, sa faiblesse, tandis que de l'autre côté de la cloison, le jeunot chante à tue-tête.

Il lui faut du temps pour se calmer, s'apaiser.

Enfin, lavé pour un temps de ses angoisses et de ses frayeurs, il laisse la place à Paul qui prend son fidèle sac à dos avant d'entrer dans la salle de bains.

— T'as besoin de ton sac pour te doucher ? s'amuse François.

— Ouais ! Y a ma brosse à dents et mon peigne dedans. Y a toute ma vie dans ce sac !

À peine a-t-il disparu que quelqu'un frappe à l'entrée. Davin sent son cœur se serrer. Flo ? Elle a fini par trouver où il loge, débarque à l'improviste…

François hésite. Que va-t-il lui dire ?

Je vais mourir, ma chérie. Et tu n'y peux rien.

Personne n'y peut rien.

Les coups retentissent à nouveau. Davin se décide enfin.

Il suffira de la serrer dans mes bras. Il suffira de ne pas chialer devant elle.

Il tourne le verrou et tombe nez à nez avec deux hommes. Le colosse en noir aperçu à Marseille et un de ses acolytes.

Pas le temps de refermer, les tueurs s'engouffrent dans l'appartement comme un typhon, avant de claquer la porte derrière eux.

François recule, les autres avancent, le géant dégaine l'artillerie lourde.

— T'as intérêt à la fermer !

Davin oublie de respirer, se retrouve dos au mur, face au flingue.

— Où il est ?

— Qui ?

— Me prends pas pour un con. Où est Paulo ?

— Il est sorti !

— Où ?

— …

— Où ?!

— Mais je sais pas… Il… Il est allé faire un tour au village !

— La voiture est en bas, alors te fous pas de ma gueule ! menace l'homme en noir.

François tente de garder son sang-froid.

— Il est parti à pied.

Le mastodonte adresse un signe à son complice, lui ordonnant de fouiller l'appartement. Il en fait rapidement le tour et quand François le voit ouvrir la salle de bains, son cœur cesse de battre. Pourtant, le malfrat en ressort aussitôt.

— Il est pas là ! grogne-t-il.

Mais où est-il passé ? Le velux sur le toit, bien sûr ! Quoiqu'il faudrait avoir l'agilité d'un singe pour parvenir à se hisser là-haut…

Le molosse se plante à nouveau devant François. Il est vraiment immense, un visage sculpté dans le marbre par un artiste dénué de talent. Petits yeux d'ébène, perçants et vifs, front large et dégagé. Effrayant.

— Ton pote a quelque chose qui nous appartient, explique-t-il avec un calme étrange. Alors tu vas gentiment nous dire où il l'a planqué.

— Quelque chose qui… vous appartient ? Je ne sais pas de quoi vous voulez parler…

Il voit arriver le poing gigantesque, ne peut l'éviter. Sa tête exécute un demi-tour, ses cervicales se disloquent. Le géant le plaque contre le mur en lui broyant la trachée.

— J't'ai déjà dit de pas me prendre pour un con…

— Je vous jure que je sais rien ! gémit François en crachant un peu d'hémoglobine. Je le connais même pas !

— Ah oui ? Pourquoi tu l'as amené jusqu'ici, alors ?

— Je comprends rien à cette histoire ! Je vous jure que je ne sais rien !

Deuxième coup, plus violent encore que le premier. Cette fois, François mord violemment le parquet en mélèze. La brute lui assène un coup de pied dans les côtes, le relève aussitôt, prête à continuer la distribution. François devine alors la silhouette de Paul qui vient de pousser discrètement la porte d'entrée dans leur dos. Quand il arme son Beretta, les deux types se retournent.

— Jetez vos calibres, ordonne-t-il.

Les frères Pelizzari hésitent un instant puis s'exécutent.

— François, ramasse les flingues.

Paul ne tremble pas, sa voix est posée, sa respiration régulière.

Davin s'avance prudemment, s'empare des deux pistolets en grimaçant, comme s'il se brûlait les mains.

— Fous-les dans ton sac, continue le jeune homme. Vous deux, à genoux, mains derrière la tête. Allez !

Les truands obéissent encore tandis que François reste tétanisé.

— Attache-les !

— Avec quoi ?

— J'sais pas, démerde-toi, bordel !

François réfléchit en accéléré. Dans la chambre, il récupère les lampes de chevet, arrache leurs fils électriques. Il s'agenouille et ligote les deux types, mains dans le dos.

— Magne-toi, putain !

— Ouais, ouais…

Enfin, sa besogne terminée, il se relève, essuie le sang qui coule de sa bouche. Paul braque toujours son Beretta en direction des deux frangins.

— Récupère nos affaires, on se casse.

— Non… Faut appeler la police !

— Discute pas, merde. On se tire !

Davin obtempère. Les sacs sont prêts en un temps record. Il éponge à nouveau le sang qui s'obstine à couler de sa lèvre fendue puis attend les instructions.

— On y va, indique Paul.

François sort sur le palier, Paul recule lentement, tenant en respect les trafiquants. Puis il les enferme à double tour. Enfin, ils se ruent dans la coursive. Un escalier, un vestibule, la cour du gîte.

La Mercedes grise est garée juste à côté de leur BMW. Le chauffeur en descend lentement, un automatique à la main. Paul se jette sur François, ils tombent à l'abri derrière un muret. Le Petit tient toujours son pistolet, François reste le souffle coupé.

La patronne du gîte, qui habite le chalet d'en face, choisit cet instant pour mettre le nez dehors. Elle passe près des deux voitures et s'arrête net en apercevant l'homme armé à côté de la Mercedes.

Depuis leur abri de fortune, Paul et François peuvent distinguer la jeune femme mais pas le troisième tueur.

Elle pousse un cri de terreur et lâche sa panière pleine de linge. Profitant de la diversion, Paul se relève et tire en direction du chauffeur qui se réfugie à la va-vite derrière sa berline. Cerise, pétrifiée, se retrouve au milieu de cette fusillade tandis que François ferme les yeux et se bouche les oreilles.

Finalement, il va peut-être y passer plus vite que prévu.

Une dizaine de détonations déchirent ses tympans. Puis le calme revient d'un seul coup. Il ose alors rouvrir les paupières avec la peur de ce qu'il va voir.

— Allez, bouge ! hurle une voix familière.

Paul n'est pas mort ! François se remet sur ses pieds pour courir jusqu'à sa voiture. Mais il s'immobilise lorsqu'il manque de trébucher sur le corps de Cerise. Allongée par terre, les yeux grands ouverts, un trou béant dans le crâne. Sur le gravier blanc, une large flaque écarlate.

Rouge cerise.

— Oh non, murmure-t-il.

— Allez viens ! répète Paul. Elle est morte, on peut plus rien pour elle… Amène-toi, merde !

François secoue la tête, les yeux exorbités. Alors Paul le saisit par le bras avant de le traîner de force jusqu'à la BM. Il faut encore enjamber le cadavre du chauffeur. Puis le gamin le pousse sur le siège passager et prend le volant.

Après un dérapage, la voiture s'engage sur la chaussée glissante à une vitesse hallucinante.

⁂

— Arrête-toi, maintenant ! ordonne François.

— Faut qu'on roule... Qu'on s'éloigne le plus possible.

— Arrête, j'te dis ! s'écrie Davin.

Paul consent à stopper la BMW sur le bas-côté d'une route de montagne déserte. Il coupe le contact, se concentre sur l'horizon, évitant soigneusement de regarder le visage tuméfié de son passager.

— Tu te rends compte de ce qui vient de se passer ? demande François d'une voix tremblante.

— J'avais pas le choix. C'était lui ou nous.

— Il faut qu'on aille voir les flics, maintenant.

— Hors de question !

— Eh bien moi, je vais y aller !

— Ah ouais ? répond Paul en l'affrontant enfin de face. Tu veux finir en taule, c'est ça ?

— J'ai tué personne, moi !

— C'est pour éviter qu'il nous bute tous les deux que j'ai tiré.

— Justement ! Si c'est de la légitime défense, tu n'iras pas en prison...

Paul esquisse un sourire triste et allume une cigarette.

— On voit bien que tu connais pas les poulets !

— Je suis avocat, je te rappelle. Les flics, je connais.

— Je te signale que la patronne du gîte est morte, continue Paul.

— Et alors ? C'est pas toi qui l'as tuée !

Soudain, un doute atroce s'empare de François.

— C'est pas toi, n'est-ce pas ? répète-t-il avec angoisse.

Paul quitte la voiture, pour échapper aux questions, aux yeux accusateurs. Mais François le rejoint aussitôt, se campe face à lui.

— Réponds ! C'est bien lui qui l'a tuée ?

— J'en sais rien ! Elle était en plein milieu, il a tiré… Moi aussi.

François ferme les yeux.

— C'est pas vrai, murmure-t-il. Putain, c'est pas vrai…

— Qu'est-ce que tu voulais que je fasse ? Que je le laisse nous descendre tous les trois ? C'est ça que tu voulais ?

— J'ai jamais voulu tout ce qui s'est passé, rappelle Davin avec hargne. J'y suis pour rien dans tout ce bordel, moi ! Il faut que j'aille à la police pour tout leur expliquer.

— Tu veux me voir en taule, c'est ça ? Je te préviens, je me laisserai pas faire !

Paul devient menaçant, François traverse un bref instant de peur. Mais c'est la colère qui prend le dessus.

— Tu veux me tuer, moi aussi ? C'est ça ? Tu veux me buter ? Vas-y !

— Arrête de dire n'importe quoi.

— Excuse-moi d'être un peu paniqué ! J'ai pas l'habitude de me faire taper dessus par des truands ni de voir des gens se faire tuer !

— Moi non plus, figure-toi !

Bizarre, cette réplique sonne faux dans sa bouche.

— Qu'est-ce qu'ils veulent, ces types ?

— Je te l'ai déjà dit : j'ai été témoin de…

— Arrête de me mener en bateau ! Ils m'ont dit que tu avais quelque chose qui leur appartenait !

— Ils t'ont raconté des conneries, élude le jeune homme.

Davin ouvre la portière arrière de la BMW, s'empare du fameux sac à dos. Paul veut le lui arracher des mains, une lutte musclée s'engage sur le bord de cette route fantôme. Mais François a de la force. Beaucoup de force, soudain. Il parvient à repousser le jeune homme, l'envoie au tapis. Sa tête heurte l'asphalte avec violence, il est sonné. François en profite pour renverser le contenu du sac sur le capot de sa voiture. Quelques affaires de toilette, un portefeuille, un briquet, une grosse pochette cartonnée et un sachet en plastique qui contient un truc lourd soigneusement emballé dans du papier journal.

— Touche pas à ça ! s'écrie Paul qui vient enfin de se remettre debout.

— C'est ça qu'ils cherchent ?

— Touche pas à ça !

Le Petit hésite à s'approcher. Il a la main sur la crosse de son pistolet.

— Vas-y, tire, conseille François avec un étonnant sang-froid. Descends-moi…

— Arrête, merde !

Davin comprend qu'il vient de trouver la clef de l'énigme. Il déchire le papier journal, découvre cinq sachets de poudre blanche. Il reste quelques secondes hébété, Paul revient à la charge, le bouscule et récupère sa précieuse cargaison pour la remettre à l'abri. Davin l'observe, sans réaction. Écœuré.

— C'est ça qu'ils veulent… C'est cette merde !

Paul finit de ranger ses affaires ; gestes nerveux, saccadés.

— Tu transportes de la came, espèce de salaud… Dans ma propre bagnole ! Comment as-tu osé ?

Le Petit se mure dans le silence. François l'empoigne alors par le col de son blouson.

— C'est ça qu'ils veulent ?

— Lâche-moi !

— Réponds !

— Évidemment que c'est ça ! C'est leur dope qu'ils veulent…

— Tu l'as volée ?

— Ouais, j'l'ai volée !

Paul se dégage enfin et s'éloigne un peu de son juge.

— Le patron voulait pas me filer ce qu'il me devait, alors je me suis payé moi-même.

François ne tient plus debout.

Trop.

Trop d'émotions, de violence, de sang.

Il s'effondre sur le siège de la voiture. Sa tête enfle, il la récupère entre ses mains.

— Ça va pas ?… François ?

— Tu me donnes envie de gerber…

— J'avais pas le choix !

— Tu vas en faire quoi de cette saloperie ?

— La revendre, bien sûr ! C'est pour ça que je dois aller à Marseille. Là-bas, j'ai un pote qui pourra me la fourguer.

— Tu as failli nous faire tuer pour ça ? Pour cinq paquets de drogue ? La femme du gîte est morte pour ça ? Je comprends rien… Pour quelques billets !

Paul écarquille les yeux.

— Quelques billets ? T'es malade ! Tu sais pour combien de pognon y a dans ce sac ?

— Comment veux-tu que je le sache ? Je ne suis pas un trafiquant, moi !

— Il y a de quoi me permettre de refaire ma vie loin d'ici. Très loin d'ici.

— Tu rêves…

— Ah oui ? Cinq kilos de coke, ça représente plus de deux cents plaques !

Cette fois, c'est François qui écarquille les yeux.

— Deux cents plaques, je te dis. Alors compte pas sur moi pour leur rendre !

— Je fais un cauchemar, je vais me réveiller…

— Je t'en donnerai une partie, propose soudain le jeune homme.

François l'assassine du regard.

— Pour qui tu me prends, petit con ? Tu te rends compte que des gens vont mourir à cause de cette saloperie ?

— Si c'est pas avec ma came, ce sera avec celle d'un autre, se défend Paul avec un haussement d'épaules. Alors autant que ça me permette de me sortir de la merde.

François entame un chemin de ronde autour de la voiture, essayant de retrouver un soupçon de calme.

— Deux morts, cinq kilos de drogue ! Et des mecs qui nous cherchent partout pour nous faire la peau…

— Je me demande comment ils nous ont retrouvés, dit soudain Paul.

— Qu'est-ce que j'en sais, moi !

— Tu as dit à quelqu'un qu'on était dans ce trou perdu ?

François se remémore alors sa conversation téléphonique avec Florence. La seule personne à connaître leur refuge.

Mais Flo n'a rien à voir avec tout cela. Elle est à dix mille lieues de toute cette boue.

— Je l'ai seulement dit à Florence. Mais c'est pas elle qui a pu leur révéler où nous étions.

— Ouais… Je comprends pas comment ils ont fait. Bon, faut qu'on se tire d'ici… Parce qu'ils ne vont pas lâcher le morceau.

Mais François ne semble pas prêt à redémarrer. À reprendre cette cavale. Il se rassoit au volant, se cloître dans le silence. Paul l'observe du coin de l'œil, ne sachant trop quelle attitude adopter. Ne pas le brusquer, le persuader en douceur. Il a déjà été suffisamment secoué.

— Écoute, je voulais pas te mêler à tout ça, tu sais…

— N'empêche que ça s'est passé. Et que tu m'as menti, depuis le début.

— Je t'ai menti, c'est vrai. Pardon… Je crois que la patronne du gîte, c'est pas moi qui…

— Tout à l'heure, tu ne semblais sûr de rien, rappelle méchamment François.

Paul décide de faire amende honorable.

— Je comprends si tu me laisses tomber. T'as qu'à repartir sans moi, je vais me débrouiller. Je ne veux pas te causer d'autres problèmes.

François scrute le paysage triste qui les cerne de toutes parts. Ce matin, le brouillard refuse de se lever, la montagne demeure enserrée dans un manteau vaporeux et glacé. Il repense furtivement à Claire. Il aimerait bien sentir la chaleur de sa peau contre la sienne, en ce moment. Mais la seconde d'après, c'est Cerise qui apparaît devant ses yeux. Cerise morte presque à ses pieds. Alors qu'elle n'avait rien demandé à personne.

Et moi ? Je vais crever, aussi. Moi non plus, je n'ai rien demandé à personne !

Davin ferme les yeux, horrifié par ses propres pensées.

— Alors ? demande Paul. Tu décides quoi ?

François sursaute.

— Hein ?

Il tourne la tête de l'autre côté, serre ses mains frigorifiées sur le volant et met le contact.

— Prends ton sac et tire-toi.

⁂

François roule lentement, sur une départementale mélancolique. Sans destination, son périple redevient errance. Il s'arrête soudain sur le bas-côté, dans cet oppressant silence.

Jamais encore il ne s'était senti aussi seul, aussi perdu. Il pense à Paul, seul lui aussi. Il n'arrête pas de penser à lui, de toute façon.

Paul, abandonné sur le bord d'une route hostile, en proie à de redoutables chasseurs. Déjà tombé entre leurs griffes, peut-être. Non, ils n'ont pas pu le retrouver si vite ! Il y a tant de chemins qui serpentent dans cette vallée…

— Je pouvais pas agir autrement ! murmure-t-il.

Dans son regard, douleur et tristesse. Dans sa bouche, comme un goût âcre de trahison.

Mais quelle trahison ? Il ne doit rien à ce gamin paumé qui a croisé son destin par hasard. Car ils ne sont rien l'un pour l'autre.

Deux étrangers, c'est tout.

Alors, pourquoi ça fait si mal ?

Plus de sac à dos sur la banquette arrière, plus de voix qui chantonne à ses côtés.

Le vide, l'absence. La mort prochaine.

Et les yeux toujours ouverts de Cerise. Morte par erreur.

Soudain, Davin exécute un périlleux demi-tour sur cette bande étroite, puis la BMW s'élance furieusement sur le bitume humide. Les pneus se tordent dans les virages, au cœur de ces gorges qui ne connaissent pas le soleil. Doubler une petite fourgonnette, dépasser un touriste allemand égaré. Vais-je arriver à temps ?

Un retour en arrière irraisonné, l'esprit qui se vide, comme aspiré par le néant. Propulsé par une force inconnue, il ne peut s'en empêcher.

Il doit le rejoindre.

Même si c'est un délinquant, un trafiquant.

Un tueur.

En arrivant à l'endroit où il a laissé le Petit, François ne trouve qu'un cruel souvenir.

Bien sûr. Il ne l'a pas attendu ici, il s'est envolé.

Davin hésite un instant et part vers la droite. Une chance sur deux.

La pluie se met à tomber, légère et aérienne. Presque neigeuse.

François scrute désespérément les accotements, y espérant une silhouette familière. Des kilomètres d'un désert verdoyant, au rythme régulier des essuie-glaces. Jusqu'à ce qu'il débarque dans un petit village dont il ne relève même pas le nom. L'averse s'est calmée, les balais cessent leur danse infernale.

Je ne le retrouverai jamais, songe Davin en roulant au pas dans la rue principale. Pourtant, il a un drôle de pressentiment, une étrange sensation. Il se sent proche, tout proche de lui. Comme s'il pouvait deviner sa présence.

C'est alors que le miracle se produit ; il le voit sortir d'un café. Le col de son blouson remonté, les mains calées au fond de ses poches. La démarche souple, rapide. Son inséparable sac sur le dos, un autre à la main, qui contient les affaires achetées au centre commercial. C'est bien lui, c'est bien le Petit. Cette vision offre à François une joie inattendue, toute simple. Celle de le revoir.

Il m'a manqué, putain…

Il immobilise la BM, couve des yeux la forme qui s'éloigne.

Il va m'envoyer sur les roses. Sûr… Il ne va pas vouloir continuer la route avec moi.

Il hésite de longues secondes et Paul disparaît à l'angle de la rue.

Un coup de klaxon sort brutalement François de sa contemplation.

— Tu roupilles ou quoi ? beugle un homme en sortant la tête par la vitre de son Express.

François passe la première, repart droit devant. À la sortie du patelin, il aperçoit encore Paul qui marche le long de la chaussée, espérant sans doute une voiture.

Il pourrait accélérer mais ne le fait pas. C'est pourtant facile ; il suffit de le rattraper, de baisser la vitre et de lui dire de monter. Il suffit de lui expliquer que…

L'autochtone s'impatiente, double la BM mais s'arrête à hauteur de François. Pas pour l'insulter, non. Il se contente de le fixer. Un regard et un sourire effrayants… Un visage de serial killer en puissance. Ou à la retraite.

Davin perd son calme.

— Tu veux ma photo, pauvre con ?

L'autre passe enfin son chemin. François respire mieux, tout à coup. Il se concentre à nouveau sur Paul, sur ce qu'il va lui dire…

Paul qui avance toujours, s'évanouissant peu à peu dans la brume tenace. Mais François a encore le temps de voir l'Express s'arrêter à hauteur du jeune homme.

— Et merde !

Il observe, impuissant, son ami qui grimpe dans la guimbarde blanche. Trop tard, il est parti avec le taré du village.

Alors, François les prend en chasse, en gardant ses distances. Sans trop savoir pourquoi.

Pour ne pas perdre de vue cet étrange repère. Peut-être aussi parce qu'il ne sait plus très bien où aller.

L'Express semble moins pressé d'arriver à destination, désormais ; son conducteur a trouvé quelqu'un à qui parler… Davin imagine Paul donnant le change, souriant, heureux d'avoir un nouveau chauffeur.

— Gros con, grogne-t-il. Si tu savais à qui tu as à faire !

Sa voix est teintée de dépit et même d'un soupçon de jalousie…

Continuant sa curieuse filature, il reste loin derrière la vieille voiture blanche, comme s'il avait peur de se faire repérer. Comme s'il craignait que Paul ne découvrît son manège. Pourtant, il a juste changé d'avis, pas de quoi avoir honte.

Mais peut-être est-ce simplement dur d'accepter l'idée qu'il a besoin du Petit, besoin d'un jeune homme paumé, mal barré. D'un voleur doublé d'un meurtrier.

Dur d'accepter qu'il n'a plus la force de finir seul cet ultime voyage.

L'Express avale les virages, les lignes droites ; la BMW suit sans problème. Le ciel recommence à pleurer, les essuie-glaces reprennent leur train d'enfer.

François ira où Paul ira.

Et nulle part ailleurs.

Parce que Paul peut encore avoir besoin de lui. Ou l'inverse, il ne sait plus très bien.

Le tout étant de ne pas les perdre de vue.

Un quart d'heure plus tard, la voiture blanche change brutalement d'itinéraire. Elle bifurque à droite pour s'engager sur un chemin de terre, s'enfonçant dans une forêt inhospitalière.

François ralentit à son tour. Il hésite ; sur cette piste, il a toutes les chances de se faire démasquer.

Mais pourquoi ce dingue l'emmène-t-il par là ? Pourquoi quitte-t-il la route ? Et s'il voulait lui faire du mal ? Quelle drôle d'idée… Paul n'est pas une jeune fille sans défense. C'est un mec armé d'un calibre !

Alors pourquoi François a-t-il si peur pour lui ? Comme un père aurait peur pour son enfant… Il est désormais habité par un nouveau pressentiment. Mauvais cette fois.

Alors, après quelques minutes, François s'engage à son tour sur la sente chaotique. Les roues de sa berline plongent dans les ornières boueuses, la forêt devient de plus en plus sombre.

Davin ne tarde pas à apercevoir l'arrière de l'Express, garé sur le bas-côté. Il freine à bonne distance, coupe le moteur. De son poste d'observation, il ne peut voir s'ils sont encore dans la voiture. Il inspire profondément, les mains posées sur le volant.

Qu'est-ce que je fous là ?

Il descend et ferme discrètement la portière. Planqué derrière les arbres, il amorce une lente approche, à pas de Sioux… Il frissonne, à cause du froid et d'une angoisse malsaine.

Ce foutu mauvais pressentiment.

En arrivant derrière l'Express, il remarque que le conducteur est encore assis au volant. Mais il ne distingue plus la silhouette de Paul.

Parti pisser un coup ? Ridicule ! On fait pas cinq cents mètres de piste pour aller pisser !

— Mais où il est passé, ce petit con ? murmure l'avocat.

Il avance encore, serrant dans sa main droite une pierre ramassée sur le chemin, plié en deux pour ne pas être vu. Il se colle contre la carrosserie sale de l'utilitaire. Encore un pas…

Il reste figé. Bouche entrouverte, il oublie de respirer. Sa main lâche le gros caillou qui tombe avec un bruit lourd sur le sol détrempé. Il fait quelques pas en arrière, au ralenti, avant de tourner brusquement les talons et de cavaler à toute vitesse sur le sentier bourbeux. Son pied bute sur une racine saillante, il s'étale de tout son long, s'écorchant copieusement la paume des mains. Il reprend aussitôt sa course effrénée, comme si les tueurs en noir le poursuivaient. Enfin, la calandre de la BM apparaît dans le brouillard. Rassurante.

François, exténué, recouvre son souffle, tout en cherchant les clefs au fond de la poche de son jean. Soudain, une main posée sur son épaule lui arrache un cri de terreur.

— C'est moi… N'aie pas peur.

François, yeux exorbités, dévisage le Petit, inhabituellement blême.

— Tu m'as pas laissé tomber, c'est cool.

Paul a un léger sourire, une drôle d'émotion au fond des yeux.

François constate alors qu'il porte une estafilade dans le cou, sur laquelle il presse un mouchoir en papier.

— T'es blessé ?

— C'est rien. Toi aussi, on dirait… Tes mains saignent !

— Je suis tombé. Mais… qu'est-ce qui s'est passé ?

— On se tire, je te raconterai dans la bagnole !

— Le type, là-bas…

— Ouais, faut qu'on se barre. Je t'expliquerai en route. Tu conduis ? Moi, faut que je tienne le mouchoir.

Paul enfourne ses affaires à l'arrière puis grimpe côté passager. La BMW peine à s'extirper de la gadoue. Elle glisse, dérape et s'éloigne enfin de cette forêt de fantômes.

— C'est grave, ta blessure ? demande Davin.

— Non, t'inquiète.

Ils quittent les bois, heureux de retrouver le goudron où la berline va pouvoir décrotter ses pneus larges. François appuie comme un dingue sur l'accélérateur, Paul semble plus calme, même s'il est toujours livide.

— Ralentis, s'il te plaît… Pourquoi tu roules si vite ?

François obtempère puis demande :

— Que s'est-il passé avec ce mec ?

— J'suis tombé sur un malade ! Il m'a dit qu'il habitait au bout de cette piste, qu'il devait passer chez lui prendre quelque chose… qu'il m'offrait un café et qu'ensuite, il m'emmènerait à Nice. Mais il s'est arrêté et il a sorti un couteau… Un putain de couteau de boucher, j'te dis pas !

— Qu'est-ce qu'il voulait ?

— Me piquer mes affaires. Il voulait que je laisse mes sacs et que je me tire… Après, on s'est battus. J'ai pris un coup de couteau, là…

François se remémore le type dans l'Express. Inerte, le visage en sang.

— Et… tu l'as tué, c'est ça ?

Il s'attend au pire.

— Non, juste assommé. Je l'ai obligé à lâcher sa lame et je lui ai tapé la tronche contre le tableau de bord.

— Je… Je crois qu'il est mort, Petit.

Paul garde le silence quelques secondes.

— Non, dit-il en secouant la tête. Non, il va se réveiller, je t'assure… Il roupille, c'est tout ! Et toi, tu t'es fait mal ?

— Je suis tombé en revenant vers la voiture, c'est rien.

— Tu nous suivais ?

— Je… Oui. J'ai fait demi-tour, ce matin. Je voulais te récupérer, mais t'étais déjà parti, bien sûr… J'ai continué sur la route et je t'ai vu sortir du café, dans le village.

— Ah bon ? Et pourquoi tu m'as pas fait un signe ?

— J'ai hésité. Je pensais que peut-être tu ne voudrais pas remonter dans ma bagnole après…

— T'es cinglé !

— Puis l'autre type s'est arrêté, j'ai eu un mauvais pressentiment… Alors, je vous ai suivis.

— C'est bien. Que tu sois revenu… C'est bien. Ce matin, j'ai compris ta réaction. T'as eu raison de me larguer, j'aurais pas dû te mentir en fait. Mais c'est dur de dire les choses, des fois.

— Je comprends, prétend Davin.

— J'arrête pas de penser à la femme du gîte…

— Moi aussi, révèle François, avec un nœud dans la gorge.

Il est soulagé d'être à nouveau accompagné dans sa souffrance. Cette voix lui manquait. Cette présence aussi.

— Désolé de t'avoir laissé sur cette route, tout à l'heure.

— Tu rigoles… C'est moi qui m'excuse. Mais ça va aller, maintenant.

⁂

La Safrane avance à vitesse réduite sur la bande d'asphalte qui flirte avec le vide. Sujet au vertige, Perrot a toujours détesté les routes de montagne.

De toute façon, il n'aime que la ville, ses forêts de béton et ses lumières artificielles.

Il commence à ressentir le poids de la fatigue ; en deux jours, le flic a parcouru près de deux mille kilomètres et ses paupières sont dangereusement lourdes. Mais il n'a pas le choix : il s'arrêtera quand sa cible s'arrêtera.

Grâce au traceur qu'il a eu la bonne idée de placer à l'intérieur de l'aile de la BMW, il peut la suivre à distance sans être repéré.

Il a quitté le gîte moins de dix minutes après Paul et François. Juste le temps de libérer les frères Pelizzari qui, à cette heure-ci, sont en route pour Lyon, avec le cadavre de leur frère dans le coffre. Gustave va en faire une attaque ! Mais placé là où il était, Perrot ne pouvait pas intervenir ; c'est ce qu'il a prétendu, en tout cas. Car la vérité, c'est qu'il n'avait pas envie de recevoir une balle, comme la patronne du gîte. Il n'est pas assez payé pour risquer sa peau…

Perrot descend la vitre et allume une clope, en espérant que ça va le tenir éveillé.

Il a compris qu'il n'est pas près de rentrer chez lui, à Lyon. Il ne doit pas perdre de vue les fugitifs, doit les suivre où qu'ils aillent en attendant que Bruno Pelizzari et son frère reviennent dans la partie.

Ses yeux se ferment, la voiture s'approche dangereusement du ravin. Dans un sursaut, Perrot rétablit la trajectoire.

— Merde !

Il s'arrête un instant, récupère la bouteille d'eau minérale dans le vide-poches. C'est du café qu'il faudrait, mais son Thermos est vide depuis longtemps… Il boit quelques gorgées et reprend sa traque aussitôt.

Car il y a une chose qu'il n'oublie pas : si Paul s'évanouit dans la nature, Gustave ne lui pardonnera pas. Surtout maintenant.

Maintenant qu'il a perdu un fils.

— Si ce petit enculé m'échappe, je suis un homme mort.

CHAPITRE 10

Ce matin, il pleut sur Barcelonnette.

François, déjà debout, appuyé sur le rebord de la fenêtre, laisse son regard vagabonder sur les toits et les rues de cette petite ville curieuse. Un bourg montagnard qui recèle des trésors exotiques aux accents mexicains.

Encore un hôtel sans prétention, une chambre double avec deux grands lits, de la moquette usée par terre, un papier peint fané qui rampe sur les murs. Et un sombrero cloué au-dessus de la porte, pour rappeler que certains habitants de ce trou ont fait fortune en Amérique centrale avant de revenir au pays.

François est réveillé depuis une heure déjà.

Et depuis une heure, il se demande…

Pourquoi une tumeur au cerveau ? Quelle en est la cause ? Les toubibs n'ont pas pu lui fournir d'explication. Téléphone portable, pollution, stress ? Prédisposition génétique ?…

Il ne le saura jamais.

Encore plus dur d'affronter un mal dont l'origine demeure obscure.

S'il avait chopé une saloperie en couchant avec une inconnue, il pourrait à la rigueur se le reprocher. Mais là… Il ne peut se maudire d'avoir commis une erreur, une imprudence.

Alors, depuis une heure, François se demande…

Pourquoi moi ? Qu'ai-je fait pour mériter ça ?

Rien.

Des questions, aucune réponse.

Mais après tout, ça changerait quoi ?

Rien.

François se demande…

À quoi ai-je servi sur cette terre ? En quoi ai-je été utile ? À qui ?

À personne.

Je n'ai servi à rien.

Rien.

Il ne se fait aucune illusion, ne se raconte pas d'histoires. Il était reconnu dans sa profession, mais n'a jamais été un grand avocat, il le sait.

Il n'a défendu aucune victime, aucun coupable. Aucune grande cause.

Il a juste aidé des sociétés à prospérer.

Il ne s'est pas sali les mains, juste la conscience.

Il a fait des concessions à la morale, a fermé les yeux lorsque ça l'arrangeait.

Lorsque ça pouvait lui rapporter. Du fric ou de la notoriété.

Davin ferme la fenêtre et se retourne ; Paul est encore endormi, fœtus démesuré au milieu du matelas. Il l'observe un instant, ayant du mal à croire que cette créature tout juste sortie de l'enfance a pu donner la mort. Alors, il se demande…

Quelle a été sa vie, quel tortueux chemin l'a conduit jusqu'à ce jour fatidique ?

Le dénoncer ? Ce serait peut-être le sauver. Peut-être pas. Comment savoir ?

Davin connaît la prison pour avoir fréquenté bon nombre d'avocats pénalistes.

Il sait les dégâts qu'elle engendre.

Au-delà de toutes ces interrogations, il ne regrette pas d'avoir retrouvé Paul. Sans trop se l'expliquer, cette présence le rassure. Tel un jalon dans cet étrange voyage à la destination déjà connue mais tellement effrayante. Peut-être aussi a-t-il envie de lui venir en aide. Même s'il condamne ses actes, il ne peut museler ce drôle de sentiment qui commence à les unir.

En fait, d'aussi loin qu'il se souvienne, il ne retrouve pas d'amitié authentique dans sa vie. Il réalise soudain que ses amis d'*avant* n'ont pas réellement compté. Qu'a-t-il partagé avec ces gens-là ? Soirées, sorties futiles, discussions snobs sans grand intérêt. Séjours au ski, virées en bateau, restos hors de prix. Rien de vrai, rien de sincère. Ou si peu. Pourquoi n'a-t-il jamais eu d'ami, de véritable ami ? Un sur qui compter, quelle que soit la situation. Un ami qu'il aurait pu immédiatement appeler après son rendez-vous à l'hosto…

Non, un ami comme ça, il n'en a pas.

La preuve, il est parti seul, n'a pas su vers qui se tourner.

Avec Paul, il a ouvert les yeux sur un autre univers, ignoré jusqu'alors. Volontairement ignoré.

Il a envie de se confier à lui comme s'il pouvait comprendre mieux que quiconque son calvaire. Surprenant de penser cela d'un inconnu déjanté…

Mais est-ce vraiment de l'amitié ? Il a parfois l'impression que le Petit le regarde comme un père… Et que lui se comporte comme tel. Au crépuscule de sa vie, a-t-il besoin de s'imaginer une descendance ?

Brusquement, Paul se met à remuer. Il s'agite dans son sommeil de plomb, murmure des mots que François ne saisit pas. On dirait presque qu'il parle une langue étrangère. Et d'un seul coup, il hurle.

— Nu ! Nu !

Nous ? s'interroge François. *Nous* quoi ?... *Nous* qui ?... Puis le Petit s'apaise, se recroqueville, retourne dans un calme apparent. Un cauchemar, sans doute.

Dans quelques heures, ils reprendront la route. Pour aller où ? Davin l'ignore. À la rigueur, il préfère ne pas savoir. Le hasard dictera sa loi, une fois de plus.

Il est douché, habillé. Il s'ennuie. Sur un morceau de papier, il griffonne quelques mots.

Je te laisse dormir, je vais faire un tour en ville. François.

Il enfile un pull sous son blouson avant de quitter la chambre.

Sans doute est-ce la pluie, mais Barcelonnette semble encore engourdie. Quelques personnes se pressent pourtant sur ses trottoirs glissants, gagnant sûrement leur lieu de travail. François marche lentement au gré des ruelles pavées ; il pense soudain à son cabinet, à ses associés et ses employés. Ils doivent se poser tant de questions sur sa disparition... Cette désertion aussi soudaine qu'inattendue. Les interrogations doivent aller bon train, les ragots les plus fous parcourir les couloirs ! Il imagine les dossiers entassés sur son bureau, les piles qui grandissent à vue d'œil. Car ils n'ont pas pu le remplacer, impossible ! Ils attendent fiévreusement son retour, tentant de s'organiser au mieux. Cette idée le rassure, il préfère ne pas envisager une autre hypothèse… Se figurer qu'on est irremplaçable aide à accepter qu'on soit mortel.

Simple mortel.

Au guichet d'une agence bancaire, il retire une forte somme en liquide. Le Petit lui a bien précisé qu'après ce qui s'est passé au gîte, il ne faudrait plus utiliser sa carte bleue, qui rend trop facile leur localisation par la police ou la gendarmerie.

Le retrait sera repéré, lui aussi, mais de toute façon ils quitteront cette ville dans quelques heures et ensuite, les forces de l'ordre perdront leur trace.

Dans un kiosque, il achète deux journaux, un local et un national, puis choisit un petit bar où quelques piliers ont déjà fait l'ouverture à coups de blanc ou de rhum. Il s'installe à une table loin du comptoir et attend sagement que le patron daigne s'occuper de lui. Aux murs, des trophées de chasse hideux, têtes empaillées au regard de résine, au pelage poussiéreux et mité. Comment peut-on accrocher des horreurs pareilles en guise de décoration ?

Les habitués le dévisagent du coin de l'œil, surpris par sa présence en ces lieux. Pourtant, François n'est pas mal à l'aise. Encore quelque chose qu'il n'aurait pas fait avant… Un endroit qu'il aurait évité, même pour acheter ses cigarettes. Un de ces endroits bien trop laids pour y afficher son image parfaite. Mais ce matin, il se sent bien ici.

Le patron lui apporte son café crème, il allume une Royale avant de se plonger dans le quotidien local. Des jours qu'il n'a pas lu un canard ! Bien sûr, il cherche l'article qui, immanquablement, relatera la fusillade du gîte. D'ailleurs, cette information fait la une. Avec, à l'appui, une photographie en couleur de l'établissement si tranquille, devenu la veille le théâtre d'une tragédie. Il inspire profondément, passe en page 2 pour lire le papier complet consacré au drame. D'emblée, quelque chose le choque ; le journaliste évoque le meurtre inexpliqué de Mme Arlanc mais ne mentionne nulle part la mort du chauffeur de la Mercedes.

Un seul cadavre.

Quant aux deux hommes enfermés dans la chambre, aucune trace d'eux non plus. Les trafiquants ont sans doute eu le temps de s'échapper avant l'arrivée des forces de l'ordre, emportant avec eux le corps de leur défunt complice. Le journal précise bien qu'aucune piste n'est pour le moment suivie ou privilégiée par les enquêteurs, en l'occurrence une brigade de gendarmerie locale. Mais de toute façon, si piste il y a, elle n'apparaîtra évidemment pas dans le journal.

Davin est bêtement rassuré : l'article ne mentionne ni son nom ni celui de Paul… Quel est son nom, au fait ? Il réalise qu'il ne le connaît même pas !

Il continue à feuilleter la rubrique faits divers et, tout à coup, son cœur s'emballe. *Un homme retrouvé assassiné dans sa voiture sur un chemin forestier…* Ses mains se crispent sur la feuille, sa vue se trouble. Il s'évertue à dissimuler son malaise intense, trouve le courage de lire la suite. Pas de doute, le type de l'Express a bien succombé à plusieurs coups violents portés sur le crâne. M. Rivault, retraité de l'armée vivant dans ce patelin perdu, a trouvé la mort dans des circonstances encore mystérieuses. Car là non plus, aucune piste. Le mobile du crime semble être le vol, son portefeuille ayant été vidé de son contenu avant d'être abandonné dans le sous-bois.

Des bulles de colère lui montent à la tête... Ce petit salaud lui a piqué son fric ! Et si ?... S'il m'avait menti, une fois encore ? Si c'était lui qui avait attiré l'innocent M. Rivault sur cette piste pour lui taxer son argent et le tuer ? Non, impossible, le Petit n'aurait jamais fait une chose pareille... Sinon, j'aurais subi le même sort.

François commande un deuxième café. Noir, cette fois.

Ce gosse sème la mort derrière lui ! Mais Paul n'a fait que se défendre. La blessure sur son cou, je l'ai vue. Elle est bien réelle. Il n'a pas voulu le tuer, a juste frappé un peu trop fort. Il n'est pas coupable, plutôt victime.

Pourtant, François ne sait plus vraiment quoi penser. En cet instant, il songe même à fuir comme un voleur. Récupérer la BM, partir le plus loin possible. Sans dire au revoir ni donner la moindre explication. Sans même retourner dans la chambre s'il le faut.

L'instant d'après, il se ravise. Il a déjà essayé d'abandonner le môme, n'a pas réussi. Il n'en a pas envie, tout simplement. L'idée de trancher ce lien l'effraie, lui fait mal. Même si ce serait la meilleure chose à envisager. La plus sage en tout cas.

Mais sage, il ne l'est plus. Fini, le François raisonnable, dans sa petite vie bourgeoise et bien rangée.

Davin laisse de côté les infos locales pour s'attaquer au quotidien national en essayant d'oublier M. Rivault.

Au fil des pages, il réalise à quel point il est déconnecté du monde. Il n'est plus au courant de rien, lui qui était toujours le premier à tout savoir... Ce qui se passe dans ce monde lui est désormais étranger. Comme si déjà, il n'en faisait plus partie.

Il sirote son deuxième café, tout en continuant à tourner les pages. Soudain, il lâche sa tasse qui se brise à ses pieds. Il reste pétrifié quelques secondes avant de tomber à son tour, inconscient sur le carrelage dur et froid.

⁂

Paul se réveille en sursaut lorsque la porte de la chambre grince de façon lugubre. Il se redresse prestement et voit un zombie s'avancer vers lui.

— Où t'étais ? T'as une drôle de tête !

François, méconnaissable, s'effondre sur son plumard défait. Les yeux gonflés, cernés, les lèvres tremblantes, le teint neigeux. Un hématome sur la joue, à peine visible pour le moment, mais qui promet de lui dévorer sous peu la moitié du visage.

— Qu'est-ce qui t'arrive ?

François le dévisage avec des yeux de malheur. Soudain, il se rue jusqu'aux toilettes, heurtant violemment la petite table au passage.

— Super, soupire Paul. Voilà une journée qui démarre d'enfer !

Il se rend au chevet du malade. François a eu le temps de tirer la porte derrière lui, le jeune homme préfère ne pas entrer.

— T'as besoin de moi ?

Pas de réponse. Seulement une respiration hachée, un corps qui hurle sa souffrance. Le gamin abandonne, retourne sur son pieu, allume sa première cigarette. Il observe la pluie qui bat les toits.

— Pleut tout le temps dans ce pays de merde ! marmonne-t-il.

Il termine sa clope lorsque François revient dans la chambre, encore plus pâle que l'instant d'avant.

— C'est ton mal de tête ?

— Oui…

Il se pose sur son lit, les yeux rivés au mur, incapable d'exprimer par des mots ce qu'il endure. Le Petit vient s'asseoir à côté de lui, enroule un bras autour de ses épaules. Un geste amical, rassurant.

Un geste inédit, entre eux.

— Tu veux pas me dire ?

— Elle est morte…

— Morte ?

— Elle est morte !

François se met à pleurer, se dégage pour tourner le dos à son compagnon. Paul ne saisit pas bien. Il pense immanquablement à Cerise.

— Tu sais, je voulais pas la tuer ! Mais c'est sans doute pas moi…

— Les journaux disent qu'on l'a retrouvée hier, à la maison.

Paul fronce les sourcils.

— Mais de qui tu parles ?

— Florence ! gémit François du fin fond de son désespoir. Florence est morte !

Il ne peut continuer, étranglé par ses sanglots. Paul doit patiemment attendre ses explications.

— Elle s'est suicidée ! ajoute-t-il enfin.

— Merde…

Paul vient de réaliser. Que Florence ne s'est pas suicidée.

Enfin, il comprend comment les frères Pelizzari l'ont retrouvé. Tout devient clair, ou presque. Dans ce raisonnement, il a presque oublié le chagrin de François. Il repose une main sur son épaule, serre sa poigne, un peu fort. Lui avouer la vérité maintenant conduirait à se faire haïr. Florence est morte à cause de lui, assassinée par des hommes qui ne veulent qu'une chose : récupérer le précieux chargement que Paul transporte dans son sac. Pour éviter de mourir à leur tour… Au fil des minutes, François arrête de pleurer. Il s'est allongé, laisse son regard divaguer sur le plafond blanc, marqué de profondes cicatrices ; peinture craquelée qui n'est pas sans rappeler l'intérieur de son crâne.

Tout part en lambeaux, tout risque de céder.

— Calme-toi, murmure Paul. Calme-toi…

— Elle… elle a avalé des somnifères, continue François. Elle est morte par ma faute. Elle n'a pas supporté que je la quitte !

— T'en sais rien. Ce n'est peut-être pas ça… C'est trop tôt pour savoir.

— Mais si ! C'est à cause de moi, je ne suis qu'un salaud !

— Ne dis pas ça, merde ! T'en sais rien de ce qui s'est passé.

Non, il n'en sait rien. Englué dans sa peine, enfermé dans son malheur, il ne voit pas la réalité en face. D'ailleurs, il ne voit plus rien du tout. Son mal en profite pour reprendre le dessus, s'immisçant par la brèche, profitant lâchement de sa faiblesse. D'un seul coup, il explose à l'intérieur de son crâne, irradiant chaque parcelle de son corps tel un gigantesque incendie.

⁂

Paul tourne en rond dans la chambre. Des heures d'oisiveté qui le rendent dingue. Un animal pris au piège, un fauve encagé.

— Arrête ! implore Davin d'une voix à peine audible. Tu me donnes envie de gerber…

Le gamin soupire et vient s'asseoir à côté du lit où François gît, recroquevillé sur sa douleur. Les antalgiques sont de moins en moins efficaces, la crise qui dure depuis ce matin refuse de céder à la chimie. Paul voudrait reprendre la route, ne souhaitant pas stagner trop longtemps au même endroit. Mais François est bien incapable de se lever. Même cligner des yeux lui est difficile.

— Tu veux boire ? propose le jeune homme.

François a juste la force de hocher le menton, son ami lui apporte un verre d'eau.

— Tu peux me laisser si tu veux, chuchote Davin.

Il parle si doucement que Paul doit tendre l'oreille pour comprendre. Le son de sa propre voix est insupportable au milieu de ce chaos.

— Ça va pas mieux ?

— Non… Mais vas-y, laisse-moi, va te balader… Je vais essayer de dormir.

Paul ne se fait pas prier longtemps. Mais en enfilant son blouson, il a un dernier sursaut de culpabilité.

— T'es sûr que tu veux pas que je reste ?

— Oui, t'en fais pas… Prends la bagnole.

— OK… Je serai de retour très vite, promis.

Il empoche les clefs de la berline et s'éclipse, fermant le verrou de l'extérieur. François l'écoute tandis qu'il s'éloigne dans le couloir, le moindre bruit prenant des proportions démesurées. Alors, il peut se remettre à pleurer Florence, la tête enfouie dans l'oreiller. Sa tête si lourde, telle une enclume ; sa tête, transformée en champ de bataille.

Flo, pourquoi je t'ai fait ça ? Pourquoi je t'ai rejetée ? Pourquoi je t'ai tuée ? Qu'est-ce qui m'a pris ? Putain de tumeur ! Putain de tumeur…

Il a perdu la notion du temps qui semble s'être arrêté. Les secondes durent de longues minutes, les heures prennent un goût d'éternité. Un goût d'enfer. Des lames de rasoir entaillent son cerveau, sa tête gonfle, ses paupières sont affreusement douloureuses. Chaque battement de cil est une épreuve. Il voudrait que tout finisse, que tout s'arrête.

Cesser d'avoir mal.

Je vais mourir.

Je voudrais mourir maintenant.

⁂

Lorsqu'il entend la porte s'ouvrir, Davin est étonné. Se forçant à rouvrir les yeux, il découvre qu'il fait nuit et distingue une silhouette dans l'obscurité. Pourvu que ce soit Paul et pas…

— Salut.

Cette voix familière le rassure. Il n'a pas vu passer les heures. Il lui semble que le Petit vient juste de partir. Ou qu'il a disparu depuis des jours. Il ne saurait le dire.

— Ça ne va pas mieux ?

— Non…

Même les mots lui font mal. Bouger les mâchoires lui est insupportable. Combien de temps ce supplice va-t-il durer ?

On dirait que la mort de Florence a déchaîné le mal. Cette mort que François porte sur ses épaules douloureuses. Ça tourne en boucle dans son crâne ; images effroyables au milieu d'un silence inhumain.

Paul le considère d'un air désolé.

— Quelle heure… il est ?

— Huit heures et quelques. Je pense pas que t'as faim, mais…

Non, bien sûr. Ni faim, ni soif. Ni rien.

— J'ai mangé un morceau à la pizzeria en bas et je t'ai pris un sandwich.

François refuse d'un signe de tête, puis referme les yeux, épuisé. Il perçoit que Paul ouvre son sac à dos. Chaque froissement de tissu devient un hurlement strident. Encore heureux, le Petit a eu la bonne idée de ne pas allumer la lumière. Juste la lampe de chevet.

— On va essayer quelque chose pour te soulager, murmure Paul. Ça, je sais que ça va calmer ta douleur.

François rouvre les yeux. Qu'est-ce qui pourrait bien avoir la force de le calmer ? Il distingue une seringue, une aiguille. Paul s'approche avec ça dans la main. Le mourant se contracte encore plus.

— Qu'est-ce que tu fous ?

— Laisse-moi faire. Tu verras, avec ça, tu iras mieux… N'aie pas peur, c'est pas dangereux ! C'est juste de la morphine.

— Je… J'en ai déjà pris tout à l'heure.

— Ouais, mais là, c'est plus fort. La maxi dose.

— J'veux pas.

— Laisse-moi faire, j'te dis !

— Où t'as eu ça ?

— T'occupe.

Finalement, François abandonne la lutte. Après tout, plus rien n'a d'importance. Il a un léger tressaillement lorsque l'aiguille s'enfonce dans sa chair, sur le haut de son bras. La piqûre n'a pris qu'une seconde.

Mais Davin a soudain la trouille. Il tente de se redresser, grimace de douleur. Le Petit cale un oreiller dans son dos.

— Bouge pas comme ça…

— C'est de la drogue que tu m'as filée, hein ?

— C'est de la morphine, j'te dis… Pour soigner les douleurs.

Il lui colle l'emballage du médicament sous le nez, histoire de le rassurer.

— J'ai mis deux ampoules, ça devrait suffire.

— Deux ? Ça va me tuer !

L'instinct de survie est bien là, intact.

— Mais non ! Fais-moi confiance, sourit Paul.

Tout en parlant, le jeune homme roule quelque chose entre ses doigts.

— Qu'est-ce que tu fais ?

— Ça, c'est pour moi. C'est pas bon de voyager seul, alors je viens avec toi !

François replonge dans le mutisme, ces quelques mots l'ayant épuisé. Les minutes passent dans un silence pénible. Et progressivement, le miracle se produit. Une douce chaleur envahit son corps, son crâne devient moins pesant.

Bientôt, la douleur est terrassée. Repliée sur elle-même, elle n'est plus qu'un lancinant souvenir.

François sourit. Il ouvre les paupières, tombe sur le visage de Paul, allongé sur son lit et qui le regarde.

— C'est passé ?

— Presque… C'est incroyable !

Paul sourit à son tour.

— Tu veux un stick ? J'en ai roulé un pour toi.

— Non… Je ne touche pas à ça.

Le gamin se marre.

— Me dis pas que t'as jamais essayé ?

— Non, jamais…

L'autre rigole de plus belle.

— Tu te fous de moi, hein ? À ton âge, t'as jamais fumé ?

— Non, rétorque Davin, un peu vexé.

— C'est le moment de tester ! Tu vas voir, ça va te faire du bien, ça aussi.

François hésite. La morphine commence à lui soulever la tête. Paul lui tend un nouveau pétard qu'il vient d'allumer.

— Allez, prends-le !

Davin se laisse convaincre, le Petit allume le troisième.

François continue de sourire. Il respire lentement, calmement. Tout son corps, crispé l'instant d'avant, vient de se détendre. Il y aura sans doute une contrepartie à payer. Tant pis. Il aurait vendu son âme au diable pour cesser d'avoir mal.

Soudain plus léger qu'une plume, il s'assoit sur le lit, observe le gamin qui, lui aussi, semble parti ailleurs. Le cannabis trace son chemin jusqu'au cerveau.

— Tu sais, j'ai failli partir, ce matin… Tu dormais encore, j'ai pensé te laisser ici.

— Pourquoi ?

— Parce que tu as tué le type dans la bagnole, voilà pourquoi !

— Il est mort ?

— Raide mort !

— Merde…

— Et tu m'as menti en plus. Paraît qu'ils ont retrouvé son portefeuille complètement vide, près de la bagnole.

— Ah… Ben, je me suis dit que c'était l'occase… Mais y avait pas grand-chose. À peine trois cents francs ! Vu que je pensais que tu ne reviendrais pas, je me suis dit que ça pourrait me servir.

— Tu me dis la vérité ?

— Quoi, tu penses que j'ai agressé ce type pour me faire du blé ?

— Non.

— Mais si, c'est ça que tu crois ! C'est lui qu'a essayé de me baiser ! Il voulait que je lui laisse mes sacs et mon blouson… Mais je voulais pas le tuer.

La mort de ce type semble à peine le contrarier. Un incident, rien de plus.

— Je voulais pas le tuer, ce sale con ! Je te jure.

Un long silence. Un peu planant. Davin s'est rallongé, il ne tient même plus assis. Il essaie d'imaginer les derniers instants de Florence, la manière dont elle a mis fin à ses jours. Dans le salon, qu'elle aimait tant ? Dans leur chambre ?

— Je comprends pas pour Flo… On n'a jamais eu de somnifères à la maison. J'en prenais pas, elle non plus.

— Elle les a sans doute achetés exprès.

Le tromper ainsi est une souffrance. Mais Paul ne peut faire autrement. Il ajoute aussitôt :

— Comment ça se fait qu'ils parlent d'elle dans le journal ? On parle pas des suicides, d'habitude.

— C'est parce qu'elle est un peu connue. *Était* un peu connue.

— Pour son boulot ?

— Oui.

— T'as plus mal à la tête ?

— Non, j'ai plus mal… Mais je me sens bizarre !

En lévitation. Plus de tumeur au cerveau. Plus de *je vais mourir*. Plus de cadavres semés sur sa route. Et pourtant, l'impression de se tenir les deux pieds au bord d'un précipice sans fond.

— Faut penser à des trucs sympas… À un truc agréable.

Davin se concentre pour trouver un bon souvenir, une douceur surgie du passé.

— Alors, à quoi tu penses ? vérifie Paul.

— À Claire, avoue François avec une sorte de contrition.

— C'était si bien que ça avec elle ?

— Ouais…

— Alors pense à Claire.

— Et toi ? Tu penses à quoi ? demande François. Ou à qui ?

— À ma mère.

— Où est-elle ?

— Au paradis, j'espère…

Il me semble parfois que mon sang coule à flots,
Ainsi qu'une fontaine aux rythmiques sanglots.
Je l'entends bien qui coule avec un long murmure,
Mais je me tâte en vain pour trouver la blessure.

Les Fleurs du mal, CXIII,
« La Fontaine de sang »

CHAPITRE 11

— Ta mère est morte il y a longtemps ?

— Sept ans… Bientôt huit.

Rapide calcul mental. Paul a été orphelin de mère à onze ou douze ans.

François se juge maladroit, hésite sur le choix des mots. Finalement, il n'ajoute rien. Le Petit s'est replié sur ce qui ressemble à une blessure ancienne, le silence semble s'imposer de lui-même.

Appuyés au rebord de fenêtre, ils savourent leur première cigarette de la journée. Oubliée, la règle des huit par jour ! De toute façon, Davin ne risque plus le cancer du poumon. Il n'aura pas assez de temps pour ça.

Physiquement, il se sent plutôt bien, mis à part les nausées. Effet secondaire de la morphine, bien sûr. Le fameux prix à payer. Assez maigre, en définitive.

Il s'est levé le premier, bien avant le soleil. Il lui a fallu du temps pour recouvrer ses esprits.

Ce matin, il a eu peur. Que le mal ne le reprenne au saut du lit. Qu'il l'attende, embusqué dans la lumière grise de cette chambre devenue un peu trop personnelle. Mais pas la moindre souffrance dans son crâne ; calme plat après la tempête.

Contrairement à la douleur physique, la vérité, elle, l'a très vite rattrapé. Florence, l'homme dans l'Express, Cerise… Les frères Pelizzari, les cinq kilos de coke dans le sac à dos.

Et une tumeur qui dévore lentement son cerveau.

Je vais mourir.

Premières lueurs de l'aube, premières larmes du matin pendant que le Petit dormait encore. Oui, il a peur, ne peut s'en empêcher.

Il a peur et il a froid, déjà.

Flo, est-ce qu'on a froid quand on est mort ?

Non, on ne ressent plus rien quand on est mort. Ni le froid, ni la chaleur.

Est-ce qu'on voit du noir ?

Du noir ? Mais non ! On ne voit plus rien. Que tu es bête, parfois !

Il a entendu son rire. Celui, si particulier, lorsqu'elle se moquait tendrement de lui.

Elle est morte, à cause de lui. Parce qu'il l'a abandonnée, a refusé qu'elle vienne le rejoindre. Parce qu'il a repoussé son amour.

Naufragé au milieu du lit, il a refermé les yeux, s'est mis à trembler, sous les assauts de la culpabilité mêlée à l'intense chagrin. L'âme d'un assassin.

Alors il s'est levé, abandonné par le sommeil ; sentir la moquette sous ses pieds, c'est vraiment agréable, rassurant.

Il a étanché sa soif à même le robinet ; le goût de l'eau dans sa bouche, c'est agréable.

Il a ouvert la fenêtre ; recevoir l'air frais en pleine figure, c'est agréable. Entendre les oiseaux chanter, c'est très agréable.

Même le goût des larmes est agréable.

Vivre, c'est agréable.

Flo ne le sait plus.

Comme moi, bientôt…

— Tu pleurais, ce matin, murmure soudain Paul.

Il l'a entendu, finalement. Feignant sans doute de dormir pour respecter sa pudeur.

— Je vais mourir.

— On va tous mourir. Faut prendre ce qu'on peut… Profiter.

— Et toi ? Tu profites de ce qui se présente ?

Paul réfléchit avant de répondre.

— Non. Faut dire, j'ai pas eu de chance… Et surtout, j'ai fait des conneries. Mais ça va changer, maintenant.

— Tu crois que l'argent va tout changer ?

— Oui. Au moins, je pourrai arrêter de…

Il s'interrompt et scrute la montagne qui se devine entre les nuages. Un mot lui est resté en travers de la gorge.

— Tu pourras arrêter de quoi ? insiste François.

— Les boulots à la con…

— Et ton père, il est où ?

Le Petit serre les mâchoires. Il jette rageusement sa cigarette avant de retourner se coucher. Davin comprend qu'il vaut mieux éviter le sujet.

— On a passé une bonne soirée, non ? dit soudain Paul.

— Oui, mais… Mais je préfère garder le contrôle.

Le jeune homme ricane.

— Pourquoi tu te marres ?

— *Garder le contrôle* ? Qu'est-ce que tu fous ici, alors ? Dans cette chambre pourrie, dans cet hôtel minable… Avec un mec comme moi ! On dirait bien que tu l'as perdu, le contrôle !

— Non ! Je… Je…

Tout est flou dans sa tête. Certainement les derniers effets de cette saloperie de morphine mélangée aux effluves de shit.

— C'est pas grave, tu sais. On peut pas toujours tout contrôler. Faut accepter l'imprévu, je crois… T'avais mal, la came t'a fait du bien. Le reste, on s'en branle.

La came. Le mot est lâché.

La drogue, on s'en fout. Les cadavres, on s'en fout. Le recel de stupéfiants, on s'en fout. Les tueurs à notre poursuite, on s'en fout !

Florence, sacrifiée avant l'heure, on s'en fout ?

Facile.

Pas tant que ça. Pas pour François, en tout cas.

Il veut aller dans la salle de bains, se prend les pieds dans le sac à dos qui traîne au milieu de la pièce ; il râle un bon coup, s'aperçoit soudain que plusieurs boîtes de morphine en sont tombées. Il en compte cinq. À l'intérieur, d'autres encore.

— Où t'es-tu procuré tout ça ?

— J'en ai pris plusieurs, comme ça tu en auras toujours sur toi !

— Mais comment tu as fait pour…

— Je les ai achetées au marché noir !

François saisit une boîte, la retourne et lit : *Réservé à l'usage hospitalier.*

— Au marché noir ? Avec quel fric ?

Paul soupire.

— T'es vraiment casse-couilles ! Je trouve un truc qui te soulage la tronche et tu me poses un milliard de questions !

— Où t'as eu ces boîtes ? s'obstine François.

— Ça te regarde pas. C'est mon problème. Quand on n'a pas de blé, on se débrouille.

François lâche prise pour le moment. Il n'a peut-être pas envie de savoir, finalement. Il passe dans la salle de bains et, tandis qu'il prend sa douche, la voix de Paul qui chantonne de l'autre côté de la cloison arrive jusqu'à ses oreilles.

Jusqu'où va l'emmener ce môme ? Jusqu'où osera-t-il le suivre ?

De toute façon, une seule destination possible. Un seul terminus.

La mort.

Avec ou sans lui. Par n'importe quel chemin. Car tous mènent au même endroit.

Quatre planches et des mètres cubes de terre froide.

Est-ce qu'on entend tomber la terre sur le cercueil ?

Non, mon amour, on n'entend plus rien du tout…

⁂

Col de la Cayolle, sources du Var. Ils quittent la vallée de l'Ubaye.

La route serpente en altitude, au milieu d'un paysage grandiose.

Ils sont au-dessus de la zone de combat, celle où les arbres cèdent la place à la pelouse alpine balayée par les vents et dorée par les prémices de l'automne. Tout arrive vite, ici.

Des rochers énormes, posés sur l'herbe rase et les mousses, semblent avoir été jetés là par des géants, en des temps immémoriaux.

François coupe le contact un instant, laissant sa voiture au milieu de la route. Elle est déserte, de toute façon…

Ils sortent quelques minutes affronter les rafales puissantes, l'air déjà froid. Ils écoutent ce chant si particulier, celui de la montagne qui respire lentement, calmement.

À l'horizon, une kyrielle de sommets qu'on dirait bleus leur donne l'impression d'être miniatures.

D'ailleurs, n'est-ce pas ce qu'ils sont face à cette force colossale ?

François ferme les yeux et inspire profondément comme pour puiser ici ses dernières forces. En rouvrant les paupières, il s'aperçoit que le Petit le dévisage.

Pas de pitié dans son regard, ainsi qu'il l'avait craint.

Mais de la douleur, ainsi qu'il n'avait osé l'espérer…

Ils remontent en voiture et redescendent doucement vers la civilisation.

Déjeuner dans une petite auberge et la route qui s'offre à nouveau. À coups de litres de carburant, à coups d'accélérateur, la fuite continue.

Essayer de ne pas trop penser à Flo, à l'homme dans l'Express, à Cerise. Aux tueurs qui rôdent, aux cinq kilos de cocaïne.

À la saloperie qui bouffe sa matière grise.

À avant. Ni à après, d'ailleurs.

Écouter seulement la voix chaude de Paul qui chante, encore et encore. Pourquoi chante-t-il si souvent ?

— Où veux-tu aller ? demande François à une intersection.

— Ben… J'en sais trop rien.

— Où est ton père ?

Paul se remet à fredonner, fixant la route.

— T'as pas envie d'en parler, c'est ça ?

— T'as tout compris !

François se demande pourquoi il a remis ça sur le tapis. Un peu comme s'il voulait le ramener au bercail. Le confier à son paternel avant de…

— OK. Je prends quelle direction ?

— Marseille… Je vends la came, on partage et on se sépare.

Le cœur de François se broie dans un étau. Il tente cependant de ne rien montrer.

— Pourquoi veux-tu qu'on partage ? Cet argent ne me servira à rien, tu sais… Et puis j'en veux pas. C'est de l'argent sale.

— Comme tu voudras.

— Et ensuite ? Tu iras où ?

— Loin.

François aussi, aimerait partir loin. Mais loin de quoi ? Même à l'autre bout de la terre, il sera près de la mort.

Ce n'est ni une question de lieu, ni une question de temps.

Ce temps qui défile inlassablement, le rapprochant toujours un peu plus de l'échéance.

Tic-tac.

Son horloge interne le lui rappelle sans cesse.

Il baisse la vitre car il a mal au cœur. Putain de morphine !

— Tu sais déjà où tu vas partir ?

— Les îles, peut-être…

Paul attrape son sac à dos, fouille à l'intérieur, en sort une vieille carte postale écornée, délavée. Il la montre à François qui la regarde furtivement ; une plage de sable blanc bordant une mer parfaitement bleue. Un cliché usé par les années.

— C'est là que je veux aller ! explique Paul avec un sourire de petit garçon.

— À Tahiti ?

— Ouais ! T'y es déjà allé ?

— Oui.

Avec Florence, justement. François réprime un sanglot.

Flo… Vais-je me rendre à son enterrement ? Oui, bien entendu… Je ne peux pas la laisser partir seule.

Mais aura-t-il le cran ? Osera-t-il se présenter à la cérémonie comme un coupable, un meurtrier revenant sur les lieux du crime ?

— C'est vrai ?

François sursaute.

— Hein ?

— C'est vrai que tu connais Tahiti ?

— Oui, c'est vrai…

— Raconte !

— Donne-moi une clope.

Paul se hâte d'allumer deux cigarettes en même temps, en tend une à son chauffeur.

— Alors, raconte !

— C'est très joli, il y a de belles plages, une mer limpide…

— *Limpide* ? Ça veut dire quoi ?

François fronce les sourcils. Limpide, ce n'est pas un mot savant, pourtant ! Mais il a déjà remarqué que le vocabulaire du Petit a des failles. Le manque d'école ou de livres, sûrement.

— Limpide, ça veut dire claire, pure… Transparente.

— Ah… Oui, bien sûr.

— Il y a aussi beaucoup de montagnes. Il pleut presque chaque jour, c'est très humide et très chaud.

Il pourrait ajouter qu'on en fait assez vite le tour, mais se ravise. Autant ne pas briser ses rêves dans l'œuf. Il continue donc son exposé, telle une agence de voyages qui vend sa destination phare, sa camelote. Paul l'écoute avec des airs d'enfant sage, subjugué par ce récit, par les couchers de soleil fulgurants. Un jeune garçon dont on ne pourrait, à cet instant, soupçonner la violence. Et lorsque François est à court d'idées, Paul reste longtemps silencieux.

Allongée sous les cocotiers, les yeux perdus dans l'immensité de l'océan, caressée par les vents du large, Marilena lui sourit tendrement…

⁂

François arrête la voiture sur une aire de repos, au bord de l'autoroute.

— On prend un café ? propose-t-il.

— Si tu veux !

Ils marchent jusqu'à la cafétéria, heureux de se dégourdir les jambes. Après un tour dans les toilettes, un coup d'eau sur le visage, ils s'attablent dans la grande salle vide et commandent deux expressos.

— Tu vas aller à l'enterrement de Florence ?

Les mains de François se crispent sur la tasse.

— Je crois, oui.

— Vaudrait mieux pas.

— Pourquoi ?

— Ben… Tu vas avoir encore plus mal.

— Peut-être. Mais c'est ma femme ! C'était ma femme…

— J'ai peur que les mecs qui me courent après t'attendent là-bas.

François n'avait pas pensé à ça.

— Tu as peut-être raison.

Encore un bon prétexte pour être lâche.

— Et toi, tu ne crois pas qu'il est encore trop tôt pour retourner à Marseille ?

— Ils ne me retrouveront pas, assure le jeune homme. De toute façon, vaut mieux que je traîne pas trop.

— Ah oui ? S'ils savent qui est ton pote, ils n'auront aucun mal à te localiser, tu sais… Ils nous ont bien repérés dans un trou perdu !

— Ouais, mais Marseille, c'est immense ! Je n'irai pas chez lui. Je l'appellerai, on se filera rancard.

— Je crois que tu devrais renoncer à ça, s'obstine François. Tu devrais abandonner ce paquet de drogue devant un commissariat. Tu pourrais trouver un boulot et…

— Mais t'es barge ! chuchote Paul. Je vais pas jeter deux cents plaques par terre ! Ça va pas ou quoi !

— Tu préfères mourir ?

Paul soupire, allume une cigarette.

— Écoute, ils me lâcheront pas, de toute manière. Si je ne quitte pas ce pays, ils finiront par me mettre la main dessus et me feront la peau. Même si j'ai plus la came.

François lui jette un regard terrifié.

— Ils me retrouveront, j'te dis ! Dans un mois, un an, dix ans… C'est pas le genre de mecs à laisser tomber ! Je t'ai expliqué : je sais des choses. Je sais trop de choses… Alors il faut que je vende cette poudre et que je me barre à l'autre bout du monde. C'est ma seule chance. Tu comprends ?

— Ce que je comprends, c'est que t'es complètement cinglé !

— Mais non ! Si mon plan réussit, je me la coulerai douce sur une plage avec du pognon plein les poches !

— Et s'il foire, ton plan ? Hein ?

— Eh bien je mourrai… Ainsi va la vie ! De toute façon, ça sera une perte pour personne.

— Ah oui ? Et ta famille ?

Paul détourne la tête.

— Quelle famille ?

François n'ose pas dire *ton père*. Il connaît d'avance la réaction. Ils restent longtemps murés dans un silence agacé, un peu gêné. François fixe le comptoir, tandis que Paul regarde en direction du parking. Soudain, il se redresse légèrement sur sa chaise.

— Merde…

Une voiture de gendarmerie, deux types en uniforme qui s'intéressent de près à la BMW.

— Qu'est-ce qu'ils veulent ? demande François d'un ton nerveux.

— J'en sais rien… Mais on se casse d'ici vite fait !

— Quoi ?

— Faut pas qu'ils nous trouvent ! Allez, viens !

— Je veux pas laisser ma voiture ! On va pas partir à pied ! Je vais aller leur parler, voir ce qu'ils veulent.

— Hors de question. Allez, amène-toi !

François hésite, reste quelques secondes debout, près de la table, observant avec angoisse les deux gendarmes. Mais lorsqu'il les voit s'avancer vers la cafétéria, il panique et se rue en direction des toilettes.

Paul s'y trouve déjà, en train d'ouvrir la petite lucarne au-dessus des lavabos.

— On s'arrache par là ! Bouge ton cul !

François grimpe sur une des vasques ; il a du mal à suivre le jeune homme dont l'agilité est prodigieuse. L'ouverture est étroite, permettant tout juste le passage. Paul est déjà de l'autre côté, à l'attendre.

— Magne, putain !

François parvient à se faufiler et retombe lourdement sur le bitume. Ils contournent la cafétéria, lorgnent les deux militaires en train de parler avec le serveur qui montre du doigt les sanitaires.

— Allez, fonce ! ordonne Paul.

Ils courent à toute vitesse jusqu'à la BM, s'engouffrent dedans. François a pris le volant, Paul sort son pistolet et tire dans les pneus de la voiture de gendarmerie.

— Roule !

La gomme crisse sur l'asphalte, la voiture s'élance vers la voie d'accélération, s'éloignant du danger à une vitesse hallucinante. Les uniformes s'évanouissent dans le rétroviseur.

— On prend la première sortie ! indique Paul en rangeant son arme dans le sac.

— Merde ! T'es malade ou quoi ? Ils vont prévenir les renforts et nous attendre au prochain péage !

— Accélère ! Prends la première sortie que tu trouveras ! répète-t-il.

— Mais qu'est-ce que tu me fais faire !

Quelques minutes plus tard, une opportunité se présente. François ralentit à l'approche du péage, scrute l'horizon, craignant à chaque instant d'apercevoir les voitures bleues, les gyrophares, les hommes armés. Mais tout est calme. Il insère sa carte dans l'automate, la récupère l'instant d'après. À peine la barrière levée, il redémarre à fond, collant Paul à son fauteuil.

— Du calme, murmure le jeune homme. Tout va bien… On est hors de danger, maintenant.

— Facile à dire ! On a juste les gendarmes aux basques !

— Ils ont dû trouver ton nom sur le registre du gîte, ils doivent rechercher ta voiture.

— Il faut arrêter tout ça, s'expliquer avec eux… Je peux très bien y aller seul, ne pas parler de toi. Dire que j'ai vu la fusillade, que j'ai eu peur et…

— Non ! On va pas risquer de finir en taule. On va changer de bagnole, voilà tout…

— Certainement pas !

— Il faut au moins changer les plaques.

— J'arrive pas à croire que je suis en train de faire ça ! J'arrive pas à le croire…

— Arrête de stresser ! conseille Paul en allumant l'autoradio.

Il se met à chanter, comme s'il refusait d'être contaminé par l'angoisse de François qui traverse l'habitacle telle une ligne à haute tension. Sur les ondes, un air mélancolique qui lui rappelle quelqu'un. Mais qui, déjà ? Paul se creuse la cervelle. Ça y est, il se souvient… Un appartement un peu sordide. Un homme fredonnait cette mélodie sous sa douche. En s'approchant, Paul avait pris quelques secondes pour l'écouter avant de…

— Je sais pas pourquoi je te suis, dit soudain François comme s'il se parlait à lui-même. Je comprends pas… Je ne sais même pas qui tu es !

— C'est vrai, concède Paul avec un étrange sourire. Mais on s'entend bien tous les deux, non ? On est bien ensemble… En tout cas, moi je suis bien avec toi.

CHAPITRE 12

La nuit a englouti vignes et collines.

François essaye de retrouver son chemin dans l'obscurité.

— T'es sûr que c'est par là ? s'inquiète Paul.

— Certain ! Ce décor me parle…

Avignon derrière eux, Saint-Rémy-de-Provence n'est plus très loin.

— Ça fait longtemps que t'es pas venu ici ? questionne le Petit.

— Oh oui ! C'est une auberge où j'allais parfois avec ma première femme.

— T'as été marié ?

— Oui, bien sûr.

Pourquoi *bien sûr* ? On peut bien passer une vie sans se marier !

— Comment ça se fait que vous êtes plus ensemble ?

— T'es bien curieux, je trouve !

— C'est elle qui s'est barrée ou c'est toi ?

— Ni l'un ni l'autre. On ne s'entendait plus, c'est tout. Alors on a divorcé. Cette auberge, c'est là où Cathy et moi, on a passé notre premier week-end en amoureux.

— T'avais quel âge ?

— Vingt-cinq ans, répond François sans l'ombre d'une hésitation. On s'est mariés quelques mois après notre rencontre… Et puis on s'est séparés, cinq ans plus tard. Voilà, tu sais tout.

— *Vingt-cinq ans* ? T'es sûr que l'hôtel existe encore ?!

— Qu'est-ce que tu insinues ?

— Rien… Peut-être qu'il s'est fossilisé, depuis ! On devrait appeler des archéologistes !

Paul se met à rire, François lui jette un regard noir.

— Petit con ! On dit archéologue, pas archéologiste ! Et puis je suis sûr que ça existe encore… Tu verras, c'est un endroit très agréable.

D'un commun accord, le retour vers Marseille a été repoussé à plus tard. La séparation aussi.

François a recouvré son calme, l'ambiance est plus détendue.

La BMW a changé de plaques après une visite éclair dans une casse particulièrement louche. C'est Paul qui a négocié avec le gérant, sorte de Gitan bourru que François n'a même pas osé approcher. Mais à qui il a filé une conséquente somme en liquide.

— C'est là ! s'écrie soudain Davin en freinant brutalement.

Un immense portail en fer forgé s'ouvre sur un chemin de terre. Une pancarte annonce de façon pompeuse « Domaine des Trois Chênes ». La BMW s'avance lentement sur la piste bordée de grands arbres et la bâtisse apparaît, parée de lumières.

— Tu parles d'une auberge… C'est un château, ton truc !

François s'arrête devant le perron, entre une magnifique Audi et une Ferrari. Mais Paul hésite à descendre.

— On peut pas aller pioncer ailleurs ?

— Ailleurs ? s'étonne François. C'est pas bien, ici ?

— C'est *trop* bien ! Un vrai repaire de bourges ! Je vais pas me sentir très à l'aise là-dedans.

François rit à son tour.

— T'en fais pas, tu t'en sortiras très bien.

— Ils vont me prendre pour un valet, grommelle le jeune homme.

— Arrête ! Ça me fait plaisir de revenir ici…

Paul souffle en attrapant son sac à dos.

— OK, mais c'est vraiment parce que t'en as envie. Et je te préviens, le premier qui me regarde de travers, je le fume !

François se fige.

— Je plaisante, reste cool !

À ce moment, un homme à l'étrange accoutrement vient à leur rencontre. Une sorte de majordome ou quelque chose dans ce genre, pense Paul.

— Bonsoir, messieurs, dit-il d'un ton respectueux. C'est pour dîner ?

— Mon fils et moi désirons une chambre, explique François. Pouvez-vous prendre nos bagages dans le coffre ?

Paul écarquille les yeux. *Mon fils et moi ?*

— Bien sûr, monsieur. Je m'en charge.

Il propose de récupérer le sac à dos, mais le Petit refuse de le lâcher.

— Si vous voulez bien me suivre…

Ils font une halte à l'accueil, François choisit une suite. Paul examine le décor avec méfiance, comme s'il craignait de tomber dans un piège. Sur sa droite, la grande salle de restaurant avec une imposante cheminée où plusieurs personnes sont déjà attablées dans une ambiance feutrée. Sur sa gauche, une autre pièce avec fauteuils, tables à jeux et Chesterfield en cuir sang de bœuf.

Ils talonnent le majordome dans les escaliers, arrivent dans un couloir recouvert d'une moquette rouge, incroyablement moelleuse.

Faudra que j'essaye ça pieds nus, songe Paul.

— Nous y voilà : suite Provence, annonce le Bien Élevé.

Ils se retrouvent dans un magnifique salon où Paul reste bouche bée devant le luxe qui s'étale impudiquement sous ses yeux. Dorures à foison, velours précieux, tableaux, fleurs fraîches, coupe de fruits sur la table basse. En découvrant sa chambre, il ose à peine y entrer. Un imposant lit à rouleaux avec édredon brodé, encore des meubles anciens, une lampe qui rappelle les vitraux d'une église.

— Le dîner est servi, ajoute le Pingouin.

— Nous allons descendre, indique François en lui glissant un billet dans le creux de la main.

— Si vous avez besoin de quoi que ce soit, n'hésitez pas à appeler la réception. Je vous souhaite un agréable séjour aux Trois Chênes, messieurs.

François rejoint Paul, en extase devant la fameuse lampe.

— Ça te plaît ?

— Vachement classe !

— On dirait que tu es tombé amoureux de cette lampe !

— Ouais ! C'est vachement beau…

— C'est anglais. C'est une lampe Tiffany.

— Ça va te coûter une fortune !

— Et alors ? Il faut bien que je dépense mon fric ! Je l'emmènerai pas avec moi, de toute façon…

Coup de gel dans la suite Provence.

— Dis pas ça, murmure Paul. Dis pas ça, s'il te plaît.

— Bon, on va manger ?

— Euh… Je peux pas y aller fringué comme ça !

— Je suis fringué comme toi, je te signale. Et c'est sans importance. Tu es très bien et j'ai *vachement* faim !

Paul réalise qu'il a sa propre salle de bains. En allumant la lumière, il est ébloui. Baignoire d'angle, robinets dorés à l'or fin, marbre noir. Une multitude de serviettes-éponges, des peignoirs… Rien à voir avec les hôtels miteux qu'ils ont écumés jusqu'ici !

— Alors, tu viens ? s'impatiente François.

Face au miroir, il remet ses cheveux dans le bon ordre. Il les tire en arrière, rattache sa queue-de-cheval et sourit face à son reflet.

Faut que je m'habitue parce que bientôt, je ne vivrai que dans des endroits comme ça ! Des endroits qui plairont à Marilena…

— Bon, tu te magnes ou quoi ?

— Ouais, j'arrive !

Il prend soin d'éteindre les lumières avant de rejoindre François dans l'alcôve qui sépare leurs chambres respectives.

Dans la salle à manger, les convives les considèrent avec étonnement. Deux hommes en jean, pull, baskets : pas le genre de la maison.

Une serveuse les invite à s'installer près de la cheminée. Paul allume immédiatement une cigarette histoire de se donner une contenance.

— File-moi une clope ! demande François. J'ai oublié les miennes en haut…

Paul épie autour de lui. Cinq tables occupées : deux couples de sexagénaires, deux plus jeunes, et un mal assorti ; une femme, superbe, en compagnie d'un cétacé en costard ayant dépassé l'âge de l'andropause, voire la date limite de consommation.

Le tout dans un silence oppressant.

On entend crépiter les flammes. S'il y avait des mouches, on les entendrait voler. Mais les mouches, ce n'est pas non plus le genre de la maison.

— Ils parlent pas ? chuchote Paul.

— Si ! dit François en souriant. Mais ils parlent doucement.

— Ah… Et pourquoi ils nous matent comme ça ? Ils doivent croire qu'on est pédés !

— Y avait longtemps…

— T'as eu raison de dire que j'étais ton fils ! C'est bien, oui.

C'est bien, pense François. Surtout que ça lui est venu naturellement. Une sorte de réflexe.

— N'empêche que les aristos nous prennent pour des tarlouses, je te dis…

François se retient de rire ; il observe à son tour les autres clients. Vrai qu'ils ont l'air tristes et coincés.

La jeune femme à la jupe noire et au chemisier blanc revient vers eux pour énoncer gracieusement le menu : velouté d'asperges, terrine de sanglier à la truffe noire, rougets à la crème d'anchois et petits légumes de Provence, omelette norvégienne.

— Très bien, dit François. Vous nous apporterez une bouteille de votre meilleur vin rouge. Et une vodka en apéritif.

— Bien, monsieur. Pour le vin, je peux vous conseiller un…

— Je vous fais confiance, coupe François avec un sourire décidé.

— Merci, monsieur.

Elle s'éloigne sans un bruit, François remarque alors que le malaise de Paul va croissant.

— Détends-toi, ils ne vont pas te manger.

— Je suis sûr qu'ils se foutent de moi !

— Ah oui ? Pourquoi donc ?

— Parce que je suis pas habillé comme eux, ou parce que j'ai les cheveux longs… Et puis c'est quoi, toutes ces fourchettes ?

— Il y en a une pour le poisson et deux pour les autres plats.

— Et pourquoi trois assiettes ?

— C'est juste de la décoration ! explique François avec un sourire moqueur. Fais comme d'habitude, tout se passera bien.

L'apéritif arrive, accompagné de petits canapés maison. François lève son verre.

— À notre étrange équipée !

À la mine de Paul, il comprend qu'un doute subsiste dans son esprit sur le sens du mot *équipée*.

— À notre étrange voyage, rectifie-t-il.

Mon dernier voyage.

Les verres s'entrechoquent un peu fort, les regards convergent instantanément vers ce duo hors du commun.

— Cul sec ! ajoute François.

Étrange secousse interne. Ils reposent leurs verres vides sur la table.

— T'en veux une autre ?

— Ouais !

La fille en noir et blanc apporte une nouvelle dose rapidement.

— On va être complètement bourrés si on commence comme ça ! s'inquiète Paul.

— Et après ?

— Ça risque de faire tache dans le décor.

— T'as peur de perdre le contrôle ? ricane François. Tu vieillis, Petit !

— Mais non, je les emmerde ! Je veux pas que tu sois mal à l'aise à cause de moi, c'est tout…

— Tu crois que j'ai honte de toi ? Tu crois vraiment ça ?

— Ben… j'ai pas tes bonnes manières et peut-être que…

— Tu sais, il y a quelques semaines, tu aurais peut-être eu raison. Mais aujourd'hui, je m'en fous complètement.

— Je t'ai pas connu avant, mais je suis sûr que t'es mieux maintenant !

— Si on veut… J'aurais quand même préféré que tout cela n'arrive pas.

— C'est pas ce que j'ai voulu dire, s'excuse Paul. C'est moche, ce qui t'arrive. Vraiment moche… T'as peur ?

François avale une nouvelle gorgée de vodka glacée. Il affiche une triste mine.

— Oui, j'ai peur. Tu peux même pas imaginer…

— À ta place, je serais mort de trouille, tu sais. Et quand j'aurai vendu la came, tu… Tu pourrais venir avec moi. On partirait loin d'ici, ensemble. Comme ça, je serai avec toi quand…

Les yeux de François s'emplissent d'un trouble intense que Paul prend pour de la douleur.

— Pardon. Je te gâche ta soirée.

— C'est pas ça… Ça me touche beaucoup ce que tu viens de dire.

— Qu'est-ce que t'en penses ?

— Je sais pas… Peut-être que j'ai envie de partir avec toi, finalement.

— Ce serait vachement cool, je t'assure.

— Moi aussi, je suis heureux de t'avoir trouvé sur ma route, traduit François. Même si tu m'en fais voir de toutes les couleurs !

L'ambiance devient trop lourde, trop chargée en émotions. Heureusement, la serveuse arrive avec le hors-d'œuvre, le fameux velouté d'asperges. Paul décide de détendre l'atmosphère à sa façon. Puisqu'ils le toisent tous d'un sale œil, il va leur donner une bonne raison de le faire.

— Ah ! s'exclame-t-il en se frottant les mains. Une bonne soupe, y a rien de mieux pour se réchauffer. C'est une super idée !

La jeune femme bicolore reste bouche bée, puis sourit à ce jeune client dont le charme ne la laisse pas indifférente.

— Bon appétit, messieurs.

— Merci, belle demoiselle ! répond Paul d'une voix tonitruante.

François s'aperçoit qu'un des couples les dévisage d'un air horrifié. Alors, il entre à son tour dans le jeu.

— T'as raison, mon gars ! Une bonne soupe, un bon pinard, y a pas mieux !

Paul éclate de rire, François le suit.

— Je sens qu'on va passer une très bonne soirée, *papa* ! ajoute le Petit.

Ils parlent fort, en rajoutent des tonnes. Se marrent comme des gosses.

On n'entend plus les flammes crépiter dans l'âtre ni les mouches imaginaires. On n'entend plus qu'eux. Ils deviennent l'attraction de la soirée. Certains sourient, d'autres affichent leur exaspération face à ces malotrus.

Le père et le fils ? Deux amants ? Deux amis ? Les suppositions muettes vont bon train.

— Ils vont nous foutre dehors ! chuchote Paul.

— Ça, ça m'étonnerait ! J'ai pris la suite la plus chère et payé deux nuits d'avance.

— D'avance ? Pourquoi ?

— Je suis pas un habitué. Et vu le prix, il leur faut une garantie.

— Quels gros connards ! s'écrie Paul. Ils nous prennent pour des Manouches ou quoi ?

Encore des œillades sidérées. La jeune serveuse garde un sérieux à toute épreuve. Mais, même si elle s'efforce de le cacher, elle semble bien s'amuser, elle aussi.

À la fin du repas, la salle est désertée, les deux amis échangent leurs impressions.

— T'as vu la gonzesse en robe rouge ? demande Paul avec un sourire gourmand. Celle qui était avec le type beaucoup plus vieux qu'elle…

— La pute ?

— Tu crois ?

— C'est évident…

— Elle est vachement mignonne !

— Elle est payée pour ça.

— Il va pas s'ennuyer, le débris !

— Lui non, mais elle oui ! réplique François.

Paul, bien éméché, laisse libre cours à un nouveau fou rire. La serveuse se présente à leur table.

— Ces messieurs prendront un café ?

— Ces messieurs prendront un cognac ! corrige François.

— Vous voulez être servis ici ?

— Non, ces messieurs vont dans le salon !

S'ils y arrivent, toutefois.

Ils ont trop bu, ont du mal à rallier la grande pièce où a transhumé une partie des autres clients. Ils continuent à effrayer ceux qui ont trouvé refuge ici. Ce jeu leur plaît de plus en plus. La prostituée de luxe est la seule à rire de leurs facéties un peu puériles.

Ils se sont installés face à face, dans de somptueux fauteuils. La petite serveuse dépose les verres de XO sur le guéridon en ajustant un nouveau sourire à l'attention de Paul.

Un sourire sans équivoque.

François se penche vers le gamin.

— On dirait que tu lui plais, à la demoiselle !

— Tu crois ?

— J'en suis certain. Elle te dévore des yeux... Elle est jolie, non ?

— Sans son déguisement, elle doit même être très bonne !

— Tu devrais lui glisser un mot en passant.

— J'oserai jamais !

Cette réaction étonne François. Paul qui n'ose pas quelque chose ? Qui fait son effarouché devant une fille ? Cacherait-il une certaine timidité derrière ses paroles de macho ?

— Ah oui ? À ta place, j'essaierais… T'as la trouille de te prendre un râteau ?

— Un quoi ?

François rigole à nouveau.

— Un râteau ! Qu'elle te dise non, quoi.

— C'est pas ça… Je suis pas dans mon élément, ici ! Je verrai… Pourquoi tu tentes pas ta chance, toi ?

— Mais c'est pas moi qu'elle regarde, c'est toi… Et puis elle est bien trop jeune pour moi.

— T'es bourré de principes !

— Oui, j'ai des *principes*, comme tu dis… T'as une petite amie ?

— Non, avoue Paul.

— T'as déjà été amoureux d'une fille ?

— Non… Jamais.

— T'es encore jeune, tu as tout le temps.

Toi, tu as le temps. Le mien est compté.

Une peau de chagrin, une parcelle de neige en été.

Presque plus rien.

François s'allonge sur le lit, incroyablement confortable. Il a pourtant l'impression d'être sur une barque à la dérive, malmenée par un océan en furie. Avec la nausée qui va avec. L'alcool et les médicaments ne font décidément pas bon ménage.

Cette chambre ne lui est pas étrangère. Ils sont même intimes, elle et lui. Images lointaines d'un passé enseveli dont il ne reste rien.

Il songe à Cathy. Pourtant, il ne pense pas souvent à elle… Il l'a aimée, il en est sûr. À l'époque de leur rencontre, il en était au début de sa difficile ascension. Bosser, encore et encore. Bosser, toujours.

Cathy nourrissait des désirs simples. Elle ne comprenait pas qu'il consacre sa vie au travail, qu'il fasse passer sa carrière avant sa vie privée. Qu'il rentre tard, renonce à ses jours de congé. Qu'il se fixe de tels objectifs, qu'il veuille entrer dans un monde qui n'était pas le leur.

Cathy voulait des enfants, François a toujours dit non. Il voulait d'abord réussir, le reste était secondaire.

À force de ne pas se comprendre, ils se sont quittés.

Elle n'avait pas assez d'ambition pour lui. Elle était un frein. Alors que Flo…

Florence, sa classe naturelle, ses goûts raffinés, sa culture prodigieuse… Florence, qui représentait tout ce dont il rêvait… Qui lui ouvrait les portes. Qui l'admirait pour sa ténacité, sa volonté, son courage.

Son passé coule doucement dans sa tête. Mais le présent ne tarde pas à le rejoindre.

Son présent, c'est la mort. Celle de Florence et la sienne.

Son présent, c'est cette fuite. Celle-là même qui hante ses nuits. Chaque rêve est une course contre la montre, une chute vertigineuse. Avec comme seul point de repère un jeune gars qui fuit comme lui.

À cet instant, Paul lui manque. Étrange sentiment…

Paul qui s'est attardé en bas, avec la jeune employée. Qui a osé, finalement. Qui a relevé le défi.

Paul qui sera peut-être là jusqu'au dernier instant. La dernière seconde. Qui lui tiendra peut-être la main au moment où…

Pensée rassurante mais pas assez pour trouver le sommeil. D'interminables minutes à essayer de dévisser de la réalité. En vain.

Une pâle lumière inonde la pièce, mais elle n'est pas suffisante. Pas suffisante pour oublier le noir qui le cerne. Le noir qui le grignote déjà.

Ne plus rien voir. Ne plus rien entendre, ne plus rien sentir. Même plus la douleur, le chaud ou le froid. La pluie ou le vent.

Plus aucune émotion, aucun rire, aucune larme.

Oublié, les joies, les souffrances. Les colères, le plaisir.

Oublié, tout ce qui fait qu'on est vivant.

Oublié.

C'est ça, être mort.

Ça qu'il connaîtra bientôt ; bientôt, il ne connaîtra plus rien.

Morceau de chair en décomposition dans un rectangle de bois. C'est ça qu'il sera.

Enterré. Rayé de la carte.

Disparu.

Mort.

François suffoque dans son lit. La peur lui compresse les tempes, lui écrase la poitrine.

Il rouvre les yeux, tente de se raisonner. Ses mains se crispent, ses muscles se tendent.

Frayeur absolue. Panique totale, incontrôlable.

Jusqu'à ce qu'il entende la porte de la suite s'ouvrir, des pas dans le salon.

Paul entre dans la chambre, s'affale sur la banquette en velours.

— François, tu dors ?

— Non, je t'attendais. Alors, ça a marché ?

Dans l'obscurité, il devine le sourire de son jeune acolyte. Tandis que son palpitant se calme, que les tensions s'apaisent doucement. Comme par magie.

— Ouais… Elle a l'air cool, cette fille ! Si on reste un peu ici, je crois que…

— Tant mieux, coupe Davin. Tu ne vas pas dans ta chambre ?

— Je préfère dormir là, si ça ne te dérange pas… Je peux ?

— Comme tu veux… Bonne nuit, Petit.

François se tourne de l'autre côté et s'endort dans la seconde.

« Trois mille six cents fois par heure, la Seconde
Chuchote : Souviens-toi ! – Rapide, avec sa voix
D'insecte, Maintenant dit : Je suis Autrefois,
Et j'ai pompé ta vie avec ma trompe immonde !

« Remember ! Souviens-toi, prodigue ! Esto memor !
(Mon gosier de métal parle toutes les langues.)
Les minutes, mortel folâtre, sont des gangues
Qu'il ne faut pas lâcher sans en extraire l'or ! »

Les Fleurs du mal, LXXXV, « L'Horloge »

CHAPITRE 13

Rideau de tulle devant les vitres, rideau de pluie derrière.

Il est tôt, Paul dort encore, recroquevillé sur la banquette trop petite pour lui. François ouvre la fenêtre et demeure quelques instants face à l'averse rageuse. Puis il passe dans le salon, branche le chargeur acheté la veille pour y connecter son portable.

Pourtant, au moment d'allumer le téléphone, il hésite.

Il sait qu'il va trouver une messagerie pleine à craquer. Des êtres familiers qui vont l'interpeller, une véritable salve de SOS.

Florence, sa secrétaire, ses associés…

Où es-tu ? Que fais-tu ? Appelle-nous.

François ne parvient pas à appuyer sur la touche qui le reconnectera au monde. Il craint ainsi de permettre aux flics de le repérer mais, par-dessus tout, il se sent incapable d'entendre la voix de Florence.

Il a peur de s'écrouler sur place.

D'ailleurs, il s'assoit sur le petit sofa en velours rouge et ferme les yeux.

Est-ce aujourd'hui qu'elle sera inhumée ? Il ne le sait même pas. Mais que ce soit aujourd'hui ou demain, il n'y sera pas, l'abandonnant aux portes de son dernier voyage.

Que vont dire les autres ? Les amis, la famille, les relations de travail ? Que vont-ils penser de lui ?

Qu'il est un lâche, un salaud, un égoïste.

Mais non, il ne peut se rendre à l'enterrement, étant désormais trop loin pour envisager un demi-tour. Il lui faudrait tant de courage pour affronter les questions, trouver les réponses, se justifier.

Voir le cercueil de Florence se fermer à tout jamais et descendre dans la terre.

Assister aux funérailles de la femme qu'il aimait et qu'il a tuée, tout en imaginant les siennes.

Répétition morbide avant la générale.

Il attend les larmes, mais elles refusent de venir le soulager. Et dans la minute qui suit, son mal passe à l'attaque, comme une sanction après les effroyables pensées. Il retourne dans la chambre pour avaler ses antalgiques puis se rallonge, juste en face de Paul qui dort toujours.

Rapidement, la douleur empire. Davin peut suivre son trajet, ses manigances. Ça cogne dans sa tête, de plus en plus fort. Ça heurte ses yeux de l'intérieur.

— Va-t'en ! murmure-t-il avec rage. Va-t'en ou achève-moi, saloperie !

Il ne peut contenir un gémissement. C'est encore plus violent que d'habitude.

Paul, brutalement extirpé de son sommeil, comprend instantanément ce qui se passe, malgré sa légère gueule de bois.

— T'as mal ?

François ne répond même pas, le Petit vient s'asseoir à ses côtés, pose une main sur son épaule.

— T'as pris tes cachets ?

— Oui.

— Tu veux de la morphine ?

— Non. Ferme les rideaux... Ferme les rideaux !

Paul plonge la pièce dans l'obscurité puis se pose sur la banquette, impuissant.

— Parle-moi, implore François.

Comble le vide qui s'installe en moi. Remplis le silence meurtrier qui s'insinue dans mon âme.

— De quoi tu veux que je te parle ?

— N'importe... Comment ça s'est passé, hier soir ?

— Je suis allé discuter un peu avec la fille... Elle s'appelle Sarah, elle a vingt-cinq ans. J'lui ai dit que t'étais mon père !

— Continue... Continue, s'il te plaît.

— On a bu un verre ensemble, on est sortis cinq minutes dans le parc. Elle m'a dit que je lui plais !

— Alors ?

— Je l'ai embrassée et je suis remonté... Voilà.

— C'est tout ?

— Ben oui ! Elle n'avait pas fini son service, de toute façon.

— Parle-moi encore.

Paul ne sait plus quoi dire. Il a envie d'évoquer Marilena. Sa mère. Huna, aussi.

Pourtant, les mots ne viennent pas. D'ailleurs, les mots ne suffiraient pas. Pour exprimer ces éternels regrets, ces morceaux de chair arrachés à sa vie. Ces tortures anciennes.

Il a envie d'avouer, surtout. De soulager sa conscience. Mais ça...

Les yeux clos, François se raccroche à cette présence, se préparant au combat.

Perdu d'avance.

Je vais mourir.

Mais je ne serai pas seul comme l'a été Florence. Comme l'a été mon père.

Paul sera avec moi.

⁂

La pluie s'acharne sur les Alpilles. Une de ces pluies de septembre qui se vengent de la canicule.

Depuis la veille, depuis une éternité.

La Mercedes avance à tâtons dans ce déluge glacé, cherchant son chemin au milieu du brouillard.

À l'intérieur, trois hommes concentrés, trois chasseurs lâchés sur un gibier particulièrement difficile à traquer.

Au volant, Bruno Pelizzari ; à côté de lui, Enzo, son cadet. Relégué sur la banquette arrière, Richard, le remplaçant de Marco, ce frère tué à la guerre. Un parfum de vengeance flotte dans l'habitacle de la berline de luxe.

Peu importe le temps qu'il faudra. Peu importe le nombre de kilomètres ou les risques encourus. Il faut mettre la main sur celui qui a eu l'audace de trahir le clan. Récupérer ce qu'il a eu l'audace de voler.

Bruno Pelizzari, l'aîné, l'héritier en puissance, songe à Paulo. Encore étonné qu'il ait osé les défier de la sorte. Oscillant entre colère et admiration, il se remémore son visage, sa voix. C'est lui qui l'a formé. Formaté, plutôt.

Dressé est le mot juste.

Ce gosse si efficace, si discret. Si rapide et si froid.

Tellement obéissant. Jusqu'au jour où... Mais à qui la faute ?

Bientôt, il ne sera plus qu'un mauvais souvenir rangé dans un coin de sa mémoire. Un échec cuisant qu'il faudra oublier.

— Faut jamais faire confiance aux gens de sa race, dit-il comme s'il réfléchissait à haute voix.

— Ouais, acquiesce Enzo. Je l'ai jamais senti ce mec ! Jamais... Je savais qu'un jour il nous doublerait. Je le savais ! On aurait dû le buter avant qu'il tue Marco.

Enzo, le plus jeune de la tribu. Un avenir prometteur au sein de la famille, la relève assurée. Mais aujourd'hui, fortement ébranlé par la mort de son frère Marc.

Bruno lui donne une tape amicale sur l'épaule. Cette fois, ils approchent du but. Un flic dans l'équipe, c'est vraiment utile. Le lieutenant Perrot est un peu cher, mais sa collaboration est précieuse. Il les attend sur place, en face d'une auberge de luxe, où les deux fuyards se sont posés la veille au soir.

Bruno se demande encore ce que Paul fout en compagnie de ce baveux. Ce qu'il manigance. Les deux hommes se connaissaient-ils avant ? Sinon, pourquoi reste-t-il près de lui ? Qu'est-il allé lui révéler ?

— J'espère qu'ils sont encore à l'auberge, s'inquiète soudain Enzo.

— S'ils étaient partis, Perrot nous aurait prévenus, assure calmement Bruno. On va s'occuper d'eux, t'en fais pas.

CHAPITRE 14

Paul lorgne par la fenêtre et soupire.

La pluie, encore. La pluie, toujours.

François s'est assoupi, épuisé par des heures d'une lutte acharnée, jalonnée de courtes rémissions.

L'après-midi commence à peine, le jeune homme s'ennuie à mourir. Il revient s'asseoir près de son ami, le considère avec compassion. La douleur semble s'être un peu calmée. Jusqu'à quand ? Il lui reste tant de morphine dans son sac. Mais François refuse d'en prendre. C'est incompréhensible. On dirait presque qu'il veut souffrir, se punir de quelque chose… Ou accélérer le processus de destruction.

Comment deviner ce qui se passe à l'intérieur de son crâne martyrisé ?

Peut-être que ce soir, il acceptera enfin la piqûre. Il prétend avoir peur de ne plus pouvoir s'en passer. Et après ? Quelle importance ?

Incroyable qu'il n'ait pas cédé. Qu'il se soit battu avec des armes si dérisoires.

Ça valait bien la peine de braquer un hosto !

Le visage du malade reflète le combat ; yeux cernés, joues creusées, traits tirés, mains crispées sur une indicible souffrance. Paul n'a quasiment pas quitté son chevet depuis ce matin, touché jusqu'à l'âme alors qu'il se croyait de marbre depuis longtemps. Lui qui a côtoyé la mort si souvent et de si près…

Pourquoi ne l'abandonne-t-il pas ici ? Quelle raison le pousse à rester auprès de cet inconnu ? Se poser des questions n'a jamais été son fort. Obéir à la loi de la vie, à son instinct. Devenir une machine, presque sans le vouloir.

Et aujourd'hui, prendre des risques démesurés pour un condamné à mort.

Trois coups frappés à l'entrée de la suite le chassent brutalement de ses pensées. Il passe dans le salon, hésite. Non, ça ne peut pas être eux… Une voix douce l'appelle depuis le couloir. En catimini.

Il trouve Sarah au garde-à-vous sur le seuil.

— Salut.

— Ton père va mieux ?

— Il dort… Il est plus calme.

— Tant mieux… J'ai un moment de libre ! chuchote-t-elle.

— Entre.

Elle s'avance, il verrouille à clef derrière elle.

— Viens.

La prenant par la main, il l'entraîne avec énergie vers sa chambre où le lit n'est même pas défait. Sarah tombe bien, pile au bon moment. Au milieu de son ennui, de ses questions stériles. Il savait qu'elle viendrait. Il l'attend, depuis qu'il lui a parlé, dans le parc. Il est redescendu lui jouer son numéro de charme à l'heure du déjeuner. Tandis que François n'a pas quitté la chambre.

Paul tire juste la porte de ses appartements privés, sans prendre le temps de fermer. De toute façon,

François est KO. Même une explosion atomique ne le réveillerait pas…

Sarah se montre un peu timorée. Pourtant, elle a osé monter jusqu'à la suite Provence pour rejoindre ce client inhabituel qui lui a tapé dans l'œil au point d'en oublier la règle d'or de l'établissement.

Elle le considère avec un air qui a quelque chose d'enfantin, bien qu'elle soit plus âgée que lui. Elle veut se blottir dans ses bras, il refuse, rejetant un peu brusquement ses assauts de tendresse.

Ce n'est pas cela qu'il désire. Ce n'est pas comme cela qu'il fonctionne.

Il la fixe droit dans les yeux, armé d'un sourire cannibale. Elle tente encore de l'embrasser, il ne fait que frôler ses lèvres. Il la pousse contre le mur, commence à déboutonner son chemisier.

Sarah avait envisagé quelques préliminaires. Ils se connaissent si peu… Ils pourraient parler, d'abord. S'habituer l'un à l'autre, jouer à se séduire.

Soudain, elle regrette d'être venue.

— On n'est pas pressés, tu sais, murmure-t-elle avec angoisse.

— Non, répond Paul. On a tout notre temps.

François a le vertige, comme s'il se tenait les pieds au bord d'un ravin. Il titube jusqu'à l'alcôve de l'entrée, à la recherche de Paul. Il l'a entendu parler, deux minutes avant. Il a entendu du bruit. Il est inquiet.

Les tueurs ?

Voyant la porte de la chambre du Petit entrouverte, il s'approche. Par l'embrasure, il distingue les deux jeunes gens près de la fenêtre. Ça y est, Paul a retrouvé sa dulcinée, songe-t-il.

Il ne peut s'empêcher de jouer les voyeurs ; juste quelques secondes, promis... Besoin d'images de bonheur pour oublier son malheur, peut-être.

Des images, oui. Prises sur le fait, volées. Qui clouent François sur place.

Il reste là, un peu sonné. Trente secondes ou deux minutes, il ne sait pas trop. Debout, il ne pense même pas à s'appuyer au mur. Pourtant, il n'est pas loin de tomber.

De très haut.

Paul, son Paul, est en train de maltraiter cette fille. Ou plutôt de la traiter comme une chose sans valeur, comme un morceau de viande. D'une façon dégradante, obscène.

La petite Sarah semble tétanisée, subissant sans réaction la convoitise de Paul. Sans doute était-elle venue pour flirter, et plus si affinités. Mais il ne lui en a pas laissé le temps. Ce môme qui se fait passer pour son fils est une brute, un sale type.

François en oublie la douleur. Un geyser de rage explose dans ses tripes, lui insufflant une incroyable énergie.

Il pousse violemment la porte et se campe sur le seuil. Paul et Sarah restent interloqués par cette intrusion choc dans leur intimité.

— Je dérange, on dirait ?

La jeune serveuse, à genoux sur la moquette, se relève brusquement et tente de cacher sa poitrine à l'aide de ses bras.

— Qu'est-ce tu fous là ? rugit Paul.

François ramasse les fringues, les tend à Sarah en évitant de la regarder, pour ne pas la mettre plus mal à l'aise encore. Elle enfile ses vêtements en vitesse, heureuse d'échapper aux griffes de son amant. À ses exigences.

— Sortez, mademoiselle, ordonne François.

Elle tente pitoyablement de justifier sa présence en ces lieux.

— Vous savez, je…

— Laissez-nous, s'il vous plaît, coupe Davin. Et ne vous inquiétez pas, personne ne saura rien de votre venue ici.

Ne se faisant pas prier plus longtemps, elle se sauve en courant. François a remarqué la honte dans ses yeux, la peur aussi. Les larmes retenues, auxquelles elle doit désormais laisser libre cours dans le couloir.

Paul, qui s'est vaguement rhabillé, s'avance vers l'intrus, l'air mauvais. Coupé dans son élan, il n'a eu le temps de presque rien, si ce n'est de montrer son vrai visage.

— Qu'est-ce que tu viens foutre dans ma piaule ? T'as pas remarqué que j'étais occupé ?

François part au quart de tour. Paul reçoit son poing en pleine figure, vacille mais ne s'écroule pas. Davin ne lui laisse pas le temps de réagir. Il le plaque contre le mur, lui flanque un nouveau coup dans l'estomac, un troisième dans les côtes. Le Petit se plie en deux, la respiration coupée. François s'éloigne un peu, soulagé.

Il a juste affreusement mal à la main.

— Putain, gémit Paul. Mais t'es malade !

— *Malade ?*

Le gosse se retrouve à nouveau écrasé contre la cloison, une poigne d'acier sur la gorge.

— C'est toi, le malade.

— Mais arrête, merde !

— Espèce de petit enfoiré ! On ne traite pas une femme comme ça !

Paul essaye de respirer, tente de lui faire lâcher prise. Mais François ressemble à un roc. Dopé par une sorte de haine, il appuie de plus en plus fort.

— On ne traite pas une femme comme ça ! répète-t-il d'une voix sourde. On ne parle pas à une femme comme ça, fumier !

— Arrête !

François le libère enfin, Paul reprend son souffle. Il tombe à genoux, une main par terre, l'autre sur son cou. François se baisse à sa hauteur et lui balance, d'une voix glaciale :

— Tu vas faire ton sac et te barrer d'ici immédiatement. C'est clair ?

Paul ne répond pas, occupé à retrouver un peu d'air.

— C'est clair ?

— Oui…

François quitte la chambre en claquant la porte.

⁂

— C'est là, dit Bruno. Arrête-toi…

Enzo gare la Mercedes à une vingtaine de mètres de l'entrée du domaine. Juste à côté de la Safrane de Perrot, planquée derrière un épais taillis.

Le capitaine descend de sa voiture, Bruno baisse la vitre de sa portière.

— Ils sont toujours là ? demande-t-il, comme s'il parlait à son chien.

— Oui, ils n'ont pas bougé.

À peine quelques secondes et Perrot est déjà trempé.

— C'est bon, ajoute Pelizzari, tu peux y aller, on prend le relais.

Le flic disparaît un instant puis revient avec le récepteur de la balise qu'il tend à l'aîné du clan.

— Le mouchard est sur la BM, vous pourrez le suivre à distance avec ça.

— Bien vu, sourit Bruno. Pour une fois, tu mérites ton salaire.

Perrot répond par un salut discret, doublé d'un sourire servile avant de remonter dans sa Safrane.

— Je vais aller jeter un œil, dit Bruno en regardant s'éloigner la Renault sur la route.

— Pour quoi faire ? s'étonne son frangin. Si ce con de flic dit qu'ils sont là, c'est qu'ils sont là, non ?

— Je préfère vérifier de mes propres yeux.

Il remonte le col de son blouson avant de se jeter sous l'averse.

Il fait presque nuit tant le ciel est chargé ; un vent violent martyrise la cime des grands arbres, les éclairs se succèdent à un rythme effréné.

Enzo voit son frère disparaître dans la tempête et allume la radio pour meubler l'absence. Il n'est pas seul, pourtant. Dans son dos, Richard mâche bruyamment son chewing-gum à l'eucalyptus. Richard, dit Riccardo, venu en renfort après la mort de Marco. Mais Enzo n'a pas grand-chose à dire à ce larbin. Il caresse la crosse de son pistolet, comme pour se rassurer. Il espère bientôt pouvoir s'en servir. À moins qu'il ne l'étrangle ou le frappe à mort. Il n'a jamais tué à mains nues, ça doit être agréable. Surtout si la torture est infligée à celui qui a buté son frère d'une balle en plein front.

Bruno met de longues minutes à réapparaître. Il s'engouffre dans la voiture, dégoulinant de pluie.

— Ils sont là… Les plaques ont été changées, mais c'est bien leur bagnole. Pas de doute.

— Qu'est-ce qu'on fait ? demande Enzo avec un sourire de croque-mort.

— On ne peut pas intervenir pour le moment. Alors on attend qu'ils sortent.

⁂

François s'est rallongé sur son lit. Une bonne heure est passée depuis son coup de grisou.

Il est épuisé par cet accès de colère qui lui laisse un goût amer dans la bouche. Il a toujours mal à la tête, bien sûr, mais c'est supportable comparé à ce matin. Pourtant, il n'arrive pas à s'endormir, comme s'il avait bu des litres de café. Des litres d'adrénaline. Il n'a pas entendu Paul partir ; il est certainement prostré dans sa chambre, en train de se remettre de sa raclée. De ruminer cette mémorable correction.

— Je peux entrer ?

François tourne la tête et aperçoit le jeune homme sur le seuil. Il ne répond pas, s'assoit juste sur le matelas, des fois que l'autre ait des envies de vengeance. Il n'a pas dit non, alors Paul ose quelques pas et vient se poser sur la banquette, en face de lui.

— Qu'est-ce que tu veux ? demande sèchement Davin. Du blé, c'est ça ? T'as qu'à te servir dans mon portefeuille.

— Non, c'est pas ça… On peut parler ?

— De quoi ?

— De tout à l'heure.

— Je ne crois pas qu'on ait grand-chose à se dire, toi et moi.

D'un geste nerveux, François prend son paquet de cigarettes sur le chevet. Il attend, le visage fermé, dans un silence seulement déchiré par les coups de tonnerre. Mais le Petit ne parle pas, semblant avoir perdu de son assurance. Il joue avec ses doigts, comme avec de la pâte à modeler. Un hématome impressionnant orne sa mâchoire.

— Je savais pas que tu cognais si fort ! commence-t-il avec un sourire embarrassé.

— Moi non plus. Comme quoi, on en apprend tous les jours sur soi-même… Et sur les autres.

Paul baisse les yeux.

— Ton mal de tête va mieux ?

— T'es pas venu me causer migraine, non ? Alors parle, qu'on en finisse.

La voix est rêche, cassante. Pourtant, François souffre. En reniant ce fils illégitime, il a peur de se retrouver seul. Mais il préfère encore la solitude à la compagnie de ce…

— J'ai pas tout compris, attaque le jeune homme.

— Vraiment ? Tu veux que je te réexplique, peut-être ?

— Non… Je veux que tu sais…

— Que tu *saches*, rectifie Davin de façon mordante.

Le Petit cesse de parler un instant.

— Pourquoi tu t'es énervé comme ça ? demande-t-il finalement. Qu'est-ce que j'ai fait ?

— *Qu'est-ce que tu as fait ?* répète Davin avec un sourire méchant. Tu as forcé cette fille à se mettre à genoux et tu lui as enfoncé ta bite au fond de la gorge… Tu veux que je continue ? Que je répète les paroles que j'ai entendues ?

Le malaise de Paul va grandissant. Il cherche ses mots.

— Je sais pas être…

François s'impatiente.

— T'essaies de me dire quoi, là ? Que tu ne sais pas te conduire avec une fille ? Je m'en suis aperçu, figure-toi !

— J'ai toujours fait comme ça.

— Ben, ce sera loin de moi, dans ce cas. Parce que tu me donnes envie de gerber.

— Je m'excuse, alors.

— C'est pas à moi qu'il faut présenter tes excuses, petit con : c'est à elle !

— Mais je l'ai pas forcée ! se défend Paul. C'est elle qui est venue dans ma chambre. Elle était d'accord…

— Ben voyons ! Elle ne savait pas à qui elle avait affaire en se pointant ici ! J'ai vu son visage… tu l'as humiliée, brutalisée… Tu l'as traitée comme une merde ! Et tu crois quoi ? Qu'elle allait se mettre à appeler au secours ? Non ! Elle n'avait pas vraiment le choix ! Si son patron la surprend dans le pieu d'un client, elle est virée, figure-toi ! Arrête un peu de me prendre pour un con, tu veux ? Ne me dis pas que c'est elle qui t'a supplié d'agir comme ça !

— Non, admet timidement Paul.

François sent une telle détresse en face que sa colère descend d'un cran.

— Tu crois qu'une nana aime se faire traiter de la sorte ?

— Je sais pas…

— Tu t'en fous, c'est ça ?

— Y en a qui aiment !

François ricane.

— T'as regardé trop de pornos, Petit !

— Non…

— Alors, t'as un sacré problème ! Ton père t'a rien appris ou quoi ? Déjà qu'il t'a pas appris à parler correctement le français… Il ne t'a pas non plus inculqué les bonnes manières ?

Là, il a frappé durement. Le visage de Paul se contracte encore plus. Il va peut-être se jeter sur lui. François prépare la riposte, les poings serrés. Mais le môme reste figé sur le sofa.

— Mon père, c'est une ordure !

Ça, Davin s'en doutait un peu. Il enfonce le clou, appuie là où ça fait mal.

— Et tu es comme lui, c'est ça ? C'est génétique ?

— Je suis pas comme lui ! s'insurge Paul.

— Alors pourquoi tu te conduis ainsi ? Tu crois qu'elle méritait ça, cette fille ? Elle est mignonne, gentille…

— Je sais pas…

— Tu me gonfles avec tes *je sais pas* ! s'emporte l'avocat. Aucune femme ne mérite ça.

François écrase rageusement son mégot au fond du cendrier et se lève pour la suite de sa tirade.

— Une femme, c'est délicat, c'est précieux. Ce n'est ni un jouet, ni une chose. Tu comprends, ça ?

— Oui mais… Je l'ai pas frappée !

— Manquerait plus que ça ! s'écrie Davin. Si je t'avais vu la cogner, je t'aurais passé par la fenêtre ! Une femme, il faut la respecter. Toujours. Si tu n'y arrives pas autrement, c'est que tu as un sérieux problème, mon garçon.

Paul détourne son regard.

— Je sais pas… être tendre, confesse-t-il enfin.

Voilà un aveu difficile à entendre. François se rassoit sur le lit, un peu lessivé par cette conversation ou plutôt ce monologue moralisateur.

Il devine une main tendue vers lui. Le gosse est là, à chercher de l'aide. Mais Davin n'est pas certain qu'il mérite qu'on lui porte secours. Le visage de Sarah reste imprimé dans sa tête.

— Je suppose que tu as traversé des choses difficiles. Mais ça ne justifie pas ce que j'ai vu et entendu tout à l'heure.

— Je m'excuse, j't'ai dit…

— Je m'en fous de tes excuses ! prétend François. Je veux comprendre, c'est tout. Tu ne penses qu'à toi, c'est ça ? Tu ne penses qu'à prendre ton pied et rien d'autre… Tu as tort.

François s'installe finalement près de lui.

— Tu as tort parce qu'il n'y a rien de plus beau…

Paul fixe la moquette, ses pieds nus.

— Je sais pas être différent… Ça me fout mal à l'aise !

— Je ne te suis pas très bien, avoue François. C'est quoi ton problème ? Tu penses que si tu es gentil, tendre ou attentionné, tu n'es pas un homme, c'est ça ?

Paul ne répond pas.

— Si c'est ça, tu te trompes. Un homme, ce n'est pas un gros con qui maltraite une fille ! C'est tout le contraire.

François se relève et va se planter devant la fenêtre. La pluie continue à marteler furieusement le sol. Il se retourne et fixe à nouveau le jeune homme droit dans les yeux.

— Tu aimais ta mère, Paul ?

Le gosse plonge dans un abîme, François comprend qu'il vient de tirer le rideau qui cache l'atroce vérité en coulisses.

— Bien sûr que je l'aimais !

— Et tu aurais voulu qu'un homme la traite comme ça ?

— Mais non !

Paul cache son visage entre ses mains et se penche en avant. Il ne pleure pas, non. Il souffre. François revient vers lui et pose un bras sur le haut de son dos.

— Calme-toi… Parle-moi.

François ne lui extorque plus un seul mot. Il s'est enfermé dans ses enfers, refuse d'en sortir. Il lui faut de longues minutes pour retrouver la parole.

— Il la frappait tout le temps… tout le temps !

— Ton père ? Ton père frappait ta mère, c'est ça ?

Paul hoche la tête.

— Mais moi, je frappe pas les femmes !

— Je sais… Qu'est-ce qui s'est passé avec ton père ?

— Un jour, il a tapé plus fort et…

— Et elle est morte, c'est ça ?

— Oui.

— Il était violent avec toi aussi ? Il te battait ?

— Non… Pas moi, non… Enfin, pas souvent.

Pas souvent ?

— Tu veux ressembler à ton père, Paul ?

— Non !

Un cri de désespoir vient d'emplir la chambre, la suite, l'auberge.

— Alors il faut que tu changes, Petit… Faut que tu changes.

Paul inspire un bon coup. Il semble si mal à l'aise de s'être ainsi dévoilé.

— Excuse-moi. Je sais pas ce que j'ai… Tu veux que je m'en aille ?

François soupire. Cette scène lui en rappelle étrangement une autre. Mais il n'a pas le temps de répondre cette fois.

— Je veux pas partir sans toi, ajoute le jeune homme.

— Tu peux rester. Ça va.

— Tu sais, François, je… J'arrive pas à t'expliquer. C'est dur.

— Tu essaieras plus tard.

— Tu veux pas aller parler à Sarah ?

Davin écarquille les yeux.

— Mais qu'est-ce que tu veux que je lui dise ?

— Tu pourrais lui causer, toi. Tu sauras quoi faire.

— Et toi, qu'as-tu envie de lui dire ?

— Que je m'excuse… Si elle a eu peur ou quoi, je m'excuse.

— On verra. Laisse-moi me reposer, à présent.

— Personne a jamais été gentil avec moi… À part maman. Mais ça fait longtemps… Et toi, aussi.

Paul disparaît, emportant son malheur avec lui. François reste un moment immobile à contempler la pluie. La foudre tombe dans le parc, non loin de la bâtisse, il frissonne de la tête aux pieds.

Il regrette son comportement. Ces coups, toute cette brutalité. Il aurait suffi d'interrompre les ébats musclés, sous un prétexte quelconque, puis de parler à Paul, les yeux dans les yeux.

Il s'est emporté, parce qu'il a cru voir une bête, dans cette chambre.

Alors que Paul est seulement un enfant à qui on a oublié d'apprendre l'amour.

Un enfant devenu un homme.

Un homme dangereux. Désormais, François le sait.

⁂

Finalement, il a accepté. Parce qu'il n'a plus le choix.

La boîte d'antalgiques est vide, sa tête pleine de fureur. Il s'est injecté la drogue lui-même, Paul à ses côtés.

Maintenant, ils attendent. Le miracle, la guérison passagère. La délivrance.

— Tu veux savoir comment j'ai eu la morphine ?

— Je le sais, petit con ! Je l'ai lu dans le journal. Un braquage d'hosto, ça passe pas inaperçu !

— Y a pas eu de casse. J'ai blessé personne.

— Je suis au courant... Mais ne recommence jamais ça, OK ?

— OK.

Paul est content. Si François peut à nouveau parler, c'est qu'il va mieux. Sa tête encore lourde de douleur s'enfonce dans l'oreiller, ses yeux se ferment doucement. Alors, Paul s'éclipse sur la pointe des pieds en promettant de revenir, bien sûr.

Il passe dans sa chambre, puis dans sa propre salle de bains. Il a fait monter le dîner, ce soir. Mais François n'y a pas touché. Son plateau est reparti intact vers les cuisines. Paul aussi a manqué d'appétit. Il est tourneboulé, désorienté. Sous la douche, il repense aux paroles de François.

François qui a bien voulu aller glisser quelques mots à la jeune serveuse, en début de soirée, avant que le mal ne le crucifie sur son lit. Il n'a rien révélé de cette entrevue sauf que ça s'était bien passé. Et c'est tout ce qui compte pour Paul. Que François n'ait plus honte de lui.

Mais ça, c'est impossible. Parce que ce qu'il a fait subir à cette fille, ce n'est rien. Rien à côté de…

Il sort de la douche, s'enroule dans une serviette et s'effondre sur son lit. Il descendrait volontiers au bar boire quelques verres, pour laisser la nuit s'avancer. Mais il n'ose pas affronter Sarah. C'est la première fois que ça lui arrive. Quelques filles lui ont déjà reproché son attitude. Et après ?… Ça lui était égal. Elles n'avaient rien compris, sans doute. N'y connaissaient rien aux mecs, voilà tout ! D'ailleurs, la plupart n'ont jamais rien dit. Au contraire…

Peut-être avaient-elles peur de moi. Peut-être qu'elles aussi, ne connaissaient rien d'autre.

Il ne s'était jamais posé la question… Mais aujourd'hui, les coups et les paroles de François ont atteint leur cible. Des questions, il s'en pose. Se torturant le cerveau depuis des heures.

Parce que François compte pour lui. Tellement que ça l'effraie. Il devient une sorte de modèle. Si différent de ceux qu'il a eus jusqu'à présent…

Les pourquoi succèdent aux comment et aux quand. Les questions, ce n'est pas nouveau. C'est même parce qu'il s'en est trop posé qu'il est là ce soir. Parce qu'il a commencé à changer, justement. Mais va-t-il y arriver ? En aura-t-il seulement le temps ?

Car dans cette auberge, il n'y a pas qu'un seul homme en sursis. Il y en a deux.

Le temps passe, à la vitesse de l'ennui. Paul, toujours sur son pieu, fume cigarette sur cigarette. Jusqu'à ce que quelqu'un tape à la porte de la suite. Il enfile son jean à la va-vite, s'approche. Il n'ouvre pas, bien trop méfiant.

— Paul ? C'est Sarah…

Dans la pénombre de l'alcôve, François sourit.

Lorsqu'il a entendu la jeune femme entrer, il n'a pas pu s'en empêcher. Il est allé à pas de loup jusqu'à la chambre du Petit, a collé son oreille contre la porte. Juste pour se rassurer. Car Paul reste un mystère. Imprévisible. Et si jamais il recommençait ?

Mais ce qu'il perçoit le réconforte. D'ailleurs, ce n'est pas le gosse qui parle. C'est Sarah.

Elle est bien, cette fille ! Il a de la chance d'être tombé sur elle.

Apparemment, Paul est dans ses petits souliers… Il se laisse amadouer, apprivoiser. Tout juste s'il ose bouger.

François retourne dans son antre, rassuré.

Il n'y a qu'une femme qui puisse lui apprendre. L'initier.

Demain, le Petit aura un autre visage.

Sur cette certitude, François sombre doucement dans un sommeil peuplé de délires et de mort.

Quand la pluie étalant ses immenses traînées
D'une vaste prison imite les barreaux,
Et qu'un peuple muet d'infâmes araignées
Vient tendre ses filets au fond de nos cerveaux

Les Fleurs du mal, LXXVIII, « Spleen »

CHAPITRE 15

— Putain, ça s'arrêtera jamais ! maugrée Paul en tournant la clef dans le contact.

Parle-t-il de la pluie ou des migraines de François ? Un peu des deux, sûrement.

L'après-midi touche à sa fin ; Davin, à court d'antalgiques, refuse de s'administrer une nouvelle dose de morphine. Toujours peur de cette dépendance. Têtu, ce François. Tellement illogique, parfois.

De toute façon, Paul n'a plus de cigarettes et, surtout, il est ravi de sortir de cette auberge. D'échapper à cette oisiveté qui le rend dingue.

Heureusement, il y a Sarah.

Cette nuit, c'était difficile. Mais au final, délicieux. François avait raison, Paul doit bien le reconnaître… Plus fort, avec en prime, un petit goût d'inédit. Et une fierté différente. Bien plus valorisante.

Une douceur qui lui réchauffe le cœur.

Sauf que la pierre est dure à réchauffer. Même le soleil a du mal.

Il reste des progrès à accomplir. Mais Paul y arrivera, il en est sûr.

Il arrivera à ne plus avoir mal quand on le touche. À accepter qu'on lui offre des marques de tendresse. Qu'on l'apprivoise avec des caresses plutôt qu'à coups de fouet… Accepter qu'entre humains, il existe autre chose que les rapports de force.

La BMW s'engage sur la piste imbibée, véritable éponge boueuse. Trouver le patelin le plus proche doté d'un tabac et d'une pharmacie, voilà sa mission. Il allume la radio, se met à chanter, comme souvent.

Chanter pour couvrir les bruits qui résonnent dans sa tête. Les ordres, les clics, les détonations, les cris. Les gémissements, les plaintes, les supplications.

Les silences atroces qui s'ensuivent.

Tous ces bruits familiers. Si familiers qu'il n'y prête plus attention. Comme on ne porte plus cas à la douleur lorsqu'elle devient chronique.

Il arrive aux grilles de l'auberge, sur la départementale. Personne à gauche, personne à droite.

Juste une Mercedes grise en face, derrière un bosquet. Avec trois hommes à l'intérieur.

Mais Paul ne la voit pas.

Il s'élance, chante de plus en plus fort.

Soudain, alors qu'il longe encore le mur d'enceinte du domaine, une voiture bleue se dessine en sens inverse.

Le gyrophare étincelle sous l'ondée.

Les deux véhicules se croisent, Paul ralentit et jette les yeux dans le rétroviseur.

— Merde !

Les gendarmes viennent d'entrer aux Trois Chênes. Freinage brutal, demi-tour acrobatique, accélération puissante. Il retourne dans le parc de l'auberge, abandonne la voiture sur la piste, bien avant la bâtisse. Puis il se met à courir comme un dératé. Arrivé au bout, il aperçoit les flics qui sortent tout juste de leur caisse. C'est pas des rapides, une chance ! Sarah vient à leur rencontre tandis que Paul reprend sa course folle à travers les arbres. Il contourne le bâtiment, s'engouffre par la porte de derrière et atterrit directement dans les cuisines où le chef, qui s'active au milieu de sa brigade, n'a pas le temps de pester contre l'intrus. Le jeune homme éclair est déjà loin, déjà à l'accueil.

Aller plus vite qu'eux.

Eux, qui discutent en bas avec Sarah. Qui lui montrent une photo sur un journal.

A-t-elle compris qu'elle doit les retarder ? Intuition féminine ?

Paul se rue dans les escaliers, avale les marches trois par trois. Il pénètre en trombe dans la suite Provence, met la clef dans la serrure. Puis il fait une entrée fracassante dans la chambre de François, qui somnole sur son lit. Il se jette sur le matelas, Davin manque d'en tomber. Son ami le secoue comme s'il voulait l'achever.

— Lève-toi, vite !

François arrive tout juste à ouvrir les yeux tant il est épuisé.

— Lève-toi ! Faut qu'on se casse, les gendarmes sont en bas !

— Hein ?

— Putain, bouge-toi, y a les flics !

François réagit enfin. Paul le débarque violemment du plumard, lui colle son pull dans les mains, empoigne les sacs déjà prêts. Toujours prêts. Principe de base de la cavale. Il en file un à François, le pousse jusqu'au petit salon.

Trop tard.

Les coups retentissent contre la porte.

Gendarmerie nationale, ouvrez !

— Oh non ! murmure François en reculant. On est morts…

Une clef tente de s'immiscer dans la serrure. Il ne leur reste pas beaucoup de temps. Paul saisit François par les épaules.

— Tu as confiance en moi ?

— Mais…

— Tu as confiance en moi ? répète le jeune homme en le fixant au fond des yeux.

— Oui.

— Alors laisse-moi faire… Je vais nous sortir de là.

Dans la cour de l'auberge, Sarah observe les deux gendarmes, un peu dépassés par les événements. Elle a compris mais se tait, feignant juste d'être choquée.

Un des militaires prend la radio dans sa voiture.

— Ici l'adjudant Vermières ! Répondez !

Quelques secondes de battement.

— Oui mon adjudant ? réagit enfin une voix à l'autre bout.

— Passez-moi le colonel. J'ai une prise d'otage, ici !

Sarah, sur le perron, serre son gilet contre sa peau. Elle a peur, elle a froid. Parce que Paul ne la tiendra plus jamais dans ses bras. Même s'il s'en sort vivant.

⁂

— C'est bon, maintenant. Tu devrais ralentir.

François lève un peu le pied. Paul l'observe du coin de l'œil ; aussi blême que le ciel descendu jusqu'aux cépages éreintés par la vendange, il tremble même légèrement.

— Ça va aller, assure le jeune homme.

— Pourquoi t'as fait ça ? demande Davin d'une voix sourde.

— C'était juste pour nous sortir de ce merdier ! Tu crois quand même pas que j'aurais tiré sur toi, non ? C'était pour faire croire aux gendarmes, c'est tout…

François éprouve encore cette sensation abominable, glaciale. Le canon métallique d'un pistolet enfoncé dans sa gorge. Avec Paul qui hurle aux képis de reculer. L'impression que sa tête va exploser.

— Prends la petite route à droite, indique le copilote.

François tourne brutalement le volant, la BMW négocie difficilement le virage en angle droit.

— Eh, doucement ! implore le Petit.

Il déplie une carte routière sur ses genoux, tente de se repérer. Pas évident.

— Faut qu'on se trouve un endroit tranquille. Toi qui connais le coin, t'as pas une idée ?

— Non, j'ai pas d'idée ! rétorque férocement François. J'ai juste mal à la tronche et à la gorge !

— Ça va, reste cool… On va trouver. C'était juste pour leur faire croire, faut pas t'énerver.

La nuit ne va plus tarder, il leur faut dénicher un refuge. Mais d'abord, s'éloigner le plus possible du danger.

Rouler, encore et encore.

— Ils avaient un journal, dit soudain Paul.

— Quoi ?

— Ils ont montré un journal à Sarah… Avec ta photo dessus.

François ferme les yeux un instant. Il n'est plus qu'un fugitif, recherché par la police, les gendarmes et une bande de tueurs.

— Ils ont dû faire un appel à témoins, continue Paul. Et un connard a dû te reconnaître à l'auberge et te balancer !

François ne répond pas, absorbé par la route longiligne, obscure.

À bout de nerfs.

Avalant les kilomètres comme des couleuvres.

— Je vais conduire, propose le Petit. Je crois que tu as besoin de souffler un peu…

***

Paul vise le cadenas qui brille dans le faisceau des phares. François se bouche les oreilles mais la détonation le secoue tout de même de la tête aux pieds.

Ça rebondit à l'infini contre ses parois crâniennes.

Paul arrache la chaîne qui bloque les grilles. Puis la BMW s'avance dans l'allée herbeuse tandis que le Petit referme le portail, replaçant l'attache du mieux qu'il peut. François patiente quelques mètres plus loin, Paul se hâte de grimper sur le siège passager.

— C'est OK, annonce-t-il. On a l'impression que c'est toujours fermé.

L'idée est bonne : une résidence secondaire avec un très grand jardin, un garage. Une baraque isolée à souhait, parfaite pour servir de tanière à deux fuyards.

Ils ont roulé plusieurs heures vers le nord avant de trouver asile au bord de cette petite route perdue entre Meyrueis et le mont Aigoual ; décor inconnu, plutôt inquiétant à la seule lueur d'une lune gibbeuse.

La première chose à faire est de dissimuler la BMW. Paul utilise à nouveau son Beretta. Il force la porte du garage, a la surprise d'y trouver un vieux 4 × 4 qui dort sagement à l'intérieur. François gare sa voiture juste à côté et reste quelques instants immobile derrière le volant.

Il n'a quasiment plus de forces.

— Allez, viens ! l'encourage Paul.

Une porte située au fond permet d'accéder à l'intérieur de la maison ; ils se retrouvent avec armes et bagages dans un vestibule austère et froid.

Ils s'en sont bien sortis, à l'auberge. Ils ont même réussi à récupérer leurs sacs en les faisant porter jusqu'au coffre par le majordome ! Un exploit…

— Les volets sont fermés, on peut allumer la lumière, affirme Paul.

— Et si les proprios arrivent ?

— Maintenant, à dix heures du soir ?

— Pourquoi pas ?

— On est mardi, en plus… Ils viennent certainement que le week-end. T'inquiète !

Ils allument donc la lumière, effectuent rapidement le tour de la baraque. Température cavernicole, mais ensemble plutôt agréable. Salle à manger avec cuisine américaine, cheminée, deux chambres, une salle d'eau.

— Il gèle ! On fait du feu ? propose le Petit.

— Avec quoi ? soupire François en s'écroulant dans un fauteuil.

— Ben… avec du bois ! J'en ai vu une caisse pleine dans le sous-sol. T'es fatigué, t'es malade, faut pas que t'as froid. Et puis je vais voir si on peut brancher l'eau chaude… Reste là, bouge pas. Je m'occupe de tout.

François n'a même pas le courage de le regarder s'activer. Les mouvements de l'autre sont épuisants. Il cale son front entre ses mains glacées. L'impression d'être aspiré dans un trou noir, de ne plus être maître de son destin ou même de ses réactions.

Pourquoi la mort prend-elle son temps ? Pourquoi ce jeu barbare, inhumain ?

Paul passe devant lui, les bras chargés de bûches et lui adresse un sourire. Un sourire d'enfant turbulent, un peu coupable.

Avec un flingue à la ceinture.

⁂

Bruno allume une cigarette et descend la vitre.

— Pourquoi on n'y va pas maintenant ? demande son frère en gigotant sur son siège comme s'il était parasité.

— Sois patient, Enzo. Sois patient… Tu sais que ce petit enculé est dangereux.

— On peut se le faire. Il est coincé dans un trou à rats !

— Non. Vaut mieux attendre qu'il dorme… Je ne veux pas courir de risque. C'est moi qui lui ai tout appris, je sais de quoi je parle ! S'il est réveillé, on risque tous de crever… C'est ça que tu veux ?

Enzo se renfrogne. Le type assis à l'arrière prend alors la parole.

— Comment on va savoir qu'il dort ?

Bruno soupire. Riccardo, bien piètre remplaçant de Marco. Une grosse brute, au regard bovin et à l'électroencéphalogramme désespérément plat. Mais qui sait à peu près se servir d'une arme et qui, surtout, obéit au doigt et à l'œil.

— On va simplement attendre deux ou trois heures, explique patiemment Bruno. Ensuite, on avisera.

— Ah, ouais ! bave Riccardo. Ouais…

Bruno et Enzo échangent un sourire complice ; le plus jeune des deux frères tourne la tête vers la maison, ajuste son œil perçant comme un viseur.

— Dors bien, mon Paulo. Fais de beaux rêves ! Parce que ton réveil va être difficile…

CHAPITRE 16

François semble hypnotisé par le feu qui danse du ventre au creux de la cheminée, irradiant une douce chaleur dans la pièce. Paul pose une casserole au milieu de la table. Visiblement, il a plus l'habitude de manier un flingue qu'une poêle.

— Voilà, Maître Davin est servi !

François n'a plus l'habitude qu'on l'appelle Maître, il est surpris.

— J'ai pas très faim, prévient-il d'un ton las.

— Encore mal à la tête ?

— Oui… Et plus de comprimés.

— J'ai trouvé de l'aspirine dans la pharmacie… T'en veux ?

— On peut toujours essayer.

Paul se hâte d'aller chercher le trésor déniché au-dessus des toilettes. François en profite pour zyeuter l'intérieur de la casserole : une boîte de conserve réchauffée. Mais le gamin a tout de même réussi à laisser brûler le fond.

Le jeune homme revient à la vitesse de l'éclair, vide le sachet dans le verre de son ami.

— J'espère que ça va marcher !

— J'ai l'impression que rien ne pourra me soulager…

Il avale néanmoins le médicament, Paul se charge du service.

— C'est pas génial, dit-il comme pour s'excuser. Mais y a rien dans les placards… enfin presque rien !

— Ça ira très bien.

Ils mangent dans un silence pénible, reflétant leur fatigue, leurs angoisses. François ingurgite quelques bouchées avec difficulté, puis renonce, l'appétit coupé par la souffrance et surtout par les derniers événements.

Il disparaît dans la salle d'eau, tandis que Paul allume la télévision. Il parcourt les quelques chaînes peinant à arriver jusqu'ici, ne trouve rien capable de capter son attention. Alors, il ajoute une bûche dans l'âtre, s'étend sur le vieux canapé en velours râpé.

François réapparaît, propre mais pas dispos ; il allume une cigarette, s'assied sur le tapis, aux pieds de Paul.

— Tu veux que je te laisse la place pour t'allonger ?

— Non, ça va. De toute façon, je fume une clope et je vais me coucher… Je suis mort.

Il pourrait rajouter de trouille, de fatigue, de douleur. De honte ou de colère.

Il pourrait rajouter bientôt.

Bientôt, je serai mort.

Mais il n'ajoute rien.

— T'as raison, repose-toi. Moi je vais rester là. Vaut mieux pas que je dors, on sait jamais…

On sait jamais ? Que pourrait-il bien se passer, encore ? Ils ont eu leur dose pour la journée !

François balance son mégot dans la cheminée et, sans un bonsoir, part dans la chambre pour s'étendre sur le plumard humide et glacé.

Paul allume la petite radio portative dégotée dans la cuisine, baisse le son pour ne pas importuner son ami. Il a posé le pistolet sur son ventre, le caresse doucement, comme s'il s'agissait d'un animal de compagnie. Son meilleur ami, peut-être…

Sans raison apparente, le jeune homme est sur le qui-vive. En alerte. Il sent un danger rôder autour de lui, l'instinct de survie lui chuchote des trucs à l'oreille.

Prémonition que la nuit ne sera pas aussi paisible qu'il y peut paraître.

⁂

Paul somnole sur le sofa, bercé par une vieille chanson des années 70. Dans la cheminée, le feu agonise ; dehors, un vent furieux s'est levé, frappant rageusement les murs de la maison.

Paul ouvre soudain les yeux, réveillé par des gémissements. Il se rend à tâtons dans la chambre, allume une lampe de chevet ; il s'assoit sur le rebord du lit et constate tristement les dégâts.

Le visage dévasté par la douleur, les mâchoires serrées, François fixe le néant. Un petit filet salé coule sans discontinuer de son œil gauche.

Inutile de lui demander s'il souffre ; il suffit de le regarder.

— T'arrives pas à dormir ? demande doucement le Petit.

— Ça fait mal… Trop mal.

Paul hésite puis pose une main sur le front plissé de François. La première fois qu'il ose ce geste.

— Je reviens, dit-il simplement.

Il disparaît quelques minutes, rapplique avec deux boîtes de morphine. Double dose comme à chaque fois.

Tant pis pour le risque d'overdose.

François l'observe tandis qu'il prépare l'injection, incapable de protester. Pourtant, la perspective de s'abandonner à la drogue le terrifie. Perdre le contrôle, être à la merci de tous les dangers.

Mais quels dangers ? La mort ? Celle-là même qui nécrose déjà son cerveau ?

Paul relève un peu la manche de son pull, pique dans l'avant-bras. Il sait faire preuve d'une étonnante délicatesse, parfois. François ferme les paupières, résigné à déposer les armes. À son grand étonnement, Paul s'allonge à côté de lui.

Commence alors la fameuse attente. Celle où on compte les minutes, les secondes.

Le front de François redevient lisse, son œil cesse de pleurer.

Paul respire mieux. Comme si le mal était partagé, la délivrance aussi.

— Ça fait du bien…

— Ouais, acquiesce le Petit. Quand tout s'arrête, ça fait du bien.

— Pourquoi tu t'en prends pas un peu ? suggère Davin.

— Non. Je dois veiller sur toi. Mais je vais rester là… Ça te dérange pas ?

— Bien sûr que non.

Il attrape son flingue qui lui blesse le dos, le dépose sur le chevet. À portée de main.

De longs instants de silence s'ensuivent. Seulement troublés par le vent qui s'acharne sur la baraque.

Lentement, François s'en va.

Fin du supplice.

— T'as plus mal ?

— Si... Mais c'est rien comparé à tout à l'heure.

— Tant mieux.

Le corps qui s'allège de ces tonnes de douleur. Puis une douce sensation d'ébriété.

— Tu m'en veux ?

— De quoi ?

— Ben... De tout ça ! Des flics après nous, des tueurs... De t'avoir embarqué dans tout ce bordel ! De t'avoir braqué avec mon flingue.

— J'étais en colère, j'ai eu peur...

— Ça va s'arranger, on va s'en sortir.

— Non, Petit. Je ne crois pas. Mais pour moi, ce n'est pas grave.

— Dis pas ça !

— Je voudrais seulement savoir...

— Quoi ?

— Qui tu es... J'aimerais savoir qui tu es.

Cette question lui brûle les lèvres depuis longtemps. Mais seule la morphine lui insuffle le courage d'affronter la réponse qu'il augure terrifiante.

Paul fixe le mur. Il n'a plus envie de mentir. N'y parvient plus, d'ailleurs. Mais il ne trouve pas la force de dévoiler la vérité. Trop brutale, trop laide. Trop sale.

— Ça ne fait rien, murmure François. On a encore le temps... tu me parleras quand tu le voudras.

Paul le remercie d'un regard ému. Il a soudain très envie de s'injecter une ampoule lui aussi. Ça détendrait ses muscles, ça lui viderait un peu la tête. Mais non, il doit garder les idées claires et ses réflexes intacts.

Le danger se rapproche. Il est là, tout près. Il pourrait presque le toucher. Comme une fragrance dans l'air, ce parfum de mort qu'il connaît si bien.

François est soulagé, maintenant. Il vogue sur une mer d'huile, savoure chaque instant de non douleur. Il décolle, doucement. S'éloigne de toute cette merde. Mais il sait qu'il ne restera pas oiseau très longtemps. Ces ailes ne sont qu'empruntées, provisoires. Chimériques. Il profite donc du voyage, modifiant ses souvenirs, à sa guise.

Flo n'est pas morte. Personne n'est mort, d'ailleurs. Il se prend même à imaginer une autre fin à cette errance.

Il est bien, simplement. Voudrait que jamais cela ne finisse.

Quand il devine que Paul se lève brusquement du lit, il ne comprend pas pourquoi.

Lui n'a pas perçu les pas devant la maison.

Armé de son pistolet, le jeune homme se fige près de la porte menant au garage, à l'affût du moindre bruit. Mais il n'entend que les battements lents de son cœur mêlés aux gémissements plaintifs du blizzard. Fausse alerte. Un animal qui vagabonde dans le jardin, sans doute…

Il pose son arme sur la cheminée, s'attarde face aux braises rougeoyantes.

Soudain, il a un léger sursaut ; quelqu'un essaye d'ouvrir la porte d'entrée.

Il ôte la sécurité du Beretta, rejoint François qui semble s'être endormi.

C'est bien, songe le jeune homme. S'il roupille, il ne se rendra compte de rien. Il n'aura pas peur avant l'heure.

Paul, le pistolet dans la main droite, coupe sa respiration pour écouter les chasseurs approcher. La porte d'entrée qui cède, les pas dans le vestibule puis le salon. Le rayon lumineux d'une lampe torche.

Il se fige, dos au mur, pile en face de la porte de la chambre. François, allongé sur le lit dans l'angle opposé de la pièce, ne risque pas de se prendre une balle. Sauf si Paul rate sa cible.

Ça ne lui est jamais arrivé. Mais il faut un début à tout.

La poignée tourne en un grincement discret, la porte s'ouvre lentement. Paul, bras tendus devant lui, tient la mort au bout des doigts. La torche s'éteint, les tueurs comptent sur l'effet de surprise.

Ils vont être servis.

Paul distingue une silhouette massive dans l'encadrement, devine une main qui cherche l'interrupteur. Son doigt a déjà commencé à enfoncer la détente. Et, lorsque la lumière jaillit, il n'hésite pas une seconde.

Il est le plus rapide.

Une seule balle, qui entre par le front de Riccardo et arrache l'arrière de son crâne.

François bondit sur le lit, pousse un cri rauque et atterrit sur le sol.

Les deux frères prennent la fuite, Paul s'élance à leur poursuite. Mais il a un temps de retard et finit par les apercevoir dans le jardin. Il tire, pressentant qu'il va manquer son gibier. Pas assez de visibilité. Le rugissement du moteur de la Mercedes, les pneus qui crissent sur le gravillon.

Le silence reprend ses droits. Ils abandonnent la partie, reviendront plus tard.

Paul retourne dans la chambre où François est cloué dos au mur, en face du monstrueux cadavre qui n'a pas eu la décence de fermer les yeux avant de crever. Le Petit s'approche doucement de son ami, momifié contre la cloison.

— J'ai pas pu faire autrement… Ils étaient venus pour nous tuer.

— Il n'est pas mort, murmure François. Il est pas mort…

Paul l'attrape par le bras pour le conduire dans le salon. Mais il faut enjamber le corps et François se tétanise encore. Avec le pied, il pousse doucement la masse inerte. Il veut juste vérifier qu'il ne s'agit pas d'un cauchemar. Il se raidit d'effroi, de la tête aux pieds, et porte une main devant sa bouche.

— Viens ! prie Paul en le tirant par le poignet. Viens, faut pas rester ici.

François secoue la tête, refusant la vérité.

L'instant d'après, il perd connaissance et glisse lentement dans les bras du gamin.

⁂

François ouvre les paupières sur un petit matin calme. Plus de vent dehors, plus de douleur sournoise dans la tête. Juste la nausée.

Des cendres dans une cheminée en pierre, une pièce faiblement éclairée par la naissance de l'aube. Il est allongé sur le canapé, sous une couverture. Il se redresse un peu, découvre Paul, assis dans le fauteuil d'en face. Son calibre sur les genoux.

— Comment tu te sens ? demande-t-il.

— Je… Je sais pas trop… J'ai mal au cœur. J'ai fait un cauchemar horrible… Un homme mort dans la chambre.

— Ce n'était pas un cauchemar, explique calmement le jeune homme. Ils sont venus cette nuit, ils nous ont retrouvés… J'ai été obligé d'en buter un.

Les lèvres de François s'entrouvrent.

— Ils sont partis, pour le moment, ajoute Paul. Je me demandais comment ils avaient réussi à nous loger et j'ai compris…

— Quoi ?

— Ils avaient placé un traceur sur ta caisse, explique le Petit. J'ai fini par le trouver et je l'ai détruit… Par contre, je ne sais pas quand est-ce qu'ils ont collé ça sur la bagnole…

— Au gîte, sans doute, répond François.

Il tourne la tête vers la chambre, distingue une traînée rouge sur le sol. Une marque écarlate qui serpente jusqu'au vestibule. De quoi arranger sa nausée.

— Où il est ? chuchote-t-il, comme s'il craignait de réveiller le mort.

— Je l'ai descendu dans la cave. À côté du garage.

— Seigneur…

— Calme-toi. C'est terminé, ils se sont tirés.

François s'est assis, les mains crispées sur le velours du sofa.

— Où… sont-ils ? Dehors, c'est ça ? Ils sont dehors ?

— Je pense, oui… Mais on va trouver une solution.

La solution, Paul la cherche depuis des heures. Et il vient justement de la trouver.

La Mercedes est sans doute embusquée, pas très loin. Les frères Pelizzari attendent leur heure, ils n'attaqueront plus de front. Ils ont peut-être appelé du renfort, mais si tel est le cas, les complices n'ont pas encore eu le temps d'arriver jusqu'ici.

Il faut échapper à leur vigilance le plus vite possible. Avant que cette baraque ne prenne des allures de Fort Alamo…

François est toujours sous le choc, les yeux englués dans le sang qui macule le sol.

— Comment les as-tu fait fuir ? demande-t-il d'une voix cassée.

— Je dormais pas, je les ai entendus fracturer la porte. Alors je me suis planqué dans la chambre et, lorsqu'ils sont rentrés, j'ai tiré. Le premier a pris une balle dans la tête, les deux autres se sont barrés. Il faisait nuit, ils n'ont pas voulu risquer leur peau. Et moi, je les ai ratés… Le problème, c'est qu'il reste encore les deux frères… C'est les plus mauvais, les plus dangereux !

— Les deux frères ?

— Les frères Pelizzari, ceux à qui j'ai piqué la coke.

Soudain, François se rue dans les toilettes. Paul soupire mais ne bouge pas de son poste d'observation. Davin revient au bout de dix minutes, évitant de regarder l'hémoglobine cette fois.

— Il faut leur rendre cette drogue ! s'écrie-t-il. Il faut arrêter ça !

— Rien ne peut plus les arrêter, maintenant. Même si je leur donne la came, ils me tueront. J'ai descendu Marco et ça, ils ne me le pardonneront jamais.

— Marco ?

— Le chauffeur de la Mercedes, au gîte… Le troisième frère. Je n'ai plus que deux solutions : les tuer ou disparaître à l'autre bout de la planète. Mais les tuer tous, je n'y arriverai pas… Disons au moins descendre ceux qui me courent après pour que je puisse vendre la marchandise et me tirer… François, je veux plus que tu risques ta vie pour moi. T'as rien à voir avec tout ça. J'aurais dû m'en aller depuis longtemps. Alors je vais détourner leur attention, je vais partir seul avec la BM. Je foutrai le cadavre sur le siège passager, ils n'y verront que du feu… Ils me suivront. Comme ça, tu pourras partir de ton côté, quelques heures plus tard, avec le 4 × 4 qui est dans le garage. Je l'ai essayé, il marche. Ensuite, je m'occuperai d'eux.

— *Tu t'occuperas d'eux ?* Mais… ils vont te tuer !

— Pas sûr. J'ai ma chance.

François décrit des cercles autour du canapé.

— Je ne veux pas qu'on se sépare !

Paul le considère avec étonnement.

— Ben moi, je ne veux pas que tu meures à cause de moi.

— De toute façon, je suis mort. Alors je préfère continuer avec toi.

Paul cache son émotion derrière la flamme d'un briquet. Il tire sa première bouffée et réfléchit quelques instants.

— Comme tu voudras, dit-il enfin. J'espère seulement qu'on s'en sortira.

— Qu'est-ce qu'on va faire ?

— Laisse-moi cogiter un peu. Tu peux aller dormir, si tu veux. Je vais rester éveillé…

— Non, j'ai plus sommeil ! Et puis il faut que tu dormes, toi aussi.

— Pas maintenant. Trop dangereux.

— T'as qu'à me donner ton arme, je surveillerai…

Paul esquisse un sourire. Sans doute en imaginant François avec le Beretta à la main, en face des tueurs du clan Pelizzari. Autant se suicider tout de suite à coups de morphine !

François retourne s'asseoir en face de son ami, le toise fixement. Comme s'il le voyait pour la première fois.

Ce matin, il ne ressemble plus à un enfant espiègle. Son visage accuse le coup, portant le poids de la fatigue, de l'angoisse. Mais un calme surprenant se dégage de son regard nuageux. Comme s'il accomplissait là une mission habituelle.

— Dis-moi la vérité, exige François. T'étais pas DJ dans une boîte, n'est-ce pas ?

Paul ne répond pas, avouant ainsi son imposture.

— Si on continue ensemble, je veux savoir qui tu es… Si tu as confiance en moi, tu dois me le dire.

Paul hésite un instant. Après tout, la vérité le fera sans doute changer d'avis. Il s'en ira de son côté.

— OK, dit-il. J'ai jamais été serveur ou DJ. Je travaillais pour les Pelizzari, à Lyon. C'est une famille mafieuse qui a la mainmise sur les trafics en tous genres et les jeux clandestins dans le sud de la France. Des gens puissants.

— Tu… Tu faisais quoi là-dedans, toi ?

— J'étais à leur service pour un travail un peu particulier.

— *Un peu particulier* ? répète François avec un nœud dans la gorge.

Paul se plante devant la fenêtre, feignant de surveiller les alentours. Il n'aurait jamais cru que ce serait si dur à avouer. Il inspire un bon coup, se lance.

— J'étais chargé d'effacer les problèmes.

— Ça signifie quoi ?

— Éliminer tous les gêneurs, précise le gamin. Ceux qui se trouvaient sur le chemin des Pelizzari. Les curieux, les témoins, les mauvais payeurs, les balances... On me filait l'identité de la personne à effacer et je la descendais pour leur compte. C'était ça, mon boulot.

François a cessé de respirer. Il a imaginé beaucoup de choses, ces derniers jours.

Paul dealer, Paul trafiquant ou braqueur de banques.

Mais Paul tueur à gages, ça non.

Il a en face de lui une sorte de monstre, un jeune homme dont la mort est le métier.

— J'ai pas trop eu le choix, j'ai pas voulu ce travail. C'est parce que... Parce que je leur appartiens.

— *Tu leur appartiens ?* Ça veut dire quoi ?

— Trop long à expliquer... Ce qui est sûr, c'est qu'un jour, j'ai voulu décrocher. Mais les Pelizzari ont refusé de me rendre ma liberté. Alors je me suis enfui... Et je suis tombé sur toi. Voilà.

François reste muet. Pendant de longues minutes. Comme si deux mains puissantes l'étranglaient.

Puis il lui faut aller plus avant dans l'horreur.

— Tu as pensé à me tuer ? Tu avais l'intention de m'éliminer ?

— Le premier jour, j'ai eu l'idée de t'assommer pendant que tu roupillais, te piquer ton fric et ta bagnole. Mais j'ai senti un truc... J'ai senti que tu étais une chance pour moi. J'ai jamais eu l'intention de te faire du mal... enfin, de te buter, en tout cas ! Je veux m'arrêter, j'te dis. Arrêter tout ça ! Mais ils n'ont pas voulu... Je pouvais plus continuer.

— Et... Et l'homme dans l'Express ?

— C'était un accident, je te jure. Il voulait me piquer mes affaires. Je l'ai frappé mais je ne voulais pas le tuer. J'ai pris son fric parce que tu m'avais laissé et que j'en avais besoin… J'ai pas un centime, rien du tout. J'ai laissé le peu de pognon que j'avais à Lyon. Je n'ai pas de compte bancaire, pas de carte bleue, pas de chéquier… J'en ai jamais eu, d'ailleurs.

— T'as fait ça longtemps ?

— Cinq ans.

— Cinq ans ? Mais… Tu n'as que dix-neuf ans !… Tu as bien dix-neuf ans ?

— Non. J'en ai vingt depuis cette nuit.

— Ah… Bon anniversaire, alors.

La phrase sonne mal, étant donné les circonstances. Mais François l'a sortie de façon mécanique. Comme il aurait dit *à tes souhaits* après un éternuement.

— Tu veux vraiment rester avec moi ? Ma proposition tient toujours, tu sais. Mon plan marchera, je crois.

François est sonné. Paul revient s'asseoir en face de lui.

— Tu as… Tu as tué combien de personnes ?

Étrange, cette question. Un ou cent cadavres entre eux, ça ne change plus grand-chose.

Le gamin connaît précisément la réponse.

— Pour les Pelizzari, j'ai tué seize personnes, avoue-t-il en regardant son juge.

Seize. Un chiffre terrifiant.

Pire qu'un serial killer.

— Et je me souviens de chacun d'entre eux… De chaque visage, de chaque nom.

CHAPITRE 17

Paul lorgne dans le rétroviseur, presque étonné de ne pas apercevoir la calandre de la Mercedes collée au pare-chocs de la BMW.

Ils n'ont pas pu renoncer si vite. Ils ne renonceront jamais.

Alors, où sont-ils ?

C'est encore plus inquiétant de ne pas savoir où ils se trouvent que de les avoir aux trousses…

Qu'est-ce qu'ils mijotent ?

François, concentré sur la route, mains serrées sur le volant, sent ses entrailles se tordre de peur.

Mais peur de quoi, au fait ?

Mourir d'une balle dans la tête, c'est sans doute moins douloureux que de succomber d'une tumeur au cerveau ! Plus rapide, en tout cas.

Il a hésité à continuer cette cavale aux côtés de Paul.

Aux côtés de ce tueur à gages.

Cet assassin.

Mais une phrase l'a particulièrement troublé. *Je n'ai pas eu le choix, je leur appartiens.*

Ce mystère accorde à Paul le bénéfice du doute, au moins pour un temps. Oui, ce sont ces quelques mots qui ont décidé François à ne pas l'abandonner.

Ça, et l'angoisse d'avoir à affronter seul cette bande de tueurs assoiffés de sang.

Ou simplement la terrifiante idée de solitude.

Étrangement, en s'éloignant de Paul, François aurait l'impression de se rapprocher de la mort. Comme si, désormais, leurs vies étaient intimement liées, leurs destinées inextricables.

— Tu crois vraiment qu'ils nous ont lâchés ? demande-t-il.

— Ça m'étonnerait ! rétorque le jeune homme.

— Pourtant, ils semblent avoir abandonné la partie…

— *Abandonné la partie ?* On voit bien que tu les connais pas !

— Non, je ne les connais pas… Mais il n'y a personne qui nous suit et pourtant on roule depuis une heure.

Paul ne peut le contredire. Il faut se rendre à l'évidence : ils se sont enfuis. Finalement, il en a peut-être blessé un dans le jardin, cette nuit. Et son frère a été obligé de décrocher pour le conduire à l'hosto. Simple supposition… Il a réussi à les décourager ; il a gagné.

Seulement une bataille. Pas la guerre.

— J'arrive pas à le croire, avoue-t-il.

— L'important, c'est que ce soit vrai ! Ils ne sont plus à notre poursuite.

Malgré tout, le Petit garde les yeux rivés au rétroviseur. À s'en filer la nausée.

Avant midi, ils s'octroient une halte dans une petite ville au-dessus de Montpellier où François retire une forte somme d'argent au guichet d'une banque. Il voudrait prendre plus mais le guichetier refuse. *On ne peut pas vous donner une telle somme en dehors de votre agence. Désolé, monsieur Davin...* On ne peut même pas récupérer son fric comme on veut ? s'insurge Paul. Tout juste s'il ne dégaine pas son flingue pour persuader le caissier... Et vider tous les coffres, par la même occasion.

Ils achètent ensuite deux cartouches de clopes, quelques vêtements propres. Une boîte d'antalgiques, deux sandwichs, deux bières.

Pendant ce shopping tranquille, Paul guette sans cesse autour de lui, épiant le moindre coin de rue, le Beretta chargé à portée de main. Tandis que François affiche une étrange et soudaine sérénité.

Peut-être a-t-il enfin accepté l'idée de mourir. Quelle que soit la façon dont cela arrivera.

Peut-être n'est-ce qu'une sensation passagère ; que demain, la peur reviendra en force.

Ils reprennent la route, s'arrêtent non loin du patelin pour casser la croûte. Le sandwich dans une main, le pistolet dans l'autre, Paul ne laisse pas retomber sa vigilance.

— Raconte-moi, demande François.

— Quoi ?

— Je sais pas... Parle-moi de toi ! Je sais rien sur toi à part...

— Y a rien à savoir, tranche le jeune homme. Pas intéressant.

Pourtant, sa vie est tout sauf banale.

— Tu es né à Lyon ?

— Non.

— Tu n'es pas français, n'est-ce pas ?

— Roumain… Je suis né à Turda, en Transylvanie. Une ville au pied des Carpates.

Immanquablement, ce lieu évoque Vlad l'Empaleur… François frissonne, malgré les efforts du soleil.

— Et Paul, c'est…

— C'est pas mon vrai nom… Paul Costino, c'est ce qu'il y a d'écrit sur mes papiers d'identité. Ils sont faux, bien sûr… Je m'appelle Pavel. Ça veut dire Paul, en français. Pavel Costin, voilà, mon vrai nom.

Tout faux depuis le début.

François réalise la dose de mensonges qu'il a ingurgitée en quelques jours.

Paul, le Lyonnais, DJ dans une discothèque.

Pavel, le Roumain, tueur à gages pour la mafia.

Mais François réalise aussi qu'il n'a jamais vraiment cru à la première version.

— Il y a longtemps que tu es en France ?

— Je suis arrivé à treize ans.

— Tu parles bien notre langue, dis donc !

— Je parlais déjà avant de venir. Ma mère était prof de français à Oradea, dans un lycée. On aime beaucoup le français chez nous ! Elle voulait que ses enfants parlent les deux langues… Elle disait que peut-être un jour, on aurait la chance d'aller en France… T'as déjà visité la Roumanie ?

— Non, jamais.

— C'est beau… Mais c'est la misère !

Paul pose enfin son arme à côté de lui. Ils sont assis par terre, dans un champ un peu éloigné de la route, au bord d'un petit chemin.

Un calme incroyable, un ciel incroyable.

— Et après ? poursuit François.

— Après quoi ? Tu veux que je te raconte ma vie, c'est ça ?

— Je veux savoir qui je prends en stop ! rétorque Davin d'un air grave.

Le Petit sourit. Un sourire tout en séduction. De quoi faire oublier qu'il a du sang plein les mains. À moins que ce ne soit François qui devienne amnésique.

À son grand étonnement, Paul accède à sa requête.

— Je venais d'avoir douze ans quand j'ai perdu ma mère… Tu sais comment.

— Ton père est en taule, alors ?

— Non. Je ne sais pas où il est. Et je m'en branle.

— Mais s'il a tué ta mère…

— Chez nous, c'est pas pareil. En Roumanie, un mec peut frapper sa femme ou ses gosses. Ce qui se passe dans la maison n'intéresse pas la police. L'homme a tous les droits ! Quelques jours après la mort de maman, mon père nous a foutus dehors.

— *Nous ?*

— Moi et mes deux sœurs.

— Tu as des sœurs ?

— *J'avais*, précise Paul.

Sa voix commence légèrement à se fêler. Son récit est éprouvant, François le sait, mais il le juge nécessaire. Peut-être est-ce même la première fois que ce gamin évoque son passé. Pourtant, aucun sanglot dans sa voix. Il ne recherche pas la pitié, visiblement. Pas même à émouvoir. Il répond juste au besoin de François, comme s'il lui devait bien ça.

— Elles sont mortes ?

— Huna est morte. Quand mon père nous a abandonnés, Huna avait neuf ans, et Marilena, six.

— Il vous a jetés à la rue, comme ça ?

— Ouais… Ça arrive souvent, ça aussi. Quand les parents veulent plus de leurs enfants ou quand ils arrivent plus à les nourrir, ils les abandonnent.

François a du mal à manger, une boule grossit dans son ventre.

— Ensuite ?

— Je me suis retrouvé avec mes deux petites sœurs, dans la rue. C'était l'hiver, et chez nous, ça caille ! Mais on nous a récupérés au bout d'une semaine… Ils nous ont placés à l'orphelinat, chacun de notre côté. Huna n'a pas résisté… Elle était malade. Pas normale, tu vois… Elle a toujours été fragile. Alors, ils l'ont mise dans un *camin spital*…

— Un quoi ?

— Un orphelinat pour les gosses qui sont… comment vous dites ?

— Handicapés ? Attardés ?

— Ouais, c'est ça… Elle est morte quelques mois plus tard.

— De quoi ?

— J'en sais rien. De faim, je suppose. Ou de chagrin… Moi, j'ai atterri à Videle… C'est un des orphelinats les plus pourris là-bas. Paraît qu'ils l'ont fermé, maintenant !

François imagine. Essaie d'imaginer, en tout cas. En se servant des images qu'il a vues, comme tout le monde, à la télé. Lorsque Ceauşescu est tombé, que les caméras sont entrées. Pour découvrir l'horreur, les mouroirs pour enfants.

— C'était dur, je suppose…

Paul hausse les épaules.

— Le pire, c'est que tu fais rien. T'es enfermé et tu fais rien.

— T'allais pas à l'école ?

Cette fois, le jeune homme sourit.

— Non. Pas d'école… Tu restes derrière les grilles et t'attends.

— T'attends quoi ?

— Je sais pas. Que quelqu'un vienne te chercher… Que quelqu'un veuille bien de toi. D'avoir dix-huit ans, pour te retrouver dehors. D'avoir à bouffer, quand ils y pensent… Alors je me suis tiré.

— T'as réussi ?

— C'est pas très dur, en fait. Si t'as pas peur et si tu sais te débrouiller…

François le reconnaît bien là.

— Le problème, c'est qu'ils te retrouvent vite fait et te refoutent dedans. Mais la troisième fois, ils ne m'ont pas repris. J'ai traîné, avec d'autres gosses comme moi… Et puis j'ai rencontré Iosif.

Le Petit a terminé son jambon beurre, il sirote sa bière, comme si de rien n'était. Comme s'il racontait une histoire sans importance. Pourtant, François ressent bien qu'il est secoué. D'ailleurs, il est une nouvelle fois obligé de le pousser.

— Iosif ?

— Ouais… Un type qui récupère les gosses des rues.

Davin espère enfin entendre une bonne nouvelle. Une jolie histoire au milieu de cette avalanche d'horreurs que Paul semble trouver anodine.

Iosif, un homme généreux qui recueille les orphelins, qui s'en occupe.

Il se trompe. Lourdement.

— Il les récupère et les oblige à bosser.

— Bosser, c'est-à-dire ?

— Voler ! Un jour, il m'a vendu à un mec qui cherchait des enfants pour partir en France.

— *Vendu ?* Mais…

Là, Paul se met à rire de la naïveté de son compagnon.

— Oui, François ! On vend et on achète les gens ! Les mômes, les filles surtout… Partout dans le monde, on vend et on achète les gens comme toi tu achètes tes clopes… Y a même des marchés pour ça ! Comme les Halles à Paris, tu vois ? Bref, il m'a vendu à cet homme. Il s'appelait Mihail… On est partis en France, moi et quelques autres. Je suis arrivé à Marseille, je venais d'avoir treize ans.

— Pour quoi faire ?

— Ils te gardent dans des squats, des vieux immeubles pourris, et tu dois rapporter le fric… C'est pratique pour eux : si tu te fais choper, tu risques rien ! T'es mineur, étranger, les flics peuvent pas t'expulser, ils sont obligés de te caser dans un foyer. Tu y restes un jour ou deux, et puis tu te barres pour retourner au squat. Des fois, c'est même les types qui viennent te sortir du foyer !

— Et tu faisais quoi pour gagner de l'argent ?

— Mendier, laver les pare-brise, piquer, casser les horodateurs. Tu te démerdes, mais tu dois ramener le fric tous les soirs, sinon…

François craint le pire après ce *sinon*. Mais il doit tout savoir. Tout.

Pour tout comprendre. Ou essayer, au moins.

— Sinon ?

— Sinon, t'en prends plein la gueule ! Soit le compte est bon et t'as à bouffer, soit le compte n'y est pas et ils te démolissent la tronche… D'ailleurs, le jour où on est arrivés, Mihail et ses potes en ont tué un, au hasard. Pour nous montrer ce qui nous arriverait si on faisait pas le boulot ou si on essayait de les baiser… De se tirer ou de planquer du fric, de le garder pour nous.

Là, le gamin montre des signes de faiblesse.

— Ils l'ont massacré à coups de pied, à coups de poing… En nous disant : *Tu vois, si tu obéis pas, on te fera pareil.*

— Mon Dieu…

— Moi, j'étais plutôt doué, remarque ! Je rapportais pas mal de blé… Les gens me donnaient facilement.

— Ça ne m'étonne pas !

— Peut-être parce que je parlais français déjà… Moins bien que maintenant, mais… Mihail était content de moi. J'arrivais même à piquer des portefeuilles, de la marchandise… J'étais plus gonflé que mes copains.

— Ils t'ont jamais frappé, alors ?

Paul broie sa cannette de bière, la jette dans le chemin.

— Si. Un jour parce que j'avais rien ramené… Un connard de Rom m'avait taxé la recette !

— Qu'est-ce que tu as contre les Roms ? s'étonne François.

— Chez nous, en Roumanie, on les aime pas ! explique Paul.

— Désolé de t'avoir interrompu, répond Davin avec un sourire triste. Continue, je t'en prie.

— Une autre fois, j'en ai pris plein la gueule parce qu'ils ont découvert que je planquais du fric dans un square, un peu tous les soirs. Pour mettre de côté et pouvoir me tirer… C'est un des gamins qui m'a balancé. Même pas huit ans, ce p'tit con !

— *Huit ans ?*

— Ouais… Y en avait même qui avaient six ans, avec nous. J'étais un des plus vieux, je crois.

— Et pourquoi ce gosse t'a-t-il dénoncé ?

— Je sais pas… Pour échapper à une correction, sans doute. J'ai morflé, ce soir-là. Mais comme je gagnais bien, ils ne m'ont pas tué.

Paul arrache un brin d'herbe, le roule machinalement entre ses doigts.

— Tu veux vraiment que je te raconte la suite ?

François a un bref instant d'hésitation. Oui, il veut tout connaître de ce passé. Même si ça doit lui déchirer les tripes.

Même si ça doit le conduire à haïr celui qui raconte.

— Oui, s'il te plaît.

J'ai plus de souvenirs que si j'avais mille ans.

Un gros meuble à tiroirs [...]
Cache moins de secrets que mon triste cerveau.
C'est une pyramide, un immense caveau,
Qui contient plus de morts que la fosse commune.
— Je suis un cimetière abhorré de la lune,
Où comme des remords se traînent de longs vers
Qui s'acharnent toujours sur mes morts les plus chers.

Les Fleurs du mal, LXXVI, « Spleen »

CHAPITRE 18

— Continue, je t'en prie, répète François.

Paul soupire.

— Je te préviens, c'est pas vraiment une belle histoire !

— Je m'en doute ! répond Davin avec un sourire crispé. Continue, Petit…

Il arrive encore à l'appeler *Petit*. Étrange.

Paul soupire, François replie les jambes dans une position de défense avant le déluge.

Et c'est parti…

Le gamin replonge tête la première dans ses souvenirs. François saute dans l'abîme avec lui, il s'y croirait presque.

— Dans le squat, j'avais un copain, un très bon copain. Alexandru, il s'appelait. On avait le même âge, on était arrivés ensemble à Marseille. Lui, il venait de Craiova, dans le sud… On s'entendait vachement bien, tu vois ! Alors un jour, on a décidé d'échapper à Mihail et sa bande. On a mis les bouchées doubles pour ramasser le plus d'oseille possible et on a réussi à dissimuler le rab chaque jour. Comme j'avais fait la première fois, sauf que là, personne nous a balancés…

Quand on a eu une somme correcte, on a filé. Un soir, on n'est pas rentrés au squat, on a quitté Marseille. Parce que si on était restés, Mihail nous aurait retrouvés et il nous aurait lynchés ! On a voyagé en stop jusqu'à Lyon. Une grande ville, l'endroit parfait pour passer inaperçus… On a dormi plusieurs nuits dehors et puis on a fini par se trouver un squat… Un bien à nous. Une petite maison abandonnée, tranquille. C'était une ruine, mais on y était bien.

— Vous viviez de quoi ?

— Comme à Marseille… On volait, on mendiait, mais cette fois, c'était pour nous. On se disait que quand on aurait suffisamment d'argent, on rentrerait en Roumanie. Moi, je voulais aller récupérer Marilena, Alex voulait retourner chez sa grand-mère… On est très vite passés à la vitesse supérieure, on a commencé les cambriolages. On avait rencontré un fourgue qui voulait bien nous acheter la marchandise… Ce salopard nous la prenait au rabais, mais bon… On n'avait pas trop le choix, tu vois !

— Oui, je vois, prétend Davin.

— Un soir, on s'est attaqués à une maison repérée en banlieue. On la surveillait depuis quelques jours et, apparemment, y avait personne. Une baraque pour les vacances, peut-être. Ou un vieux qu'était parti à l'hospice… C'était un peu délabré, mais on s'est dit qu'on pourrait y dénicher des trucs. Et surtout, c'était sans risque. Pas de voisin proche, pas de passage. Donc, on s'est pointés là-bas dans la soirée, on a pété une vitre au rez-de-chaussée… On a fait un petit tour, on était déçus parce qu'il n'y avait pas grand-chose d'intéressant. Alors on est montés à l'étage, et là, dans une pièce en bordel, on a découvert des trucs incroyables ! De la came, des flingues, des munitions… Même du liquide !

— Des armes ? répète François. Mais c'était quoi, cette baraque ?

— Attends, tu vas voir… Alex a goûté la came, moi j'y connaissais rien. Il m'a dit que c'était de l'héro. Il y avait du crack, aussi. Il a commencé à tout mettre dans son sac à dos et m'a dit d'aller inspecter le reste de la bicoque. Il y avait peut-être d'autres trésors ailleurs… On était surexcités !

— J'imagine, soupire Davin.

— Avec ce butin, on allait pouvoir se le payer notre billet retour pour le pays ! enchaîne Paul. En première classe, en plus… Je suis redescendu, j'ai visité d'abord la cave. Mais que dalle. Sauf un couteau, un beau couteau de chasse. Il me plaisait, alors je l'ai mis à ma ceinture. Ensuite, je suis remonté à la surface. Et là je suis tombé nez à nez avec un type qui venait d'entrer. Je savais pas si c'était un flic ou le proprio de la dope. J'ai pas cherché à savoir… Tout est allé très vite. J'ai essayé de me barrer en criant, pour qu'Alex m'entende. Le mec m'a rattrapé devant la porte, je me suis débattu… Et…

Paul s'arrête un instant pour allumer une Marlboro. François observe sa main. Elle ne tremble pas. Il avait espéré, pourtant.

— Et ?

Le jeune homme met un moment à raconter la suite. François ne le brusque pas.

— Je me suis débattu, j'ai attrapé le couteau que je venais de piquer… C'est allé très vite, je te dis. J'ai saigné le type, je lui ai planté la lame dans la gorge. C'est allé tellement vite, tu sais… Je voulais qu'une chose : m'échapper. Le mec était par terre avec la main sur le manche du poignard, en train d'agoniser… J'ai ouvert la porte, je me suis précipité mais il y en avait deux autres dehors, armés jusqu'aux dents. Ils m'ont forcé à me mettre à genoux, m'ont collé un revolver sur la nuque. Un des deux est allé porter secours à leur copain mais il était déjà mort… À ce moment-là, Alex a sauté du premier, les types l'ont vu passer dans le jardin. Il y en a un qui lui a couru après et moi je suis resté avec le flingue braqué sur ma tête. Je me rappelle que je me disais une seule chose : *Alex, sauve-toi... Tire-toi !* J'ai entendu des coups de feu, j'ai prié. Prié pour Alex… Le type a fini par revenir, au bout de plusieurs minutes. Il a dit : *J'ai pas pu le choper ce petit enculé ! Je sais pas où il est, il a disparu !...* Son chef lui a ordonné d'aller vérifier à l'étage…

François est suspendu aux lèvres de Paul. Il a l'impression d'être sur le seuil de cette maison lugubre, un calibre sur la nuque. Il y est, mieux qu'au cinéma. Mieux que sur grand écran. Il revit la scène en direct…

… Pavel sent le canon du revolver appuyer sur ses cervicales. Il ne sait pas si Alexandru a eu le temps d'emporter le pactole dans sa fuite. Quelque part, malgré l'intense frayeur qui l'habite, il le souhaite. Qu'il ne meure pas pour rien, au moins. Il pense à Marilena, espère qu'Alex s'occupera d'elle.

Le type redescend de l'étage et annonce le désastre. Tout a disparu ou presque ; la came, le fric… Il ne reste que les armes, ou du moins une partie.

Pavel fixe le béton crasseux en souriant. Son pote a réussi !

Mais pour lui, les ennuis vont commencer. Les vrais ennuis. Parce que ces mecs ne sont pas des flics. Il est tombé dans un repaire de malfrats, n'a pas réussi à en sortir avant le retour des fauves.

L'un des truands passe un coup de fil depuis un téléphone qui se trouve dans la voiture garée juste en bas du perron. Pavel comprend qu'il prévient son patron, un certain monsieur Pelizzari. Et que ce Pelizzari lui ordonne de lui amener le gamin.

Pavel reçoit un coup de crosse à l'arrière du crâne et après… plus rien.

Lorsqu'il se réveille, il est dans le noir. Mains attachées dans le dos, bâillon dans la bouche. Allongé, les jambes repliées, mal à la tête… Terriblement mal à la tête. Il n'est pas sur un lit, même pas par terre. Ça tangue, comme si… Il réalise enfin qu'il se trouve dans la malle arrière d'une bagnole en marche.

Il est perdu, se met à pleurer.

La voiture s'arrête, le coffre s'ouvre. Les types l'en extirpent sans ménagement. Pavel observe autour de lui. Ses yeux sont secs, déjà. Il se trouve devant une maison magnifique, sorte de petit manoir. Les deux molosses le traînent jusqu'à l'intérieur, ils montent un escalier monumental. Ses pieds touchent à peine le sol.

Ils croisent une enfant qui doit avoir à peu près son âge. Les deux gamins échangent un regard terrifié que Pavel n'oubliera jamais.

Après un couloir, ils pénètrent dans une pièce immense, à l'ambiance tamisée. Un salon avec canapés, cheminée, vitrines remplies d'objets de collection qui doivent valoir une fortune. Et surtout, trois nouveaux types qui attendent. Dont un vieux, bien installé dans un fauteuil, en train de fumer un énorme cigare. Pavel comprend tout de suite que c'est le fameux Pelizzari…

Les deux autres doivent être ses fils. La ressemblance est frappante.

Celui qui a braqué Pavel devant la maison s'approche du Vieux pour lui exposer rapidement la situation.

— Quand on est arrivés, Georges est entré en premier. Moi, je rentrais la bagnole et Pierre fermait le portail…

— Passe-moi les détails ! rugit Gustave Pelizzari.

— Georges a dû tomber sur celui-là qui était en train de piller la baraque… Et ce petit enfoiré l'a buté ! Il lui a planté un couteau en travers de la gorge… Comme ça !

Pavel avale sa salive. Il peine à respirer, pas seulement à cause du bâillon. Tous les regards convergent vers lui. Vers le *petit enfoiré* qui a osé refroidir Georges. Avec une facilité déconcertante.

— Ensuite ?

— Pierre et moi, on l'a chopé mais on n'avait pas vu qu'ils étaient deux ! L'autre a sauté par la fenêtre, il s'est tiré. Pierre lui a couru après mais…

— Il a pris quoi ?

— Tout, monsieur. La came, le fric, quelques calibres aussi…

S'ensuit une discussion houleuse. Les deux chiens de garde, qui ne sont que des employés, se font sévèrement engueuler. Des incapables qui se sont fait avoir par deux petites racailles alors qu'ils étaient censés, apparemment, surveiller la maison vingt-quatre heures sur vingt-quatre.

Pavel écoute, observe. Sa frayeur augmente.

Un des deux fils se lève. Pavel a compris son nom, dans la discussion. Marco le saisit par le col de son blouson, le crucifie contre le mur avant de lui arracher son bâillon.

— Tu travailles pour qui ?

La question est sèche, le regard haineux.

— Moi, répond timidement Pavel.

— Hein ?

— Pour moi…

— Me prends pas pour un con ! s'égosille Marco. Tu travailles pour qui ? Qui t'a filé l'adresse de la maison ?… Qui ?

— Personne ! jure Pavel. On savait pas… On savait pas qu'on allait trouver tout ça ! On… On voulait juste piquer des trucs…

— Tu te fous de ma gueule, c'est ça ?

— Non !

Pavel reçoit une gifle qui lui fait trembler le cerveau.

— Alors, petit con, pour qui tu bosses, hein ? Tu veux que je te démolisse la tronche, c'est ça ?

— Non ! Je jure, je travaille pour moi ! Juste mon copain et moi !

Nouvelle beigne, encore plus forte. Le crâne de Pavel rebondit contre le mur, il manque de défaillir.

— Je travaille pour personne ! Juste moi !

Marco le soulève de terre.

— Tu voles chez mon père, tu tues un de nos hommes… On va te le faire regretter, sale petit connard !

Il emprunte le revolver d'un des larbins, attrape Pavel par les cheveux, le plaque sur une table. Il lui écrase le visage et lui plante le canon dans la joue.

— Alors, tu travailles pour qui ?

Pavel ferme les yeux, persuadé que sa dernière heure est arrivée. Il tente une dernière fois d'expliquer. L'arme déforme encore un peu plus son mauvais français.

Pour personne, m'sieur... juste voler là-bas... savais pas !... je jure...

Marco lâche prise, Pavel s'écroule sur le parquet. Il voit le Vieux sourire. Un sourire funeste. Pourquoi ? Il se moque de mon accent ? Non, ça doit être autre chose...

Bruno se lève à son tour et s'approche dangereusement des deux hommes de main qui font pénitence dans un coin du salon.

— Alors, les gars ? Si je comprends bien, vous vous êtes fait baiser par deux petits Roumains, c'est bien ça ? Par deux petits amateurs ?

— Mais patron...

Le dénommé Pierre n'a pas le temps de finir sa plaidoirie. Une droite magnifique l'envoie au tapis, pas très loin de Pavel, toujours pétrifié au pied de la table. Bruno frotte sa main commotionnée tout en s'avançant vers le môme qui le dévisage avec terreur. Il se baisse à sa hauteur.

— Bon, tu dis que tu travailles seul ?

Sa voix est plus grave et plus calme que celle de son frère. Mais son regard est beaucoup plus effrayant.

— Oui, m'sieur.

— OK... Alors maintenant, tu vas gentiment nous dire où on peut trouver ton copain, d'accord ? Comme ça, on récupère ce qui est à nous et tout est réglé... Je t'écoute.

Pavel songe à parler du squat mais les mots s'évanouissent sur le bord de ses lèvres. Bruno le fixe toujours droit dans les yeux. Un regard qui transformerait le désert en banquise.

Non, Pavel. Ne donne pas Alexandru. De toute façon, ils vont te tuer. Alors autant que tu sois le seul à mourir.

— Sais pas.

Bruno a l'air surpris.

— Tu ne sais pas, vraiment ?

Pavel fait non, avec la tête.

— OK, comme tu voudras.

Il adresse un signe à ses molosses. Apparemment, il n'a pas envie de s'occuper lui-même d'interroger Pavel, préférant déléguer les basses besognes à ses hommes de main. Les deux s'en donnent à cœur joie. À cause de ce petit con qu'ils sont dans la merde ! Entre deux coups, ils continuent à poser la question. *Où est ton copain ?*

Mais Pavel résiste. Toujours le même refrain dans son esprit.

Je vais mourir, de toute façon. Alors pas Alex. Pas lui...

Coups de poing, coups de pied. Coups de genoux. Pavel ne réagit même plus. Il est déjà sonné.

Bruno reprend les rênes. Il tient Pavel contre le mur, pour ne pas avoir à se pencher.

— Alors ? Tu sais toujours pas où il est, ton copain ?

Pavel crache un peu de sang et répond. Comme il peut.

— Si, je sais...

Bruno sourit. Il a gagné.

— Mais je vous dirai pas.

Le rital ravale son sourire.

— Je vous dirai pas... Vous allez me tuer, d'te façon... Et je veux pas que mon ami y meure aussi !

Bruno soupire. Il rend Pavel aux chiens de garde qui ressortent leurs crocs.

Le gamin tente de tenir.

Encore et encore.

Il sait qu'Alex s'est réfugié au squat, mais qu'il n'y restera pas. Juste le temps de récupérer le fric, les quelques affaires. Puis il partira. Car Alex est intelligent. Il a vu que Pavel était prisonnier, il sait que Pavel peut parler.

Pourtant, Pavel ne parle pas. Il encaisse.

Tenir… Laisser à Alexandru le temps de disparaître avec le magot.

Les deux molosses font des pauses. Bruno repose la question. Pavel regarde la pendule posée sur un guéridon. Il s'accroche aux aiguilles, il calcule.

Il a fallu au moins une heure pour rentrer au squat, et encore… Mieux vaut compter large. Là, ça fait une demi-heure qu'ils le torturent. En prenant bien soin de ne pas le tuer, bien sûr. Tenir encore un peu, Pavel.

Et s'il les envoyait sur une fausse piste ? Avoir un répit, gagner du temps. Il ne connaît pas bien Lyon, pas du tout le nom de ses rues. Tant pis, il invente, se souvient d'une adresse entendue à Marseille. Peut-être qu'ils ont cette rue-là, à Lyon aussi ?

— J'vais vous dire…

Bruno l'assoit sur une chaise.

— On t'écoute.

— C'est…

Il a du mal à parler, ses lèvres sont enflées.

— Rue Picasso… Une maison abandonnée… en ruine.

— T'as pas intérêt à me mentir, p'tit con, hein ?

— Non, monsieur !

Bruno se tourne vers ses clébards.

— Vous y allez et vous me ramenez la came.

— Qu'est-ce qu'on fait du gosse si on le trouve ?

Bruno n'a même pas besoin de répondre. C'est tellement évident. Les deux malabars s'en vont, Marco revient flairer les mollets de Pavel.

— Je le bute ?

— Non, rétorque Bruno. Il a peut-être menti… On peut encore avoir besoin de lui.

— *Menti ?* Tu rigoles… Avec ce qu'il s'est pris ! C'est qu'une petite merde.

— Laisse-le, pour le moment.

Pavel a glissé par terre. Même le sol lui paraît doux. Ça fait tellement de bien quand ça s'arrête… Son corps n'est plus qu'un hématome, une souffrance.

Les frères Pelizzari le traînent jusqu'à une pièce à côté, l'y enferment. Pavel n'a plus la force de chercher s'il y a une possibilité d'évasion. Il sombre, doucement. Dans un douloureux délire.

La porte s'ouvre, on le réveille. Il est soulevé avec force, ramené dans le grand salon du Vieux.

Marco affiche une sale gueule.

Une gueule de chien enragé.

— Tu nous as menés en bateau, petit fumier ! Y a pas de maison en ruine, rue Picasso ! Y a pas de maisons du tout !

Pavel consulte la pendule, Bruno intercepte son regard et comprend soudain son manège désespéré pour sauver son ami.

Deux heures sont passées, maintenant. Alex n'est plus là-bas. Du moins, il l'espère. Parce qu'il n'a pas la force de reprendre le combat de boxe à deux contre un.

Bruno le sait.

— Alors ? Tu vas nous dire, maintenant ?

Pavel se met à table. Sauf que le nom de la rue, il ne le connaît pas. Parce qu'il ne sait pas lire. À part quelques mots… Alors il explique, comme il peut. Avec ses dernières forces. *Près d'une place où y a un garage ; ensuite, on tourne, et après, une grande rue avec un ferrailleur…* À force de détails, un des types comprend. Il situe le quartier, puis la rue. Les deux sbires partent de nouveau.

L'aube se fige sur cette nuit d'horreur.

Pavel est toujours dans le salon. Silencieux, assis par terre, les poignets enserrés dans une corde brûlante, le dos contre le pied massif de cette table. Du sang coule de ses narines et de sa bouche.

Derrière lui, il entend la discussion entre le Vieux et ses fils. Ou plutôt, il la devine car ça bourdonne dans son crâne. Un véritable essaim de frelons. Il espère seulement qu'Alex a eu le temps de s'évaporer…

Le téléphone sonne, ce sont les larbins. Ils ne sont pas revenus, cette fois. Parce que le squat est loin.

Oui, c'est bien là. Sauf que le petit con de Roumain a pris ses affaires et s'est tiré.

Le vieux Gustave leur ordonne tout de même de planquer là, au cas où. Mais il a compris qu'il ne reverra sans doute jamais sa drogue et son fric.

Lourde perte.

Marc entre dans une rage folle. Il s'en prend de nouveau à Pavel, l'insulte, le frappe.

— Tu t'es bien foutu de notre gueule, enfoiré ! Il est parti où ton pote, hein ?! Réponds !

— Je sais pas, murmure Pavel… Maintenant, je sais pas…

— Saloperie de Rom !

— Pas Rom, Roumain ! hurle Pavel dans un dernier effort.

Marc s'acharne. Pavel répète inlassablement la même litanie.

Sais pas. Lui parti, sais pas où.

Brusquement, Bruno intervient.

— Ça suffit, Marco. Tu vois bien qu'il ne sait rien…

Le frère cadet lâche enfin sa proie agonisante.

— Alors je le tue ! vocifère-t-il.

Il prend un revolver, Pavel se souvient d'une prière que sa mère lui récitait parfois.

Le canon, juste en face de son visage. Le doigt qui appuie sur la détente…

— Ne le tue pas, ordonne soudain son frère.

— Quoi ?

— Lâche ce flingue.

Bruno vient vers Pavel, toujours cloué contre le pied de sa table.

— Comment tu t'appelles, mon garçon ?

— Pavel…

— Tu as quel âge, Pavel ?

— On s'en fout de son âge ! hurle Marco.

— Laisse parler ton frère ! exige Gustave.

Bruno remercie son père d'un regard avant de poursuivre.

— Tu as quel âge, Pavel ?

— Quatorze.

— Et tu es ici tout seul ?

— Suis parti de Marseille… avec mon copain.

Bruno retourne vers son père.

— Il me plaît, ce gosse ! Il a du cran, il n'a pas balancé son pote… Il a tué ce crétin de Georges d'un seul mouvement ! Je crois qu'il a un bon potentiel.

Pavel ignore la signification du mot *potentiel*. Il ne comprend pas ce qui se passe. Pourquoi son exécution est ainsi repoussée.

— Tu n'as pas tort, mon fils. Tu veux le récupérer, c'est ça ?

Marco proteste avec véhémence. Mais il est réduit au silence par ses aînés. Bruno est de nouveau face à Pavel.

— On va te laisser une chance, petit. Puisque tu nous as volés, on va te laisser la possibilité de nous rembourser.

— J'ai pas d'argent, monsieur…

Le Vieux rigole, Bruno aussi.

— On te laisse en vie et tu bosses pour nous, jusqu'à ce que tu nous aies remboursés… Ou alors, on te met une balle dans la tête, maintenant. À toi de choisir, Pavel. Tu comprends ce que je te dis ?

— Oui…

— Alors, qu'est-ce que tu décides ?

— Je vais vous rembourser, m'sieur.

— Parfait.

Bruno semble satisfait, Marco assassine Pavel du regard. Gustave se lève, fatigué.

— Bruno, puisque ce gamin te plaît, c'est toi qui vas t'en charger. Vois pour quoi il est doué et fais-en quelqu'un.

CHAPITRE 19

Fais-en quelqu'un.
Transforme ce gosse en machine à tuer.

Paul s'arrête de parler. Durement éprouvé par ce flash-back, sans doute. Même si sa voix n'a pas flanché.

Ce silence soudain fait tressaillir François.

François, qui a quitté son champ d'herbe rase, qui était dans ce salon contre le pied de la table, roué de coups. Obligé de travailler pour une bande de mafieux en échange de sa vie.

Ils restent un moment aphones, leurs yeux s'évitent.

— Tu veux la suite ? propose brusquement le gamin.

— Oui, bien sûr.

Davin en est-il vraiment certain ? Certain de vouloir suivre son guide plus avant dans les ténèbres… ?

Mais maintenant qu'il a ouvert la porte, François n'a plus le choix. Il doit descendre cet escalier sombre qui s'enfonce jusqu'aux entrailles pourries de l'humanité.

— Bruno m'a confié à un type qui s'appelait Manu. Je suis resté longtemps avec lui. Il était plutôt sympa avec moi. Mais chaque jour, il me rappelait que j'appartenais au Vieux, qu'il valait mieux pas essayer de le rouler. Pelizzari avait des hommes partout. Ils me retrouveraient, toujours, même si je partais à des centaines de kilomètres. Et m'exploseraient la tronche à coups de barre de fer... Bruno venait, souvent. Pour récupérer la recette et pour voir si je me comportais bien. Il me disait que je devais apprendre à mieux parler français, à lire et à écrire aussi parce qu'il avait de grands projets pour moi. Que j'allais devenir quelqu'un d'important. Et surtout, que j'avais pas intérêt à le décevoir !... Un jour, il m'a apporté des faux papiers. Je m'appelais désormais Paul Costino, Paulo pour les intimes... Manu m'a montré son boulot. Racketter, intimider. Corriger. Ceux qui ne payaient pas leurs dettes ou leurs *impôts* au Vieux. C'était dur mais j'ai vite pris le pli. J'ai appris à frapper, moi aussi... Fort. À menacer. À obtenir l'argent ou les renseignements. À me servir d'un calibre, pour impressionner. Manu et Bruno trouvaient que j'étais doué, que je faisais pas de sentiments ! Manu m'a promis que j'aurais bientôt un appart pour moi tout seul. Et une bagnole. Qu'il me fournirait un faux permis, m'apprendrait à conduire avant l'âge légal... Que j'aurais des filles, aussi.

— *Des filles ?*

— Ouais... D'ailleurs, je me souviens encore de mon cadeau d'anniversaire, pour mes quinze ans ! Ce soir-là, Manu a ramené une nana à l'appart. Une Roumaine, qui bossait pour lui. Parce que Manu, c'était un mac, tu vois... Moi, j'avais jamais touché une fille, ou pas grand-chose. Il voulait m'apprendre ! Je l'ai regardé, j'ai fait pareil.

François comprend mieux, soudain. Si c'est en observant un proxo avec une pute qu'il a appris... Surtout à quinze ans. Drôle de cadeau d'anniversaire.

— Un jour, Bruno m'a ordonné de tuer.

— À quinze ans ?

— Je venais d'en avoir seize. Un rival, quelqu'un qui menaçait de lui faire de l'ombre, je crois… Je voulais pas, moi ! Je voulais pas descendre ce type, je te jure. Mais il m'a rappelé que c'était ça ou la mort. La mort pour moi. Alors, j'ai obéi. Paraît que j'ai fait du bon boulot. Ils étaient satisfaits. Moi, ça m'a rendu malade, la première fois. Pendant plusieurs jours. Je pouvais plus bouffer, je vomissais tout le temps. J'avais envie de crever… Manu m'a expliqué que ça passerait. Et j'ai continué… Les menaces, le racket et les meurtres. Quand j'ai eu un peu plus de dix-sept ans, ils m'ont filé un appart, une bagnole. Ils me donnaient un peu de liquide, aussi.

— Le Vieux ne te payait pas ?

— Non. Puisque c'est moi qui lui devais du fric ! Le boulot, c'était pour le rembourser… Bruno m'accordait juste de quoi survivre mais pas de quoi m'enfuir.

— Et… pourquoi t'es-tu arrêté ?

Paul soupire. Il prend une cigarette, la triture un peu entre ses doigts, mais ne l'allume pas.

— Ça devenait difficile pour moi.

— Difficile de tuer ?

— Oui. Mais pas que ça. D'être l'esclave de ces gens… Tu comprends, toute ma vie, j'ai été qu'un esclave.

Toute ma vie… Il est si jeune, pourtant !

— J'ai commencé à me poser des questions.

— Tu aimais ton *travail* ? ose demander François.

— Tu veux savoir si je prenais mon pied en assassinant les gens, c'est ça ?

François hoche la tête, ses mains se crispent.

— Non. Mais pour supporter, je... Je me suis imaginé que j'avais du pouvoir. Oui, c'est ça : l'impression d'avoir du pouvoir. Le flingue dans les mains, je me croyais fort. Puissant. Dans le milieu, on me craignait beaucoup ! J'avais une réputation... Ils m'avaient même donné un surnom : l'ange de la mort...

François frémit à nouveau. Oui, un visage angélique, rieur. Qui devait inspirer confiance à ses victimes.

— Et puis progressivement, cet état de... Je sais pas le mot...

— D'excitation ? D'euphorie ?

— Oui, l'excitation est partie. Restait plus que le sang. La mort. L'odeur de la mort. Celle qui te quitte jamais... Tu peux te laver, des dizaines de fois, ça part pas... Mais j'avais plus le choix, alors j'ai continué. J'essayais de voir les bons côtés. J'avais à bouffer tous les jours, je savais où dormir. Manu était même devenu mon pote. J'étais respecté dans ce milieu, respecté par Bruno et son père... Du moins, je le croyais ! Ils m'accueillaient chez eux, ce qu'ils ne faisaient pas avec les employés, d'habitude. Oui, le Vieux m'aimait bien, Bruno aussi. Il me considérait un peu comme un fils. J'avais un père, à nouveau. Un père aussi salaud que le premier, mais beaucoup plus puissant ! Instruit, intelligent. Richissime... Je l'admirais, Bruno. Pourtant, il y a quelques mois, c'est devenu trop dur... Vraiment trop dur ! Les dernières exécutions se sont mal passées. J'ai hésité. Et quand t'hésites à tuer... C'est que tu vaux plus rien.

— Comment tu assassinais ces gens ? interroge François.

Il ne peut s'empêcher d'exiger des détails sordides. Peut-être espère-t-il ainsi parvenir à détester Paul.

— En général, avec un flingue. Sauf quand Bruno voulait que ça passe pour un accident. Fausses pendaisons, fausses overdoses…

— Qu'est-ce que tu as fait quand tu as vu que ça devenait *trop dur* ?

— J'en ai parlé à Bruno et à Gustave. C'était il y a un mois. Je leur ai dit que je voulais reprendre ma liberté, que j'avais remboursé ma dette. Que je voulais changer de vie, retourner chez moi. Le Vieux m'a répondu que j'étais un bon élément et que si c'était le fric que je voulais, il pouvait arranger ça… Je lui ai expliqué que c'était pas le pognon. Que je voulais vraiment décrocher ! Il a promis d'y réfléchir. Quelque temps après, il m'a rappelé : il était d'accord, à condition que je fasse un dernier boulot pour lui. Un boulot très important dont dépendait l'avenir de la famille. J'ai accepté. La semaine d'après, je suis parti en Afrique…

— En Afrique ?

— Je devais descendre deux personnes à Mogadiscio. Deux Italiens. J'ai rempli le contrat, en me répétant que c'était la dernière fois. Après la mission, je suis rentré en France. Je suis arrivé à Marseille, un des types de Bruno m'y attendait. On a fait un détour pour aller récupérer un colis… Les cinq kilos de coke. Marco m'avait demandé de prendre la marchandise au passage. C'était souvent moi qui étais chargé de convoyer ce genre de cargaison ! J'ai pris livraison de la came, je suis remonté avec le type. Le Vieux nous attendait dans son haras…

— Je ne l'imaginais pas dans un haras !

— Ouais… Il aime bien les canassons, je crois… C'est au nord de Lyon, pas très loin de Neuville-sur-Saône. Il y passe souvent ses week-ends en famille.

Pendant tout le trajet, je me suis dit que tout ça allait enfin finir. J'avais des doutes, bien sûr… Des doutes sur ce que j'allais faire après. Mais j'étais décidé. Plus de meurtres. Je voulais plus de toute cette merde ! Surtout que l'exécution en Afrique a été vraiment difficile… Comment tu dis ?

— Éprouvante ?

— Oui, c'est ça. J'ai vu des choses horribles, là-bas… Donc, on est arrivés à Neuville dans l'après-midi. Le type m'a déposé, puis il est reparti. Il y avait le Vieux mais aussi Enzo et Marco. La famille au grand complet ! Ça m'a étonné… J'ai pensé qu'ils fêtaient peut-être quelque chose. J'ai remis la marchandise à Gustave…

… Paul pose son offrande sur une table, devant le Vieux. Adelina choisit cet instant pour entrer dans la pièce. Elle sourit à Paul, ça lui rappelle la première fois qu'il l'a croisée chez le Vieux, dans cet escalier. Il se souvient qu'elle avait l'air aussi terrifiée que lui.

Adelina, la plus jeune du clan, la seule fille de Gustave.

— Laisse-nous, ordonne son père.

Elle prend le temps de venir embrasser Paul.

— Laisse-nous, j'ai dit, répète Gustave.

Adelina le fusille du regard avant d'obéir et de claquer lourdement la porte du grand salon.

Dès que sa fille a disparu, le Vieux, comme à son habitude, vérifie tout ce que Paul vient de déposer devant lui.

— Ça s'est bien passé, là-bas ?

— Aucun problème, monsieur. Aucun témoin, aucun survivant.

— Parfait.

Gustave allume un cigare. Il toise son employé bizarrement.

— Alors, Paulo, tu as bien réfléchi ? Tu veux toujours décrocher ?

— Oui, monsieur. J'aimerais repartir chez moi.

— Chez toi ? ironise Marco. Dans ce pays de merde ? T'es pas bien ici ?

— Si. Mais je veux arrêter… Changer de vie.

— Si c'est une question d'argent, on peut s'arranger, intervient Bruno. Je comprends que tu deviennes plus gourmand… Comme tu es efficace, comme tu as fait tes preuves, on peut te payer désormais… un salaire intéressant, crois-moi !

— Non merci, Bruno. C'est pas une question de pognon. Je veux arrêter.

— C'est dommage, grogne Gustave.

— C'est comme ça, rétorque poliment Paul. C'était convenu entre nous, je termine ce boulot et ensuite, je m'en vais.

Brusquement, le canon d'un flingue s'enfonce entre ses omoplates.

C'est Marco qui le braque. Il lui confisque l'arme qu'il porte dans son étui.

— On ne quitte pas la famille, assène le Vieux. Tu crois qu'on va te laisser partir comme ça, Paulo ? Tu es bien naïf, mon garçon !

Oui, Paul réalise subitement à quel point il a été naïf. Lui qui croyait avoir payé sa dette, avoir durement gagné sa liberté. Lui qui croyait être estimé par ces gens… Il aurait dû se montrer moins loyal, partir sans crier gare.

Marco jubile. Il attend ce moment depuis si longtemps !

— Je m'appelle Pavel ! rugit Paul.

Bruno soupire. Il a l'air désolé, contrarié.

— Navré, mais il va falloir qu'on se débarrasse de toi. C'est dommage, parce que tu étais vraiment un bon élément.

— J'étais surtout pas cher, hein ?

— C'est vrai. Mais nous étions prêts à te payer et tu as refusé.

— Je… Je peux encore changer d'avis ? essaie Paul.

— Maintenant, on sait que tu nous trahiras un jour ou l'autre. Ne nous prends pas pour des cons, tu veux ?

— Vous êtes vraiment des ordures !

— On va aller faire un petit tour, hein Paulo ? ricane Marco. Un petit tour à la campagne… histoire que tu prennes l'air ! On va te trouver un joli petit coin dans la forêt… Ta dernière demeure, *Pavel* !

Paul ferme les yeux, une demi-seconde. Trouver la solution, maintenant. Échapper à ce funeste sort.

Mais comment ?

Il est privé de calibre alors qu'eux en ont plein les poches. Il est seul, alors qu'ils sont trois frères. Trois dangereux criminels ligués contre lui.

Il imagine déjà la scène. Deux balles dans la tête, une dans le cœur.

Trois trous dans le corps, un dans la terre.

Une scène qu'il a déjà vécue. Sauf que cette fois, il sera du mauvais côté de l'arme ; celle que tient Marco. C'est lui qui va tirer sans doute.

Alors Paul fixe l'aîné bien en face.

— Pourquoi c'est pas toi qui me descends, Bruno ? T'as pas les couilles, c'est ça ?

— Ta gueule ! Mets les mains derrière la tête et avance.

Paul s'exécute, se dirigeant vers son tragique destin sous le regard impassible de Gustave.

Ils marchent dans le couloir, Paul en tête, résigné à mourir, la meute sur ses talons.

Mais soudain, le miracle se produit. Un peu comme la première fois où il a esquivé la mort.

Le miracle se nomme Adelina.

Elle est là, au bout du corridor, un impressionnant fusil de chasse entre les mains.

Elle leur intime l'ordre de déposer les armes, de libérer Pavel. Les trois frères restent un instant éberlués. Ils sont en train de se faire braquer par leur propre sœur ! Même si elle a toujours été la paria de la famille, ils n'auraient jamais cru que…

— Arrête tes conneries et pose ce fusil ! menace Bruno.

— Je préfère crever. Je vous préviens, j'hésiterai pas à tirer ! Vous me donnez envie de gerber, bande de salauds ! Lâchez-le.

Comme pour prouver qu'elle ne ment pas, elle colle le bout du canon sur la tempe d'Enzo, défiant Bruno de ses yeux de démente aux pupilles dilatées par la drogue.

— Je vais lui exploser la cervelle, putain !

— Marco, pose ce flingue, murmure Bruno.

Le petit frère s'exécute, Paul prend les choses en main. Il ramasse son Beretta qui allait servir à le descendre, désarme les trois frères tandis qu'Adelina les tient toujours en respect.

Elle est jeune, Adelina. Dix-huit ans à peine, deux ans de moins qu'Enzo. Et elle a du cran. Paul effleure sa taille, l'embrasse furtivement sur la joue. Il est aussi surpris que les frères Pelizzari de son acte irréfléchi, mais bien plus heureux !

— Allez, Pavel, on se casse ! souffle-t-elle.

Paul comprend qu'elle a dû sniffer une bonne dose. Son doigt tremble tellement sur la gâchette qu'elle va finir par tirer.

— Attends, dit-il doucement. J'ai un truc à terminer, d'abord.

Tout le monde retourne dans le salon, mais dans l'ordre inverse.

Lorsqu'il voit entrer ses fils, mains en l'air, suivis d'Adelina qui tient son propre fusil, le Vieux frise l'attaque. Paul leur ordonne de se mettre à genoux, puis s'avance vers lui, sourire jusqu'aux oreilles.

— Eh oui, Gustave… y a pas pire que d'être trahi par sa propre famille, hein ?

Le patriarche dévisage sa fille d'un air atterré.

— Tu es folle, Adelina… Complètement folle !

— Non, je suis pas cinglée ! Ça fait des années que j'ai envie de vous buter ! Je vous hais, j'ai honte de porter le même nom que vous ! Vous alliez tuer Pavel… Je ne vous laisserai pas faire.

— Réfléchis aux conséquences de tes actes, conseille Bruno. Avant qu'il ne soit trop tard.

— Mais c'est trop tard ! s'amuse Paul. Je te signale que j'ai récupéré mon flingue et que même si elle lâchait son fusil…

— Qu'est-ce que tu veux ? demande Gustave.

— Je vais pas partir les mains vides, non ? En plus d'emporter ta fille, je vais prendre la came… Et ce que j'ai ramené d'Afrique, aussi !

Paul récupère son sac à dos, remet toute la marchandise à l'intérieur. Puis il s'approche de Gustave, lui colle son flingue sur le front. Sa respiration devient difficile.

— C'est fini, Gustave… Je ne suis plus ton esclave. Et Adelina non plus, tu vois.

— Allez, Paul, on se tire ! hurle la gamine.

— J'arrive, ma belle.

Paul hésite. La raison voudrait qu'il ne laisse aucun survivant derrière lui. Il sait qu'en les épargnant, il met sa propre vie en danger. Buter le Vieux et ses trois fils sous les yeux d'Adelina ?

Le visage de sa dernière victime reste imprimé dans sa tête. Il s'est juré, en lui donnant la mort, qu'il ne recommencerait plus jamais.

Non, il ne veut plus tuer. Ne veut pas alourdir sa conscience de quatre meurtres supplémentaires.

Trop de sang. Trop de meurtres.

Il n'a plus la force, soudain.

Il s'écarte de Gustave, s'approche de Bruno. Ce père qu'il croyait avoir enfin trouvé. Et qui vient de le trahir.

— Je vous laisse la vie sauve, à toi, à tes frères, au Vieux… Parce qu'il y a cinq ans, tu ne m'as pas tué. Mais si je recroise votre chemin, je n'hésiterai pas.

— Nous non plus, sois-en sûr, prévient Bruno.

Paul les enferme dans la pièce et prend enfin la fuite avec Adelina. Ils se hâtent de rejoindre la voiture de la jeune fille. Avant de partir, Paul tire dans les pneus des véhicules stationnés devant la bâtisse. Histoire de les ralentir au maximum…

— Tu m'avais jamais parlé d'Adelina, souligne François.

— C'est vrai… C'est la seule fille du Vieux. La plus jeune de ses enfants. Elle a toujours détesté son père, lui a toujours reproché d'être ce qu'il est, lui a causé des tas de problèmes… Une vraie rebelle ! Il l'avait même fait interner quelques mois dans une clinique où il a des parts. Pour qu'on la *soigne*. Elle avait fugué plusieurs fois, aussi, avait tenté de se suicider… Un soir, elle est venue se réfugier chez moi.

— Chez toi ?

— Oui… Elle était amoureuse de moi. C'est ce qu'elle m'a dit !

— Tu as couché avec elle ?

— T'es malade ! On ne couche pas avec la fille du patron, sinon il te coupe les couilles.

— Charmant !

— Non, je l'avais ramenée à son père… J'ai cru qu'elle allait me détester jusqu'à la fin des temps pour ça ! Mais apparemment non… elle était toujours dingue de moi !

— Que s'est-il passé après votre départ de Neuville ?

— On a foncé vers le sud. Je voulais aller chez mon pote à Marseille. Mais ils nous ont vite retrouvés.

— Comment ont-ils fait ?

— Je pense que nous avons manqué de chance, tout simplement… On a pris la direction de Lyon, c'est moi qui conduisais parce que Adelina était vraiment trop speed… Elle me disait qu'on allait vivre ensemble, se marier ! Qu'on pouvait aller en Roumanie, si c'était ce que je voulais… Moi, je t'avoue que j'avais pas vraiment envie de passer ma vie avec elle ! Mais bon, elle m'avait sauvé la mise, alors on verrait ça plus tard. En arrivant vers Lyon, des types à Gustave nous ont repérés. Il avait dû en mettre en planque dans tout le secteur… Il a des informateurs, partout, ce vieux salopard ! Des flics qui bossent pour lui aussi… Ouais, on a manqué de chance, c'est tout.

— Mais pourquoi être revenus sur Lyon ! Pourquoi ne pas être partis vers le nord ?

— Je voulais aller à Marseille, je te dis… Sur Paris, je connais personne ! On pensait qu'on avait une chance de passer au travers des mailles du filet… Mais ils nous ont pris en chasse, c'était le début de soirée. J'ai essayé de les semer, mais… Sur l'autoroute, ils ont tiré, j'ai perdu le contrôle de la bagnole, on est passés par-dessus la barrière de sécurité. Adelina n'avait pas mis sa ceinture, elle… Elle est morte sur le coup. Moi, j'ai réussi à me sauver. Parce qu'il faisait nuit noire à cet endroit-là, parce que je cours vite aussi, tu sais ! Ensuite, j'ai marché une heure, je me suis retrouvé sur le bord de cette voie rapide… Et tu t'es arrêté… Voilà. Tu sais tout, maintenant.

Paul allume une cigarette. François fixe ses chaussures.

— Cette fille est morte en te sauvant la vie…

— Je sais. Elle se serait suicidée de toute façon. Enfin, je crois… C'est peut-être ce qu'elle a voulu d'ailleurs. Partir avec moi, c'était du suicide !

— Dire que tout cela venait de se passer lorsque je t'ai pris en stop, murmure François. Tu avais l'air si calme, pourtant !

— Question d'habitude.

— J'avais deviné que tu fuyais, mais… de là à imaginer tout ça !

— Je m'en doute. Ça doit être un choc pour toi.

— Un sacré choc, même ! Mais… pourquoi n'es-tu pas parti les mains vides ? Pourquoi avoir piqué cette came ? Si tu t'étais enfui sans rien, peut-être ne t'auraient-ils pas poursuivi ?

Paul sourit tristement.

— Ils en ont rien à foutre de la came ! Enfin, ils la veulent mais… c'est secondaire.

— Ah bon ?… Quoi alors ? Ils veulent venger Adelina ?

— Adelina ? Ils en ont rien à foutre non plus ! Déjà qu'ils la supportaient pas ! Elle les a trahis, alors…

— Mais qu'est-ce qu'ils veulent dans ce cas ?

— Moi, d'abord. Et puis… ça.

Paul ouvre son sac, il en sort la grosse pochette cartonnée.

— Qu'est-ce que c'est ?

— Ce que j'ai fauché aux Italiens. C'est ça qu'ils veulent récupérer à tout prix… ça et moi. Parce que je sais tout. Ce qu'il y a là-dedans, mais aussi d'autres choses. Et parce que j'ai buté Marco. Ils ont tout un tas de raisons, tu vois !

François ouvre la pochette. Il l'avait bien remarquée, mais ne s'était pas douté que c'était la clef… Il trouve un dossier et une drôle de cassette dans son boîtier Sony.

— *Digital BETACAM*, lit François. C'est quoi ?

— La cassette que j'ai récupérée dans la caméra.

— Quelle caméra ?

— Je suis allé en Somalie pour descendre une journaliste italienne et son cameraman.

Davin reste la bouche entrouverte un instant. Comme s'il venait de recevoir une gifle.

— Tu… Tu as tué une femme ? dit-il enfin.

— C'était pas la première fois.

Encore un nouveau coup. Plus dur que les autres, peut-être.

— C'était une journaliste qui menait une enquête là-bas.

François examine le dossier. Des tas de photos défilent sous ses yeux horrifiés. Soudaine envie de vomir quand il voit un jeune garçon somalien étendu sur un lit d'hôpital, les bras et le visage entièrement brûlés. Comme si on l'avait trempé dans un bain d'acide. Et puis, d'autres clichés, encore. Des fûts éventrés, gisant sur des plages. Des amoncellements de sacs plastique, aux abords de bidonvilles. Sacs plastique que d'autres gosses viennent fouiller, pieds nus. Au milieu des seringues, des compresses souillées… Il ne lit pas très bien l'italien, ne comprend donc pas tout.

Mais les images parlent d'elles-mêmes.

— C'est quoi, toute cette merde ?

— Ces dernières années, le Vieux avait décidé de se lancer dans une nouvelle activité, avec ses fils. C'est surtout Bruno qui gère ça… Le trafic de déchets toxiques. Gustave s'est associé à un cousin à lui, en Italie. Pelizzari se chargeait de la collecte en France et en Belgique, tandis que son cousin avait l'Italie et l'Allemagne… Et les États-Unis, aussi.

— Un trafic de déchets toxiques ?

— Oui. Les normes ici, pour le recyclage de ces saloperies, sont très strictes. Ça coûte beaucoup d'argent. Environ mille dollars la tonne. Avec nous, c'était huit dollars la tonne ! Tu commences à piger ?… On récupère les déchets, on les fout dans des conteneurs, on les transporte par camions. Ensuite, selon ce que c'est, on les charge sur des bateaux, à Hambourg,

Le Havre, Gênes ou Marseille. Et on les emmène en Afrique… Parfois en Asie.

— Merde, c'est pas vrai…

— Il y a différentes façons de faire. Pour les déchets industriels, ils partent sur des cargos ou des porte-conteneurs. La marchandise est balancée par-dessus bord, au large des côtes africaines. En Somalie, surtout. C'est facile là-bas. Pour les déchets des labos pharmaceutiques ou les déchets hospitaliers, on les emmène en camion et on les dépose dans des décharges, comme celle que tu as vue sur la photo… On y jette aussi les vieux appareils ménagers pleins de gaz nocifs, ou même des huiles de vidange.

— Mais… les gouvernements locaux laissent faire ?

— Y a pas de gouvernement là-bas ! C'est le bordel ! Suffit de livrer en même temps des armes aux miliciens pour qu'ils ferment les yeux ! Et ça fait un double rapport. Parfois même, si c'est des déchets nucléaires, on coule le bateau. Je sais que le cousin en a coulé pas mal, en Méditerranée…

— Non, tu délires !

— Je te jure que c'est vrai. Les gouvernements sont tous complices. Tous.

Déchets nucléaires. Déchets toxiques. Industriels, hospitaliers, pharmaceutiques.

François regarde encore les photos, hébété. Anéanti. À un moment, sur un des clichés, il croise une femme. Une jolie brune, la quarantaine.

— C'est elle la journaliste que tu as tuée ?

François a de la haine dans la voix. Ça déborde jusque dans ses yeux. Un fût de déchets toxiques vient de se déverser dans sa tête, aussi.

— Oui. Elle s'appelait Ilaria.

Cette femme qui a eu le courage avec son assistant d'aller dans ce pays de tous les dangers pour faire connaître au monde l'horreur de ce trafic... François a son assassin à côté de lui. Juste à côté.

Il voyage avec depuis des jours.

Il l'appelle Petit, l'a fait passer pour son fils.

— T'es vraiment qu'un salaud...

Paul garde les yeux baissés.

— T'entends ? T'es qu'un salaud !

— Oui, j'entends.

Davin s'éloigne un peu.

— Comment as-tu pu commettre une chose pareille ? Comment tu as pu faire tout ça ?

— J'avais pas vraiment le choix...

— Si, on a toujours le choix ! hurle Davin. Tu aurais pu te tirer ! De toute façon, ça a changé quoi de l'avoir tuée, hein ? Ils veulent ta peau quand même ! Comment tu as pu assassiner cette femme ?

Paul garde les mâchoires soudées. François, appuyé sur le capot de la voiture, tente de retrouver un semblant de calme.

Jusque-là, il avait essayé. Essayé de se persuader que les victimes étaient des pourris, des truands, des rivaux. Mais cette femme...

— C'était horrible, confesse soudain Paul. Ça m'a jamais fait aussi mal... J'ai cru que j'y arriverais pas.

— Ah ouais ? Mais tu y es arrivé ! Ça ne t'a pas posé de problème !

— Ne dis pas ça...

— Tu l'as tuée comment ?

— Une balle dans la tête.

François recommence à tourner en rond. Il shoote dans les cailloux. Ça roule, dans sa tête. Ça tangue. Ça chavire.

Il a besoin de vomir toute la merde qu'il vient d'ingurgiter de force.

— T'es qu'une petite ordure ! De la pire espèce…

Les yeux du gamin brillent avec le soleil. Mais ce ne sont même pas des larmes. Il prend une cigarette, pour se donner le courage d'affronter son ami, tribunal à lui tout seul. Et continuer à se confier. À plaider coupable.

— Elle ressemblait à ma mère. Je revois tout le temps son visage… J'arrive pas à l'effacer.

— J'espère qu'elle te hantera jusqu'à la fin de tes jours ! assène François.

— T'en fais pas, je risque pas de l'oublier.

— Tu crois que tu vas m'attendrir, avec tes belles paroles, petit enfoiré ? Heureusement qu'elle est morte, ta mère ! Parce que si elle te voyait… Si elle voyait ce que tu es devenu…

Paul encaisse. Mais il vacille. Ses yeux brillent de plus en plus. Alors il baisse la tête.

Au bout d'un moment, François se rassoit. Épuisé. Écœuré.

Sa colère retombe, lentement. La lie se redépose au fond.

Il a connu Pavel avant de connaître Paul. A rencontré l'enfant avant de rencontrer le tueur.

Pendant des jours, il a vu autre chose qu'un assassin.

Il est encore temps de le juger, certes. Et même de le condamner.

Mais il est bien trop tard pour le haïr.

Les minutes passent. Paul allume une nouvelle cigarette. Et enfin, François voit sa main trembler.

Cette main qui n'hésite pourtant jamais.

— Tu as le droit de me détester... De me balancer tout ça à la gueule. De dire que je vaux rien, que je suis rien ! Tu peux même prendre le flingue, si tu veux. Et me tuer. Je t'en empêcherai pas.

— Je suis pas un meurtrier, moi ! rappelle François.

— Non. Toi, t'es un mec bien.

Encore un long silence. Qui les sépare, les rapproche. En même temps. Tellement de choses se mélangent dans le cerveau abîmé de François. Sa propre vie, ses propres malheurs. Et ceux du petit Pavel. Embrigadé de force dans cette armée de monstres qui l'a modelé à son image. Mais qu'il a voulu quitter. À qui il a eu la force de s'opposer.

— Tu vas me laisser ici ?

Encore et toujours cette peur d'être abandonné. Comme la première fois. D'être jeté à la rue, en plein hiver.

— Je sais pas... Je sais plus.

— Je t'ai menti parce que j'avais honte. J'aurais voulu que tu croies que j'étais quelqu'un de valeur.

François cale son front entre ses mains, les coudes sur les genoux.

— Je vais m'en aller, ajoute Paul. C'est pas possible qu'on continue comme ça... Tu me détestes, je ne veux pas voir ça dans tes yeux.

— Je ne te déteste pas...

— Tu me méprises. C'est encore pire !

François ne songe pas à le contredire. Le gamin remet la pochette dans son sac, le flingue à sa ceinture.

— Tu sais, François, si... Si j'avais eu un père comme toi, je serais pas devenu un tueur... C'est en te rencontrant que je l'ai compris.

Cette fois, c'est François qui chancelle. Le Petit veut se lever, il le retient par le bras.

— Reste là… On a commencé ensemble, on va finir ensemble.

Paul a du mal à y croire. Ses grands yeux gris reflètent la stupeur, l'incompréhension. Et une émotion qui ne connaît plus de limite. Circonstances atténuantes accordées par le jury. Il ne s'y attendait pas. Ne l'espérait plus, de personne.

— Tu vas la vendre, ta came. Tu vas récupérer le fric et te tirer loin d'ici. Pour leur échapper, pour reconstruire ta vie. Moi, je garderai ce dossier… On va se les faire, ces fumiers ! Tu verras… Je vais filer cette enquête à la presse, le film et les photos passeront à la télé.

— Mais…

— Tu lui dois bien ça, à cette journaliste, non ? Sinon, pourquoi tu as emporté ce dossier avec toi ?

— Je ne sais pas. Pour faire pression sur le Vieux, au cas où… Je me suis dit que ça pouvait servir.

— Oui, on va s'en servir.

— C'est trop gros, François. Trop gros pour nous !

— Rien n'est impossible, Petit. Rien, tu entends ? Alors on va repartir ensemble et trouver une solution. D'accord ? Je vais te sortir de là. Fais-moi confiance.

Paul le dévisage, un peu abasourdi. Jusqu'à ce que sa vue se brouille. Que son cœur se vide par les yeux.

Il y va franchement. Oubliant ses grands principes, il fond littéralement en larmes. François le reçoit contre son épaule. Ces sanglots le touchent, jusqu'à des profondeurs inattendues.

— Ça va aller, Petit…

Paul pleure longtemps. Il y a cette émotion intense à sortir, d'une façon ou d'une autre. Il y a un passé de souffrances à évacuer, une vie entière à rebâtir. Sur des cendres, des ruines. Réveil douloureux à en mourir.

François cherche les mots pour l'aider.

Il se souvient de son surnom dans le milieu, a vu la Sainte Vierge briller à son cou.

Lui n'y croit pas, mais c'est sans importance.

— Tu sais Paul, Satan était un ange. Le premier des anges, même ! Et le plus beau, aussi… Comme tous les anges, il avait une mission à remplir sur Terre… Dieu l'aurait envoyé parmi les hommes pour leur insuffler les énergies négatives. La haine, la jalousie, la colère, la violence, l'avarice… Pour tenter les hommes et leur apprendre justement à résister à toutes ces tentations néfastes. Pour forger leur libre arbitre. Mais Lucifer, à force d'inspirer cela aux hommes, aurait fini par pécher… Alors, Dieu l'aurait précipité aux Enfers… Mais Il lui a déjà pardonné ! Et au moment du Jugement dernier, Satan reprendra sa place auprès du Seigneur… Tu vois, Petit, Satan était un ange… Et il le redeviendra.

Bâton des exilés, lampe des inventeurs,
Confesseur des pendus et des conspirateurs,

Ô Satan, prends pitié de ma longue misère !

Père adoptif de ceux qu'en sa noire colère
Du paradis terrestre a chassés Dieu le Père,

Ô Satan, prends pitié de ma longue misère !

Les Fleurs du mal, CXX,
« Les Litanies de Satan »

CHAPITRE 20

Une pièce exiguë qui rapetisse à vue d'œil.

Non, c'est François qui décrit des cercles de plus en plus serrés. Toupie neurasthénique qui va finir par creuser des tranchées dans la moquette.

Déjà trois heures qu'il espère le retour de Paul.

Et s'il ne revenait jamais ?

Cette hypothèse effrayante le cloue sur place. Il imagine que son ami l'a abandonné. Ou pire, qu'il est mort.

Pourquoi une telle peur de le perdre ? Quel lien étrange peut bien les unir ?

Mais le gamin reviendra. Il ne peut continuer seul. Il reviendra, forcément.

François allume une cigarette, ouvre la fenêtre. Le mistral le télescope de plein fouet ; un souffle violent décoiffe Marseille.

Puis il décide enfin d'allumer son téléphone portable, se sentant soudain assez fort pour écouter ses messages.

Comme il s'y attendait, il a reçu un nombre d'appels impressionnant. Et depuis la veille, quelqu'un a essayé de le joindre une bonne dizaine de fois en numéro caché.

Davin s'assoit sur le lit et inspire un bon coup.

Entendre la voix de Florence lui démonte le cœur en pièces détachées. Il retient quelques larmes qui s'éteignent au fond de ses yeux puis il efface tout, ne laissant à personne la moindre chance de le poursuivre. De le rattraper. De l'attacher.

Au moment de supprimer le dernier message de Florence, il hésite. Ne rien garder ? Pas même un témoignage de son passé, pas même le timbre de sa voix ?

Comment pourrait-il la gommer si vite de sa vie ? Non, de ce qu'il reste de sa vie, nuance. Serait-il déjà aussi froid que la mort ? Encore un effet malin de la tumeur maligne…

À moins que… L'aimait-il tant que ça, finalement ? L'aimait-il passionnément ?

Les questions reviennent l'assaillir, règlement de comptes avec lui-même, avec son passé. Puisqu'il n'a plus d'avenir.

Son couple, ses douze années de vie commune avec Florence défilent en accéléré dans sa mémoire. Les moments heureux, le désir, le plaisir. Les crises inévitables, les disputes, les conflits. La patine des années, la routine insidieuse. Les habitudes rassurantes.

Il cherche la vérité sur cette histoire, leur histoire ; il mène son enquête personnelle, essayant, peut-être pour la première fois de sa vie, d'être honnête envers lui-même. Tant pis si ça doit lui faire mal.

Cruelle introspection.

Complices, ils se nourrissaient l'un de l'autre ; comptaient l'un sur l'autre, l'un pour l'autre.

Oui, mais…

Il pouvait respirer librement lorsqu'elle était loin de lui et pouvait passer des heures entières sans penser à elle.

Aurait-il donné sa vie pour elle ? Aurait-il succombé au chagrin si elle l'avait quitté ou trahi ?

Non.

Il adorait être avec elle, paraître avec elle. Elle était une victoire, un accomplissement, une réussite. Une sorte de trophée.

Son cœur saigne, abondamment.

L'aimait-il vraiment ou s'aimait-il à travers elle ? Un peu des deux.

C'est encore plus terrible de s'avouer ça. Pourtant, c'est d'une effrayante banalité.

Oui, il l'aimait, beaucoup. Mais il parvient à vivre sans elle.

À mourir sans elle.

Double culpabilité, deux fautes à porter. Le fait de l'avoir tuée. Et celui de ne pas assez la pleurer.

Il réalise que dans sa vie, il n'a pas connu de réelle passion. Mais combien ont la chance d'en vivre une ?

Pas moi, en tout cas. Et maintenant, il est trop tard.

Il se transforme brusquement en banquise déserte. Un corps et un esprit abandonnés où souffle un blizzard glacial et mortel.

Il appuie sur la touche fatidique, la voix de Florence sombre à tout jamais dans le néant.

Il retourne devant la fenêtre, ferme les yeux.

Et la douleur revient, doucement.

Inévitablement.

Il sait à peu près ce qui l'attend. Il sait…

Les effets dévastateurs de la tumeur sur son cerveau. Devenir un légume, perdre ses moyens, sa mémoire, ses fonctions vitales.

Il sait qu'il ne connaîtra aucun répit.

Qu'il ne reconnaîtra plus personne.

Il sait.

Que la douleur sera de plus en plus forte pour, un jour, ne plus jamais le lâcher.

Que le calvaire ne fait que commencer.

Qu'il aura tout le temps de se voir partir. De se voir périr.

François rouvre les yeux sur le présent. Il entend des gens passer dans la rue. Des gens qui parlent, qui rient. Sans imaginer que trois étages au-dessus d'eux, un homme lutte contre la peur à l'état brut.

La peur de mourir.

Mais, surtout, la peur de souffrir.

Alors, il pense à Paul. Essaie de ne penser qu'à lui. Au moment où il passera la porte et lui adressera un sourire.

Ça fait deux jours qu'ils se terrent dans cette chambre, au troisième étage d'un hôtel anonyme et sans aucun charme, non loin de la Canebière.

Paul a mis du temps à contacter son pote. François a ainsi découvert qu'il s'agissait du fameux Alexandru. Ce jeune Roumain qui, au lieu de retourner sur ses terres natales, a élu domicile à Marseille après s'être affranchi du joug de Mihail.

En lui élargissant le sourire jusqu'aux oreilles.

Alex règne désormais sur une partie du trafic d'héroïne. Paul l'a retrouvé, deux ans en arrière, à l'occasion d'une mission sur la cité phocéenne. Puis ils se sont revus en douce, plusieurs fois.

Aujourd'hui, ils se sont filé rancard dans un endroit discret.

Davin s'effondre à nouveau sur le lit ; les jambes fatiguées par cette ronde, la tête lourde de sa migraine nocturne et de celle qui s'annonce. Une nouvelle dose de morphine y est passée. Peut-être est-il déjà accro ?

Il sourit tristement… Quelle importance ? Pourquoi cette crainte de la dépendance ? Ses réactions sont parfois étranges ; réminiscences de sa vie antérieure, sans doute. Vieilles habitudes, vieilles certitudes, vieux préjugés… Difficile de tout effacer. De tout balayer.

Pourtant, je vais mourir.

Tic-tac.

Il se repasse soudain le film de la confession de Paul. Ces mots qui résonnent en boucle dans sa tête. Il entend le calvaire, le supplice.

Les hurlements des victimes. Leurs prières face à la mort.

Mais Paul aussi, est une victime. Qui a agi sous l'emprise de forces qui le dépassaient.

Ce n'est pas le petit Pavel qui a assassiné ces gens ; c'est une série de malheurs, une succession de malchances. Et surtout, des commanditaires. Il n'a pas tué pour de l'argent mais pour sauver sa vie.

Ça change tout.

Ou presque. Car ça n'efface pas l'ardoise.

François essaie de trouver des réponses alors qu'il n'ose même pas se poser les questions. Les vraies, celles qui font peur, celles qui tourmentent l'âme et le corps.

Depuis des jours, il chemine aux côtés d'un criminel, d'un tueur professionnel. Et maintenant qu'il connaît la vérité, il est toujours auprès de lui. Devenant ainsi son complice.

Il se remet péniblement sur ses pieds, reprend son pèlerinage sur des chemins escarpés. L'esprit torturé, en feu.

Pardonner, il ne peut pas. Pas plus qu'il ne peut condamner.

Accepter l'inacceptable, c'est déjà beaucoup.

Accepter l'idée qu'il tient à Paul. À ce jeune homme apparu dans sa vie un soir où il avait besoin d'une présence. Une amitié insensée rendue possible par une tumeur au cerveau.

— Elle a bon dos, la tumeur, grogne François.

Il ne peut s'empêcher de feuilleter à nouveau le dossier de la journaliste italienne. D'affronter ces clichés et ces descriptions qui empalent son cœur au bout de tiges en ferraille.

Des enfants, des gens qui agonisent sur leur lit de mort. Cette mort qui se répand lentement et en silence. Cette lèpre qui asphyxie progressivement la planète.

Pour que des mafieux s'en mettent plein les poches, arrosant au passage les gouvernements à la solde du plus offrant.

Pour que de grands groupes industriels ou pharmaceutiques cotés en Bourse n'égratignent pas leurs bénéfices déjà obscènes.

Ces multinationales pour lesquelles Davin a œuvré, sans compter ses heures. Ces sociétés à qui il a permis de gagner plus d'argent, encore. Qu'il a aidées à se forger une image respectable auprès des foules, cachant l'horreur de leurs activités derrière des paravents de séduction.

Des paravents de mensonges, tous plus éhontés les uns que les autres.

Ignorant ce trafic immonde, dont personne ne parle… Ces camions, ces dizaines de camions qui rampent sur nos routes ; ces bateaux, ces dizaines de bateaux qui croisent sur nos côtes. Qui exportent la mort là où déjà frappe la misère.

Le Nord qui jette ses poubelles au Sud, en toute impunité. Avec l'aide précieuse de la Camorra ou d'autres mafias. Italiennes, russes… Qui ont trouvé là une nouvelle activité, juteuse et sans risque.

Avec la complicité des gouvernements. De tous les gouvernements, sans exception.

Uranium, cadmium, mercure… Pesticides désormais interdits et dont il faut éliminer discrètement les stocks. Déchets nucléaires ou biomédicaux, virus en tous genres.

Somalie, Guinée, Bénin, Togo…

François tourne les pages. Et il en faut du courage, pour tourner ces pages…

Il se brûle les doigts, les yeux. Il découvre avec horreur les fûts éventrés, largués au large de la Somalie et que l'océan vomit sur les plages au gré des tempêtes. Les décharges à ciel ouvert, avec les gamins inconscients qui espèrent dénicher leur subsistance dans cet amoncellement de détritus mortels.

Ou encore ces tonnes de boues d'hydrocarbures provenant du lavage des cuves de pétroliers ou de raffineries à la soude caustique ; abandonnées en Côte-d'Ivoire et qui empoisonnent la population locale, lentement mais sûrement. Jusqu'à ce que mort s'ensuive. Avant de contaminer les nappes phréatiques, histoire de condamner ceux qui auraient survécu à l'inhalation de ces saloperies...

Et enfin, les armes vendues par la même occasion. Pour que continue à régner le chaos permettant l'existence même de l'odieux commerce.

Ce sont les types responsables de ça qui le poursuivent depuis des jours. Il aurait dû les tuer, au gîte. Les étrangler de ses propres mains !

Oui, il aurait dû les tuer... Mais sont-ils les seuls coupables ?

Bien sûr, il y a leurs clients... Et, tout au bout de la chaîne, il y a... François. Qui ne s'était jamais demandé où allait toute cette merde. Où partaient son frigo et sa télévision usagés, l'huile de vidange de sa bagnole, son téléphone portable qui fonctionnait encore très bien mais qu'il a pourtant remplacé, son ordinateur obsolète. François, qui fermait les yeux, évitant de se poser les questions qui dérangent. Lui, comme les autres. Comme l'écrasante majorité...

Des pas dans le couloir, une clef dans la serrure lui infligent un électrochoc.

Davin sursaute au moindre bruit, maintenant.

Maintenant qu'il connaît le goût de la cavale. Celui de la chasse à courre.

Il ferme le dossier, le Petit apparaît, sourire de vainqueur illuminant son visage.

— Mission accomplie ! annonce-t-il en brandissant une mallette. Nous sommes riches !

François a du mal à répondre à son sourire. Un fût de déchets toxiques coincé en travers de la gorge.

Paul dépose le butin sur le lit, à côté de son ami. Telle une offrande, la preuve qu'il tient ses promesses.

François mate les liasses de billets alignées dans un ordre parfait.

— Y a combien ?

— Un million deux cent mille… Cent vingt briques, quoi. Alex a fait ce qu'il a pu. C'est bien, non ?

— Oui, c'est bien.

Bien que tu sois revenu en un seul morceau. Bien que tu penses avoir trouvé la solution à tous tes problèmes.

Paul s'étend sur le plumard, la tête près des billets.

— Y a un truc que je comprends pas, avoue Davin. Ton copain, Alex… si les Pelizzari t'attendaient en bas de chez lui, lorsque je t'ai déposé à Marseille la première fois, ça veut dire qu'ils étaient au courant que tu l'avais retrouvé, non ?

— Oui… Je suppose qu'ils devaient me surveiller ces derniers temps.

— Dans ce cas, pourquoi ne l'ont-ils pas descendu ? Pourquoi ne se sont-ils pas vengés ? C'est pourtant lui qui était parti avec leur marchandise !

— Tu sais, Alex est devenu puissant… Il bosse pour un mec qui tient le marché de l'héro sur Marseille.

— Un rival de Pelizzari ?

— Non, pas un rival. Ils ne boxent pas dans la même catégorie. Le Vieux donne pas dans le trafic d'héro. Il a dû penser qu'en butant Alex, il allait s'attirer des ennuis pour pas grand-chose… Y a des règles à respecter dans ce milieu !

— Ah… Mais s'il est trafiquant d'héroïne, pourquoi t'a-t-il acheté de la cocaïne ?

— Pour me dépanner. C'est entre lui et moi… Il se débrouillera pour la refourguer. C'est pour ça qu'il lui a fallu du temps ; pour trouver le pognon et commander les faux papiers.

— T'es sûr de lui ? Sûr qu'il ne va pas te trahir ? Révéler à Pelizzari où nous nous planquons ? Le prévenir que nous sommes de retour sur Marseille ?

— Non, assure Paul. Alex et moi, c'est pour la vie. Jamais il ne me vendra ! Il sait que je ne l'ai pas balancé quand on s'est fait choper par le Vieux... Il a une dette envers moi. Jamais il ne me trahira.

— Je l'espère.

— T'en fais pas pour ça. Dis, François... T'as dû visiter plein de pays toi, non ?

— Quelques-uns, reconnaît modestement François.

— Lequel t'as trouvé le plus beau ?

Davin prend le temps de réfléchir.

Des images, des endroits, des paroles. Un album entier de photos-souvenirs.

Le visage radieux de Florence.

Il hésite. Pourtant, la réponse est déjà sur ses lèvres.

— L'Inde.

— L'Inde, c'est vrai ?

— Oui... C'est le pays qui m'a le plus touché.

— Alors nous irons en Inde, conclut Paul en se mettant debout.

François le dévisage d'un air déconcerté.

— Je croyais que tu voulais découvrir les îles !

— Je te fais confiance. Si tu dis que l'Inde c'est beau, nous irons en Inde.

— Tu sais, Tahiti, c'est bien aussi !

— Je m'en doute. Mais j'irai plus tard. J'irai après...

— Après quoi ? demande François en souriant.

Il réalise alors que ça veut dire *après toi. Après ta mort*.

Son sourire s'estompe lentement. Paul s'en rend compte, il lui flanque une tape dans le dos.

— On y va ?

— Où ?

— Ben en Inde !

— Maintenant ?

— Oui, maintenant ! J'ai le fric, les faux passeports ! J'ai tout ce qu'il faut. J'aimerais juste qu'on fasse un détour… Je dois aller récupérer Marilena.

— En Roumanie ? Tu… tu vas t'y prendre comment ?

— J'en sais rien. S'il faut, je braquerai l'orphelinat ! Mais je te jure que je vais la sortir de là… Depuis le temps qu'elle m'attend.

François se lève à son tour et se cale face à la fenêtre.

Partir. À l'autre bout du monde. Avec ce gosse.

Non, avec ce tueur à gages.

Abandonner définitivement ce qui reste de sa vie.

Mais que reste-t-il de sa vie ?

— Ça va pas ? s'inquiète le gamin.

— Je sais pas…

— T'as peur de partir ? Y a quelqu'un qui va te manquer, ici ?

François cherche.

En vain.

Personne. Il n'y a plus personne. Plus rien.

Florence a disparu, ses parents aussi. Il n'a ni frère, ni sœur. Et n'a jamais eu de véritable ami. À part Paul.

— Et toi ? interroge Davin. Personne ne va te manquer ?

— Ben non, puisque je vais récupérer Marilena ! C'est la seule personne qui me manque… Tu sais… J'ai jamais cessé de penser à elle. Je lui ai écrit, quelques fois. Je lui ai promis qu'un jour, j'apparaîtrai derrière les grilles… Je lui ai même envoyé une photo de moi, pour qu'elle puisse me reconnaître lorsqu'elle me verra ! Et j'ai reçu des photos d'elle, en retour… Elle a dû changer, depuis ! Ça fait bien deux ans que j'ai pas eu de nouvelles photos.

François se remémore les paroles de la serveuse sur l'aire d'autoroute.

Faire le tour du monde. Profiter de ceux qui me sont chers.

Concilier les deux…

Je vais mourir dans les bras du Gange. Mourir dans les bras de Paul.

Ça semble soudain moins terrifiant. Pourtant, c'est la même fin.

Il songe à son père. Pourquoi n'étais-je pas là quand il est mort ? Pourquoi ne lui ai-je pas tenu la main au moment où… Parce que je n'ai pas voulu m'absenter trop longtemps du bureau. Parce qu'il aurait fallu prendre des jours et des jours de congé. Que j'aurais pris trop de retard dans mon boulot, que ça aurait contrarié les patrons pour qui je bossais.

Voilà pourquoi. C'est aussi cruel et cynique que ça.

Comment ai-je pu ? Comment ai-je pu être aussi salaud ? Comment ai-je pu faire ça à mon propre père ?

— Fais tes bagages ! lance Paul.

— J'ai pas de bagages, rappelle François en souriant. Toi non plus, d'ailleurs.

Tout juste rassembler quelques affaires éparpillées dans la chambre.

Partir les mains vides.

En quelques minutes, ils sont prêts. Ils abandonnent l'hôtel, descendent dans le parking souterrain où patiente la fidèle allemande. Mais au moment où

François démarre, son portable sonne. Appelant inconnu. Il hésite et, finalement, décroche.

— Maître Davin ? demande une voix rauque.

— Oui ?

— Surtout, ne raccroche pas.

— Mais… qui est à l'appareil ?

— Paulo est à côté de toi ?

Son cœur entame une descente en rappel vertigineuse. Il met le haut-parleur.

— Oui, il est là.

— Il peut m'entendre ?

— Oui…

— Salut, mon garçon !

Paul a reconnu cette voix si familière. Celle qui donne les ordres. Celle qui a guidé cinq ans de sa vie.

La voix du dresseur.

La voix de Bruno Pelizzari.

— Écoute-moi bien, Paulo : on veut récupérer ce qui nous appartient… Alors on te propose un marché.

Paul arrache le téléphone des mains de son ami.

— Quel *marché* ? J'veux pas de marché. Va te faire foutre !

— Tu as tort de le prendre sur ce ton, mon garçon… J'ai en face de moi une charmante gamine, vraiment très jolie ! C'est fou comme elle te ressemble. C'est comment déjà, son petit nom ?… Marilena ! Oui, Marilena. Dis bonjour à ton frère, petite !

Les deux hommes retiennent leur respiration. Ils subissent de plein fouet les hurlements terrifiés d'une enfant.

— C'est rien ! ajoute Bruno en riant. C'est juste Enzo qui s'amuse avec elle… Tu m'écoutes toujours, Paulo ?

Paul n'a même pas la force de répondre. Son interlocuteur suppose que ça veut dire oui.

— Alors voilà ce que je te propose : un échange. La marchandise contre ta sœur. C'est honnête comme deal, non ?

Paul retrouve brusquement la parole.

— Si tu la touches, je te massacre ! hurle le jeune homme. Toi, ton frère, ton père et ta mère ! J'vous arrache les tripes !

— Du calme, Paulo… Du calme, mon garçon ! Si tu refuses de coopérer, on s'occupe d'elle et, crois-moi, tu ne la reconnaîtras pas… Tu n'as pas été raisonnable, mais je suis sûr que maintenant tu vas redevenir bien sage. Alors voilà le programme : toi et ton pote, vous allez reprendre le chemin de Lyon. Je ne sais pas où vous êtes en ce moment, et je m'en balance. Mais vous avez intérêt à vous magner ! Pour pas qu'on perde patience et qu'on calme nos nerfs sur ta frangine, tu piges ? Je vous rappelle en fin d'après-midi. Je te donnerai les instructions à ce moment-là… Bon voyage, Paulo.

Il raccroche, laissant Paul figé au milieu du désastre.

Non, ils n'ont pas abandonné. Seulement changé de stratégie, trouvé le moyen de faire plier leur adversaire. Le pire des coups bas.

Paul penche la tête en arrière, ferme les yeux.

— C'est pas vrai, murmure-t-il. Mais c'est pas vrai…

François, abasourdi, ne sait pas trop quoi dire. Alors il dit n'importe quoi.

— On devrait appeler la police !

— Si je préviens les flics, ils la tueront. Je ne sais même pas où elle est !

— Dans ce cas, il faut leur obéir : on va aller à Lyon et…

Il réalise qu'ils n'ont même plus la drogue. Mais après tout, c'est secondaire.

— *Je* vais aller à Lyon, rectifie Paul d'une voix cinglante.

— Tu plaisantes ? Je ne vais pas te laisser tomber ! s'insurge François.

— Écoute, si tu viens avec moi, tu vas y rester. De toute façon, il n'y aura pas d'échange. Je ne m'en sortirai pas vivant ! Tout ce que j'espère, c'est sauver Marilena… Pour moi, c'est fini. J'ai perdu, ils ont gagné.

François lui jette un regard effaré.

— On va trouver une solution !

— Une *solution* ?… Quoi qu'il en soit, tu ne viens pas avec moi. Je vais piquer une bagnole pour remonter sur Lyon. Par contre, je vais être obligé de garder ton portable.

— Je peux pas te laisser ! Je peux pas…

Paul le fixe avec colère. Pourquoi s'acharne-t-il à ne pas comprendre ? Il sort de la voiture, fait quelques pas avant de poser ses deux mains sur le capot. François le rejoint.

— Tu leur remets le film, le dossier… Et tu leur donnes l'argent ! C'est pareil que la drogue !

— Tu crois que ça va leur suffire ? J'ai bradé cette came ! S'ils l'avaient écoulée eux-mêmes, ils auraient eu trois fois plus ! Tu crois qu'ils vont se contenter de cent vingt plaques ? Mais tu rêves ! Et puis là n'est pas le problème. Ils veulent ma peau ! Ma peau, tu comprends ?

Il se met à taper du poing sur la tôle, à filer des coups de pied dans les pneus. François subit, impuissant, bouleversé. Puis le jeune homme cesse enfin de déverser sa colère et s'effondre sur le siège passager.

— Putain ! gémit-il. Mais comment ils ont su ? Comment ils ont pu… Quelle bande de salauds ! Quelle bande de salauds…

— Calme-toi. Il faut réfléchir.

— Ils vont la tuer ! Ils vont la tuer…

— Calme-toi ! ordonne fermement François. On va trouver une solution.

Paul se ressaisit. Il relève les yeux vers son ami.

— Je vais piquer une caisse et retourner à Lyon, dit-il. Je garde ton téléphone.

— Je viens avec toi.

— Hors de question ! rétorque le gamin en prenant son sac. C'est ici que nos routes se séparent… Merci pour tout… Et… bonne chance pour la suite.

Il s'éloigne rapidement et commence à tester les portières. Il y a bien un conducteur distrait qui aura oublié de fermer sa caisse.

Davin ne bouge pas, momifié au milieu de ce sordide parking. Aspiré par un trou noir.

Il voit soudain Paul se mettre au volant d'une vieille Ford bleue, se pencher pour arracher les fils. Quelques secondes après, la voiture démarre. Marche arrière, marche avant, et la guimbarde passe devant François.

Leurs regards se croisent, un dixième de seconde.

Adieu, merci.

CHAPITRE 21

L'astre couchant lui brûle les yeux.

Paul baisse le pare-soleil.

Dans son rétroviseur, au loin, la calandre de la BMW se profile. Image tenace, coriace. François le suit depuis Marseille. Impossible de le semer sur l'autoroute avec ce tas de ferraille ! Au-delà des cent dix, le tableau de bord menace de s'écrouler. Il essaiera de le perdre dans Lyon. Parce qu'il n'accepte pas de l'embarquer dans cette ultime bataille.

Cette fois, le risque est trop grand.

Paul tente d'oublier François pour se concentrer sur ce qui l'attend. Échafauder un plan, trouver comment extraire Marilena des griffes du clan Pelizzari. Mais il n'a pas encore tous les éléments pour élaborer un stratagème. Il improvisera, comme Bruno le lui a appris.

Bruno… Cet homme qu'il n'a jamais aimé. Seulement vénéré, admiré. Pour sa puissance, son autorité, son intelligence.

Cet homme qu'il hait aujourd'hui.

Bruno, à qui il a enlevé un frère, une sœur. Qui va lui infliger la même blessure.

Œil pour œil, dent pour dent, répétait-il souvent.

Paul regarde derrière lui ; la BMW s'obstine toujours.

Paul regarde derrière lui ; des visages effrayés au seuil de la mort, des cris, des gens qui supplient.

Paul regarde derrière lui ; il voit la cohorte des victimes qui hurlent vengeance.

Il paye aujourd'hui le prix de ses fautes, celui de ses crimes. Mais Marilena n'y est pour rien. Il l'imagine, terrifiée, séquestrée par ces monstres.

— Je vais te sortir de là, Mari…

Dans son sac, il a précieusement gardé la dernière photo envoyée par l'orphelinat, deux ans auparavant, en échange d'un peu d'argent. Ainsi que les quelques mots, écrits pour lui par cette petite sœur oubliée. Non, jamais oubliée. Seulement perdue. Quelques mots maladroits. Tout juste si elle sait écrire, à son âge… Un graphisme torturé, reflet du calvaire qu'elle endure depuis si longtemps.

Ne pas pleurer. Ne pas perdre de temps. Accélérer.

Tant pis si le moteur de la Ford se met à brailler de douleur. Lyon n'est plus très loin, de toute façon. L'échéance fatale approche.

Je vais mourir.

⁂

Un dernier péage et la sortie se présente.

Bruno n'a pas encore appelé, Paul ne sait où aller. Il songe à se réfugier chez lui, mais Pelizzari a sans doute envoyé des sbires planquer en bas de son immeuble. Il décide donc de tourner en rond, d'errer sur les boulevards. Dans la circulation, il arrivera peut-être à distancer François, sangsue obstinée qui colle à sa vie. Ange gardien pour ange de la mort…

Mais il n'a pas le temps de semer l'avocat que le portable se manifeste bruyamment. Comme si Bruno possédait le don de le voir à distance.

Il stoppe précipitamment la poubelle roulante sur le bas-côté.

— Oui ?

— T'es où ?

La voix de Gustave. Le patriarche en personne.

— À l'entrée de Lyon. Je t'écoute…

C'est la première fois qu'il se permet de tutoyer Gustave. Personne, à part ses fils ou ses cousins, n'a jamais osé un tel affront.

— Tu as tout ce qu'il faut avec toi ?

— Oui.

— Bon, je vois que tu es redevenu raisonnable… C'est parfait. Je savais que tu comprendrais. C'est bien, un garçon qui a le sens de la famille !… Un bon petit qui aime sa sœur.

— Laisse ma sœur tranquille, elle n'a rien à voir avec tout ça ! On peut régler cette histoire entre nous.

— Allons, tu ne crois tout de même pas que je vais me séparer de ma carte maîtresse ? La gamine restera avec nous tant que nous n'aurons pas récupéré ce qui nous appartient.

— Je veux lui parler.

— Hors de question.

— Je veux vérifier qu'elle va bien, sinon je ne ferai rien.

— On ne l'a pas encore touchée, ne t'inquiète pas !

— Si jamais tu la touches, je te garantis que je t'expédie en enfer ! hurle le jeune homme. Toi et toute ta smala !

— Du calme, Paulo. Tu n'es pas en position de devenir menaçant. Tu peux juste fermer ta gueule et m'écouter.

— Je t'écouterai quand je serai certain qu'elle est vivante !

Gustave garde le silence quelques instants. Puis il accède enfin à la requête.

— D'accord. Je vais te la passer.

Paul serre le portable dans sa main, son cœur s'étire dans tous les sens. Depuis le temps qu'il n'a pas parlé à Marilena ! Et c'est dans ces circonstances abominables qu'il va renouer un contact… De longues secondes s'écoulent, interminable attente. Il entend juste Bruno qui ordonne à sa sœur de prendre le téléphone, qui lui explique que son frère est au bout du fil.

— Pavel ?

Paul ferme les yeux. Une voix apeurée, mais aussi gorgée d'espoir.

— Marilena ? C'est moi, Pavel ! Tu vas bien ? Ils ne t'ont pas fait de mal ?

Il n'a même pas pensé à s'exprimer en roumain. La jeune fille hurle son prénom, tout en sanglotant. Paul se brise en deux.

— Marilena ! Marilena ?

— Ça suffit ! assène Gustave en reprenant le combiné. Tu as entendu qu'elle est en vie alors maintenant, on passe aux choses sérieuses…

— Qu'est-ce que tu veux de moi ?

— Tu vas te rendre à ton ancien appartement. Dans la boîte aux lettres, tu trouveras une clef ouvrant la consigne 226 à Lyon Part-Dieu. On y a déposé une enveloppe pour toi. On te laisse une heure et on te rappelle pour te donner la suite des instructions. Une heure, pas plus.

Le silence succède aux menaces.

Paul a besoin de quelques minutes pour se remettre de ses émotions. Le cœur en berne, l'esprit en flammes, il s'efforce de recouvrer le calme nécessaire pour continuer à avancer. Pourquoi le Vieux ne lui a-t-il pas filé rancard quelque part pour procéder à l'échange ? Simple mesure de précaution pour pouvoir l'amener où il veut et le prendre ainsi en filature. Vérifier qu'il n'est pas suivi, qu'il n'a pas eu l'impudence de faire appel aux flics.

Paul lorgne dans son rétroviseur, met du temps à apercevoir la BMW. François s'est garé de l'autre côté de la rue, une trentaine de mètres derrière.

François… Il faut trouver le moyen de se débarrasser de lui. Car les tueurs se saisiront de ce témoin gênant.

Le gamin repart droit devant. Il bifurque à gauche, enfonce la pédale jusqu'au plancher, négocie un deuxième angle droit, mord un peu sur le trottoir, se fait copieusement insulter par une passante frôlée de trop près. À droite, cette fois. Il croit que François a perdu sa trace. Mais le museau de la BM ne tarde pas à réapparaître dans son sillage.

— Et merde !

Alors Paul s'engouffre dans un parking souterrain…

François hésite quelques secondes. Le guetter à une sortie ? Mais où est donc la sortie ? De toute façon, il est repéré, alors…

La BMW descend à son tour. Davin cherche la vieille Ford bleue. Premier sous-sol, deuxième… Soudain, il repère le tas de boue. Il pile devant, pour l'empêcher de repartir. Paul descend immédiatement, se campe devant sa portière.

— Sors de là ! ordonne-t-il.

François obéit.

— J't'avais dit de pas me suivre ! Tu comprends rien ou quoi ?

— Je me fous de ce que tu m'as dit ! Il y a trois heures tu voulais partir en Inde avec moi, et maintenant tu refuses que je t'accompagne à Lyon ? Tu crois que tu peux disposer de moi comme tu le souhaites ?

— Mais qu'est-ce que tu racontes ? Je veux pas que tu risques ta peau, c'est tout !

— Ah oui ? Pourtant, jusqu'à présent, ça ne t'a pas trop dérangé ! Je te signale qu'ils ont déjà essayé de me tuer…

— Peut-être. Mais là, c'est trop dangereux.

— Et alors ? Au cas où tu l'aurais oublié, je vais mourir ! Tu entends ? *Je vais mourir !* Alors qu'est-ce que ça peut me foutre de courir des risques ? Je préfère encore recevoir une balle dans le cœur plutôt que d'agoniser pendant des semaines !

Paul soupire en consultant sa montre. Il gaspille un temps précieux dans ces discussions. Davin peut bien avancer les arguments qu'il veut ; il a pris sa décision, ira seul à ce dernier rendez-vous. Il songe alors à employer la force contre son ami… Mais comment pourrait-il ?

— François, je vais mener un combat difficile, ce soir… Il faut que je sauve ma sœur, tu comprends ? Si tu es là, dans mes pattes, je vais devoir te protéger, ça va me ralentir… Je ne pourrai pas veiller sur toi !

— Tu pourrais avoir besoin de moi, argue Davin.

— Besoin de toi ? Mais tu sais qui tu vas avoir en face ? Tu te rends compte de qui sont ces mecs ?

— Je crois, oui… J'ai eu le plaisir de faire leur connaissance !

— Eh bien moi je crois que t'as pas idée de ce qui t'attend si tu vas plus loin ! Ces types sont des tueurs ! Ils t'élimineront parce que tu sais trop de choses. Ils n'hésiteront pas, tu piges ?

— Je te répète que je m'en fous. Je vais mourir de toute façon…

— Mais ce ne sera pas à cause de moi !

— C'est ça, ton souci ? La peur de te sentir coupable ? La liste de tes victimes est déjà longue, Paul ! Alors une de plus ou une de moins, qu'est-ce que ça change ?

Le jeune homme attrape soudain François par le col de son blouson, le plaque brutalement contre la voiture.

— Écoute-moi bien : j'ai pas vraiment le temps de discuter, là ! Et j'ai pas du tout envie de t'amener avec moi ! J'ai assez d'emmerdes, n'en rajoute pas…

— Les emmerdes, tu les as cherchées ! Et puis lâche-moi, tu me fais mal.

— Je pourrais te faire bien plus mal, souffle le jeune homme.

— Tu ne m'impressionnes pas, assure Davin en se dégageant.

Paul recule, dévisageant François avec désespoir.

— Merde ! gémit-il. C'est déjà assez dur comme ça !

— Je sais… Mais je vais t'aider. Je suis là pour t'aider.

— Personne peut m'aider !

— Je ne te laisserai pas tomber… Jamais.

Paul s'adosse à la voiture. Il n'a plus de force, soudain, mais se sent étrangement soulagé. D'avoir trouvé quelqu'un pour le soutenir dans son calvaire. Quelqu'un qui accepte de descendre au purgatoire à ses côtés.

— Calme-toi, murmure François.

Paul allume une clope d'un geste tremblant.

— Il faut aller chez moi et ensuite, à la gare… Il y a une enveloppe dans une consigne.

— On prend ma voiture ?

— Non… Vaut mieux garder les deux bagnoles, ça pourrait servir. Et puis faut pas qu'ils te voient.

— D'accord… De toute façon, tu ne pourras pas me semer avec cette antiquité !

Paul le fixe droit dans les yeux.

— Pourquoi tu fais ça ? demande-t-il.

— Je sais pas… Je ne cherche plus à comprendre ! Je ne veux pas te laisser… J'ai envie qu'on parte ensemble. Et on partira ensemble. Quelle que soit la destination.

CHAPITRE 22

La gare est bondée.

Flux et reflux de voyageurs pressés qui rentrent chez eux ou entament un long voyage.

Marée inhumaine et bruyante.

Paul trouve enfin la consigne 226. Numéro porte-malheur. Sa main tremble, encore. Sa main ne doit jamais trembler, pourtant.

Jamais.

Il récupère l'enveloppe, l'ouvre immédiatement. Une simple feuille blanche avec une adresse. Et le portrait en noir et blanc d'un homme.

Paul manque d'air. Il replonge dans le passé en un quart de seconde.

Non… Non, ils ne peuvent pas exiger ça de moi !

Bien sûr que si. Il aurait même dû y penser plus tôt.

Il quitte les lieux en épiant la foule autour de lui. Il n'y reconnaît personne, ça ne le rassure pas vraiment. Il rejoint sa voiture garée dans le parking souterrain. Deux rangées plus loin, la BMW patiente. François vient aussitôt s'installer sur le siège passager de la Ford.

— Alors ?

— C'est une cible. Dans l'enveloppe… Y a la photo et l'adresse d'un type que Pelizzari va me demander de descendre.

Les yeux de François s'agrandissent dans la pénombre.

— Merde !… Qu'est-ce que tu vas faire ?

— Le tuer.

Davin tourne la tête, se heurte à un pilier sale, indifférent.

L'horreur continue.

— J'ai pas le choix, de toute manière.

Le téléphone portable leur arrache un sursaut. Paul s'empresse de décrocher. La voix de Bruno, cette fois. Comme si le père et le fils s'amusaient à tour de rôle à le tourmenter.

Paul met le haut-parleur pour partager la suite des instructions avec François.

— Alors, Paulo, tu as l'enveloppe ?

— Oui. Qu'est-ce que tu veux ?

— Allons ! Ne me dis pas que tu n'as pas compris ?

— Je croyais que tu voulais le dossier et la came !

— Plus tard. D'abord, tu me débarrasses de ce type… Il s'agit d'Alain Desrovières. Je t'ai déjà parlé de lui, non ?

— Putain, mais t'es cinglé ! Je peux pas flinguer un mec comme lui !

— Faudra bien, si tu veux revoir ta sœur. C'est la condition préalable à l'échange… Soit il meurt, soit elle meurt. À toi de choisir.

Paul garde le silence. Ça vaut acceptation du contrat.

— Quand ce sera terminé, appelle la boîte, poursuit Bruno. Je te recontacterai après pour te fixer le rendez-vous. Bien sûr, je vérifierai que le boulot a été fait… De toute façon, je crois que je l'apprendrai très vite par les médias ! Le meurtre d'un homme aussi important, ça ne passe pas inaperçu.

— Je peux pas faire ça, Bruno !

— Bonne chance, mon garçon… Surtout, ne rate pas ta cible ! Sinon, j'étrangle ta frangine de mes propres mains. Mais avant, je m'occupe d'elle, si tu vois ce que je veux dire…

— Attends ! s'écrie le jeune homme. Il faut que j'en sache plus sur lui !

— Tu as son adresse. Il sera chez lui ce soir. Son appartement est au septième et dernier étage. Le code d'accès au parking souterrain est le PA 354. Il rentre chez lui entre dix-neuf et vingt heures… Il circule à bord d'une Audi grise. Bonne chance, Paulo.

— Attends !

Le contact coupé, Paul laisse exploser son désespoir.

— Putain, mais c'est pas vrai !

— Quel salaud, murmure François. C'est qui ce type ? Ce Desrovières ?

— C'est le patron de la filiale française d'un gros groupe industriel européen… Ça fait un moment que Bruno fait pression sur eux pour qu'ils leur confient leurs déchets. Il m'avait déjà dit qu'il faudrait songer à éliminer un de leurs dirigeants pour faire céder la direction, en Allemagne.

Paul pose son front sur le volant glacé.

— Un patron ? répète Davin avec effroi. Il faut prévenir la police ! Ils ne tueront pas ta sœur. Ils savent ce qu'ils risquent pour le meurtre d'une enfant.

— Tu te trompes, murmure Paul. Ils la tueront. Même si je refroidis ce type, même si je leur donne le dossier et l'argent de la came, ils la tueront… Et moi avec.

L'avocat le dévisage d'un air effaré.

— Parce que j'ai buté un des leurs ! Parce que je les ai trahis… Ça, ça ne se pardonne pas. Il faut que je paye, il faut que j'y reste. Ils assassineront d'abord Marilena et ensuite, ce sera mon tour.

— Alors pourquoi abattre cet homme ?

— Pour gagner du temps, pour essayer de trouver une solution. Pour la sortir de là… Je tuerais la terre entière s'il le fallait !

— Il faut prévenir les flics… Ils nous aideront.

— Si je fais ça, je n'ai plus aucune chance de la revoir vivante. On ne sait pas où elle est. Si les poulets interviennent, elle mourra.

François garde le silence. Où est-il ? Dans quel monde ?

Il voit défiler sa vie. Si calme, si ordonnée. Jusqu'à ce qu'il passe une IRM ; jusqu'à ce qu'il prenne la fuite et ralentisse sur le bord d'une route.

Pourtant, il ne regrette rien. Peut-être n'a-t-il plus assez de force pour les regrets. Peut-être son cerveau est-il déjà trop atteint. Déjà incapable de raisonner. Et si la tumeur avait pris des proportions gigantesques ? Et si…

— Tu vas aller acheter un portable, ordonne soudain Paul.

— Un portable ?

— Oui.

— Et toi ? Qu'est-ce que tu vas faire ?

— Je vais attendre ce mec en bas de chez lui… Quand tu auras le téléphone, appelle-moi. Pas avant vingt heures, de toute façon. Je te dirai où me retrouver.

Si je réponds pas, c'est que je n'ai pas terminé. Alors, tu laisseras un message. D'accord ?

— D'accord… Tu me diras où tu es, hein ?

— Oui, je te dirai.

⁂

PA 354.

Paul répète sans cesse ces deux lettres et ces trois chiffres.

Une fois la rue déserte, il s'approche de la grande porte métallique.

Il compose le code, retient sa respiration. Rien ne se passe.

Sa mémoire ne peut le trahir en cet instant crucial ! Il recommence, en vain.

— Bordel de merde !

La mission commence mal. Le code a changé, sans doute. Quoi qu'il en soit, il doit élaborer une nouvelle stratégie. Il regagne la Ford, vient se garer le plus près possible de l'entrée, espérant qu'un véhicule pénètre dans le parking pour pouvoir s'y faufiler.

Il prend son paquet de Marlboro dans le vide-poches, en allume une. Il est 18 h 30, l'attente risque d'être longue. Surtout que personne ne semble vouloir entrer dans ce maudit souterrain.

Dessouder un patron : de la pure folie ! Mais lui ou un autre, c'est la même chose. Il doit mourir pour sauver Marilena. Destins croisés de deux êtres qui ne se connaîtront jamais.

Il contemple à nouveau le portrait de la cible. Un homme d'une cinquantaine d'années, le visage avenant.

La main de Paul se crispe sur la feuille.

A-t-il une épouse, des enfants ? Oui, bien sûr. Une ou deux maîtresses aussi. Combien de femmes vont le pleurer, cette nuit ?

De toute façon, les mecs comme lui sont tous des pourris ! Celui-là ne peut échapper à la règle.

Paul se le répète plusieurs fois, jusqu'à ce que cette supposition devienne certitude.

Alors, les minutes s'égrènent, interminables, angoissantes. Elles coulent lentement sur le pare-brise sale, volettent doucement sous les lampadaires classieux de ce quartier rupin, se désagrègent dans le ciel qui n'est même pas étoilé.

Ce n'est que le début de la soirée. Desrovières va peut-être faire des heures sup', ce soir. À moins qu'il ne rentre pas chez lui…

Paul grille cigarette sur cigarette. Sa main ne tremble plus, pour le moment. Son Beretta est chargé, déjà à sa ceinture.

Il songe alors à François, ça lui réchauffe le cœur. Puis à sa tumeur, ça le glace d'effroi.

Brusquement, l'Audi grise apparaît au bout de la rue. Une impulsion électrique traverse Paul des orteils jusqu'à la racine des cheveux. Garder son sang-froid, reprendre les vieilles habitudes. Réapprendre à tuer, froidement.

Redevenir l'ange de la mort…

La grille du parking glisse lentement vers la gauche, la berline s'engouffre dans la pénombre. Paul s'élance, discret, rapide. Implacable. Il s'introduit dans le sous-sol qui ne compte qu'un niveau. Se dissimule derrière les véhicules stationnés pour armer son Beretta.

Les types comme lui sont tous des pourris. Sa vie contre celle de Marilena.

Mon sang, ma chair, ma seule famille.

L'Audi s'est arrêtée dans le fond du souterrain. Alain Desrovières en descend, un attaché-case à la main. Il récupère sa veste sur la banquette arrière, actionne la télécommande pour verrouiller les portières. Des gestes simples, mécaniques, accomplis tous les soirs.

Qu'il n'accomplira plus jamais.

Il ne voit pas l'ombre qui le guette. Le néant qui a ouvert une gueule béante, déjà. Pour l'engloutir à tout jamais.

Il marche vers l'ascenseur d'un pas tranquille, songeant peut-être au bon petit plat que lui a préparé son épouse dévouée.

Le fauve sort des ténèbres. Desrovières se fige, d'instinct. Une apparition foudroyante. Un regard clair qui le dévisage avec tristesse. Désespoir, presque. Des yeux qui demandent pardon.

Mais pardon de quoi ?

Il n'a pas encore remarqué l'arme que ce jeune inconnu serre dans sa main droite.

— Bonsoir…

— Bonsoir, répond Paul. Vous êtes bien Alain Desrovières ?

— Oui, c'est moi. Pourquoi ?

— Parce que je vais vous tuer.

Paul lève son bras droit. La cible laisse tomber sa veste, ne cherchant même pas à fuir. Paralysie face à la mort.

Paul fait deux pas en avant ; cette fois, Desrovières recule. Il se retrouve dos au mur.

— Non ! implore-t-il en mettant sa mallette devant son cœur, comme un gilet pare-balles.

— Je n'ai pas le choix.

— Mais pourquoi ? Pourquoi moi ? Qui veut me tuer ? Qui ?

Ultime cadeau. Lui révéler l'identité de son bourreau. Qu'il ne meure pas dans cette intolérable incertitude.

— Gustave Pelizzari et ses fils. Ce sont eux qui veulent votre peau. Moi, je dois leur obéir pour sauver ma sœur qu'ils retiennent en otage.

— Mais… On pourrait appeler la police ! tente Desrovières. On pourrait…

Une phrase qu'il ne finira jamais.

Une balle vient de l'atteindre, en plein milieu du front. Détonation assourdissante qui résonne encore contre les murs de cette tombe de béton.

Desrovières lâche son attaché-case et s'effondre. Sa bouche est restée ouverte, crispée sur ses dernières paroles. Quelques soubresauts agitent son corps.

Paul s'approche ; grand froid dans sa tête, grand vide dans son ventre. Il faut signer. Deux balles dans le cœur.

Il reste pétrifié un instant avant de s'évaporer à la vitesse de la lumière.

⁂

Sale.

Tellement sale.

Arrêté dans une rue, non loin du parc de la Tête d'Or, Paul essuie sa main droite. Il s'acharne à l'aide d'un mouchoir en papier déniché dans la boîte à gants.

Pourquoi moi ?

La voix de sa victime ondule dans son crâne telle une brise assassine. Il continue de frotter sa main. Elle ne porte aucune trace, pourtant.

Juste une invisible souillure.

Paul a l'impression que son visage même est maculé d'hémoglobine. Il vérifie dans le rétroviseur. Non, son visage aussi est intact.

Les sirènes, au loin. Trop tard.

Il n'a jamais raté une cible. Jamais.

Il jette le mouchoir déchiqueté par la portière, allume une cigarette et prend le portable pour composer le numéro de la boîte, une des discothèques de Bruno. Il compte les sonneries. Il y en aura sept. Un homme décroche.

— Oui ?

— C'est Paulo. C'est fait.

Il raccroche, retombe dans sa solitude meurtrière. Les larmes tentent un come-back, Paul les refoule. Pourquoi pleurer cet homme ? Cet inconnu.

Non, ce n'est pas pour lui qu'il a envie de chialer. Pour qui, alors ? Pour Marilena, peut-être. Presque devenue une étrangère, elle aussi. Des années, passées si vite. Passées si loin. Pourtant, jamais il n'a cessé de penser à elle. Comme on pense à son avenir.

Des larmes pour lui, alors. Pour rattraper le temps perdu. Pour toutes celles qu'il n'a pas versées.

Il se laisse aller à nouveau, évacue le trop-plein. Ou le trop vide. Il ne sait plus très bien. Il se laisse submerger, soulagé.

Les visages défilent. Sa mère, ses sœurs. Alex, Mihail, Iosif. Gustave, Bruno. Même son père. Et puis, c'est l'interminable cortège. Celui des victimes.

Jusqu'à ce que le portable sonne à nouveau. Il sèche ses yeux.

— Allô ?

— C'est moi, François… T'es où ?

— Près du parc de la Tête d'Or.
— Tu… Tu l'as fait ?
— Bien sûr.
Un long silence accueille l'aveu du crime.
— Où dois-je te rejoindre ?
— On peut se retrouver devant un bistrot… Ça s'appelle le Temple, c'est deux rues derrière la gare.
— Le Temple, OK. J'y vais tout de suite.
— Je t'attends.
— Pelizzari a rappelé ?
— Pas encore.
Ils se séparent. Paul garde le téléphone dans sa main. Pourvu que la batterie tienne le choc. Pourvu que *je* tienne le choc.

Il essuie une deuxième tempête. S'invente une nouvelle vie, s'écrit un autre passé.

Il voit son père surgir derrière les grilles de l'orphelinat. Son père qui vient le chercher, enfin.

Il a le visage de François.

Paul disparaît dans les toilettes. Il se lave frénétiquement les mains, jusqu'à se brûler la peau sous l'eau chaude. Puis il s'asperge la figure. C'est la quatrième fois depuis qu'ils ont investi ce bistrot ringard.

Trois heures qu'ils attendent le coup de fil de Pelizzari. Ce salaud de Bruno est capable de les laisser poireauter plusieurs jours ! Une vengeance comme une autre. Une torture raffinée.

Encore un peu de savon, pour venir à bout du sang imaginaire. Ça ne lui faisait pas ça, avant. Alors pourquoi ce soir ?

Parce qu'il a changé.
— Ça va ?

Il relève la tête, tombe nez à nez avec François, à l'envers dans le miroir.

— Ouais.

— Ça fait au moins dix fois que tu te laves les mains, Petit…

— Et alors ?

— Alors rien… S'il n'appelle pas ce soir ?

— On avisera. On se trouvera un coin pour dormir. C'est pas compliqué… Mais tu peux encore te tirer, si tu veux… Il est encore temps.

— Non, je ne veux pas te laisser.

— Pourquoi ?

— Je ne sais pas.

Te laisser ? Pour faire quoi ? Pour aller où ?

Ne pas perdre l'ultime repère dans cette vie sens dessus dessous. Depuis des jours, François se cherche une raison de mourir. Une seule bonne raison.

Il l'a trouvée ; elle est là, devant lui.

Il sourit tristement au miroir ; la plupart du temps, on se cherche une raison de vivre.

Pas une raison de mourir…

⁂

Il y a des journées plus longues que les autres.

Qui se déroulent à l'infini.

Depuis plus d'une heure, Paul est figé devant la fenêtre entrouverte, droit comme un piquet. Comment parvient-il à rester ainsi debout, quasiment immobile ?

François l'observe, tout en marchant. Il a enfin vaincu le mal de tête qui l'avait cueilli au réveil. Des douleurs atroces, lancinantes. Des vertiges, des nausées.

La routine, presque.

Maintenant, François tourbillonne dans cette chambre d'hôtel avec vue sur rien.

Alors, qu'est-ce que le gosse peut bien contempler au travers de ces carreaux dégoulinants de pluie ? Comme hypnotisé, victime d'un sort. Sans doute se concentre-t-il sur les événements à venir. Si Pelizzari se décide enfin à appeler. À les délivrer de cette terrible attente.

Mais peut-on être pressé de courir vers sa propre perte ?

— Si on faisait une copie du dossier ? suggère soudain François. Lorsque tu seras devant Bruno, tu lui dis que j'ai une copie et que s'il ne vous laisse pas partir, je la file aux médias…

— Mauvaise idée.

— Pourquoi ?

— Parce que dans ce cas, ils vont torturer Marilena jusqu'à ce que je leur dise où tu es.

François baisse les yeux. Évidemment… Il reprend son chemin de ronde.

— Calme-toi, prie soudain Paul d'une voix autoritaire.

— Je ne peux pas !

— Eh bien force-toi !

— Comment veux-tu que je me calme ? s'emporte Davin.

— Tu t'assois et tu attends. Y a rien d'autre à faire, de toute façon…

— Et s'il n'appelle pas, hein ?

— Il appellera. Il veut récupérer le dossier et la came. Il est obligé d'appeler. Il peut pas faire autrement.

— Et si les flics te retrouvent ?

— *Et si, et si !* Pourquoi veux-tu qu'ils me retrouvent ? Personne ne m'a vu, le parking était désert.

— Comment peux-tu en être aussi sûr ?

— Ça va, fais pas chier ! s'écrie le jeune homme. Je connais mon boulot !

Il y a des phrases à éviter. François a envie de mordre.

— Je te fais chier ? Mais je suis là pour toi, pour t'aider je te rappelle !

Paul se retourne enfin, Davin encaisse un regard dont la dureté lui file la chair de poule.

— Je ne t'ai pas demandé de m'aider, souligne-t-il posément. Et j'ai comme l'impression que tu perds ton sang-froid.

Le visage de François se crispe. Oui, il perd son sang-froid. Oui, il est mort de trouille.

Hier soir, il avait l'impression qu'il serait serein face à l'échéance fatale. Qu'il trouverait le courage de l'affronter.

Mais un sentiment chasse l'autre dans un moment aussi crucial. Tour à tour fort et lâche, inconscient et raisonnable. Il ne sait plus très bien qui il est, ni ce qu'il fait en compagnie de ce jeune meurtrier.

Capable d'abattre froidement un homme désarmé à bout portant.

Dans sa tête, un mélange inextricable, une confusion insupportable. Il rêve de calme, de choses bien claires, bien tranchées, bien rangées. Ce confort qu'il a connu durant des années, qu'il avait construit pour y trouver refuge, évitant les situations dangereuses, les troubles, les dilemmes et les questions. Cette routine qui l'énervait mais qu'il regrette amèrement aujourd'hui.

— Tu peux toujours changer d'avis, ajoute Paul en pivotant à nouveau vers la fenêtre. Je ne t'en voudrai pas. Tu peux prendre un peu d'argent et partir. À vrai dire, si c'est pour te voir dans cet état, je crois que j'aimerais mieux continuer sans toi.

Soudain, François enfile son blouson et rassemble ses affaires. Comme s'il attendait le signal. Il empoche les clefs de la BM, s'approche de Paul.

— Je m'en vais. Je te laisse le portable.

Paul se dirige vers le lit, sans même le regarder. Il saisit le sac planqué dessous, y récupère plusieurs liasses.

— Prends ça, dit-il. Y a vingt plaques.

— J'en veux pas !

— C'est... C'est pas pour toi, précise le jeune homme. C'est pour Marilena. Si jamais j'y reste, je voudrais que tu lui donnes ça... Enfin que tu donnes ça à son orphelinat.

— Parce que tu crois que si, par miracle, ils lui laissent la vie sauve, ils vont sagement la ramener dans son orphelinat ? Tu rêves, Petit !

Paul baisse les yeux à son tour.

— Si tu arrives à les décider de l'épargner, ces salauds la foutront sur le trottoir, et tu le sais.

— Elle sera toujours mieux sur le trottoir que dans un cercueil.

— Tu es sûr ?

— Quoi alors ? Je dois la laisser mourir ? Prends ce fric, François. Fais ça pour moi... Tu... Tu pourras toujours essayer de la retrouver... Sinon, donne-le à qui tu voudras.

François consent à emporter l'argent. Si ça peut le soulager.

— OK. Si c'est pas pour moi, j'accepte.

— Va-t'en, maintenant.

Paul retourne face à la fenêtre. Il ne veut pas voir François déserter. Il entend, seulement. La porte s'ouvrir, puis se refermer. Lourdement.

Avec l'impression qu'un poignard s'enfonce entre ses omoplates.

Et qu'une main assassine tourne le manche, plusieurs fois.

Solitude effrayante.

Il quitte enfin son poste d'observation pour s'étendre sur le lit défait. Cette fois, il sait qu'il ne s'en sortira pas. Comme si le départ de François marquait la fin de l'aventure. Comme si son père l'abandonnait une deuxième fois.

Seul, face à une mort annoncée. Déjà écrite.

Seul, face à ses victimes qui reviennent le hanter.

Seul, comme toujours.

Puis le téléphone sonne, tout son corps tressaille, tel un morceau de cristal qui menace de se briser.

Gloire et louange à toi, Satan, dans les hauteurs
Du Ciel, où tu régnas, et dans les profondeurs
De l'Enfer, où, vaincu, tu rêves en silence !

Les Fleurs du mal, CXX,
« Les Litanies de Satan », prière

CHAPITRE 23

Tel un monstrueux reptile, le fleuve rampe dans les ténèbres.

Silencieux, noirâtre. Profond.

Une obscurité totale, épaisse, ricane aux vitres de la Ford.

Paul s'engage sur le pont de Vernaison. Au loin, s'élèvent sans grâce les cheminées géantes des raffineries, verrues implantées le long du Rhône.

Il vérifie à nouveau dans son rétroviseur. Quelques rares automobilistes s'aventurent dans ce coin qui effraie même la nuit ; mais pas de BMW en vue. Et ça lui fait mal, à Paul. De se savoir abandonné. Même si c'est lui qui l'a voulu.

Même si tout est sa faute.

Un échangeur l'emporte vers une départementale qui longe les voies ferrées.

Gare de triage de Sibelin. Paysage inquiétant, béton, acier et tôle mélangés sous une voûte électrifiée.

Il ralentit, scrutant autour de lui. Bientôt, il découvre le dépôt de marchandises de la société STL.

Le lieu du rendez-vous.

Sa tombe, sans doute. Sépulture sans la moindre épitaphe.

Deux voitures sont stationnées devant ; la Mercedes grise de Bruno, la Jaguar du Vieux. Il range la Ford entre les deux beautés mécaniques, coupe le moteur essoufflé. Une faible lumière se déverse de l'entrepôt.

Ça y est, Paul est au terminus.

Terminus de sa vie.

Mais, avant le grand plongeon, avant de rejoindre Satan, il reste à honorer l'ultime contrat.

Sauver Marilena.

Il récupère sur le siège passager le sac contenant l'argent de la drogue et, surtout, le dossier et le film sur les déchets toxiques.

Maintenant, il faut se jeter dans la gueule du loup. Il est finalement soulagé que François ait renoncé à le suivre dans cette infernale dimension.

Ne pas flancher, pas maintenant. Ne pas reculer face à l'ennemi. Ne pas craindre la mort.

Ce soir, c'est mon tour.

Ce soir, je vais mourir. Et ce n'est qu'un juste retour des choses.

Il inspire profondément, se dirige vers le hangar, chrétien rejoignant l'arène où rugissent les fauves affamés. Il entend un pas derrière lui, se retourne. Bruno braque un automatique dans sa direction. Enzo ne tarde pas à apparaître dans son sillage, sortant de l'ombre comme une bête féroce. Tandis que le frère aîné le tient en joue, le cadet le fouille méthodiquement, lui confisquant son sac et son Beretta qu'il met dans son pantalon, telle une prise de guerre.

— Entre, ordonne Bruno.

Paul pousse la porte métallique, découvre un immense labyrinthe de piles de cartons et de caisses.

— Avance !

Ils marchent vers le fond du bâtiment, jusqu'à un local aux vitres poisseuses. À l'intérieur, Paul se campe face au Vieux, installé dans un fauteuil, derrière un bureau bancal. Il fixe son ancien esclave d'un air satisfait ; le gamin affronte sans sourciller les lumières brunes qui étincellent au milieu d'un visage usé par le temps comme l'eau creuse les falaises de calcaire.

— Alors, Paulo ? Te voilà revenu au point de départ, on dirait !

Il préfère ne pas répondre. À quoi bon ?

— Et ton pote ? interroge Bruno.

— Il s'est tiré… Où est ma sœur ?

— Charmante, la demoiselle ! ironise Gustave. Un vrai petit ange, tu sais !

— Où est-elle ?

— Où est ton pote l'avocat ? reprend Bruno.

— Il s'est tiré, je te dis ! répète Paul. Il m'a laissé en plan.

— Où est-il allé ?

— Comment veux-tu que je le sache ? Il va mourir, de toute manière. Ses jours sont comptés… Et il ne sait pas grand-chose.

— Ben voyons ! ricane Bruno. Donne-le, ça vaudra mieux pour toi…

— Il m'a pas laissé d'adresse ! Il est pas cinglé, il sait que vous le cherchez.

— On va lui mettre la main dessus, annonce Bruno.

— Je m'en doute, murmure Paul.

— Et où est ma marchandise ? demande Gustave.

— Là…

Bruno dépose le sac de sport devant son père. Il en extirpe le dossier qu'il vérifie rapidement. Les Pelizzari semblent ravis de voir revenir vers eux ces preuves encombrantes qui se sont trop longtemps baladées dans la nature. Et qui alimenteront bientôt un bon feu de cheminée.

Puis Bruno découvre la mallette pleine de billets. Passé l'étonnement, il foudroie Paul du regard.

— Qu'est-ce que ça veut dire ?

— J'ai vendu la came, bien avant que tu m'appelles.

— Y a combien ?

— Un million.

— Tu plaisantes, j'espère !

— Non. Un million, répète Paul.

— *Un million* ? s'étrangle le Vieux.

— Ouais, cent briques, acquiesce Paul.

Bruno le plaque contre la cloison du bouge infâme. Les vitres menacent de s'écrouler.

— Tu te fous de notre gueule, en plus ? Tu sais combien devait nous rapporter cette dope ? Cent briques, c'est presque le prix qu'on l'a payée !

— Eh bien comme ça, vous rentrez au moins dans vos frais !

Bruno le maintient contre le mur, écrasant sa gorge avec l'avant-bras. Des rictus nerveux éperonnent son visage.

— Lâche-le, ordonne Gustave.

Le fils desserre son étreinte à contrecœur, Paul reprend sa respiration. Bruno met quelques secondes à recouvrer son flegme légendaire.

— C'était pas notre marché, Paulo, rappelle-t-il d'une voix sinistre.

— J'y peux rien. C'est tout ce que j'ai…

— Et tu penses que ça va nous suffire ?

— J'ai descendu le type ! Desrovières... Ça doit bien valoir quelque chose, non ?

Gustave allume un cigare, étend ses jambes rhumatisantes.

— Du beau boulot ! admet-il en souriant. Je vois que t'as pas perdu la main ! Dommage que t'aies voulu raccrocher... T'étais vraiment fait pour ça, mon garçon.

— Où est ma sœur ?

— On verra ça plus tard... Où est ma came ?

Paul réalise que c'est une chance d'avoir vendu la drogue. Il a encore de quoi marchander. De quoi gagner un peu de temps.

— Où est ma came ? répète le Vieux.

— Où est Marilena ?

Gustave soupire. Il sait que le Petit peut résister à tout. Aux coups, à la torture. Ça pourrait durer des heures. Or il a envie de rejoindre son lit douillet.

Il adresse un signe à Enzo, qui disparaît dans la gueule obscure et fétide du hangar. Paul l'entend passer un coup de fil. Puis il revient bien vite.

— Elle arrive.

Le cœur de Paul s'emballe. Elle arrive... Marilena arrive !

Dans un mutisme macabre, les quatre hommes attendent. Seulement quelques minutes. Dix, à tout casser. Paul est debout contre le mur, dans un angle, les bras derrière le dos. Le Vieux n'a pas quitté son fauteuil, Bruno s'est assis sur le bureau, Enzo sur une caisse. Droit d'aînesse oblige.

— Tu croyais que je ne savais pas pour ta frangine, hein ? balance soudain Gustave. Tu crois pouvoir me cacher des choses, Paulo ?

— Y a longtemps qu'on est au courant ! ajoute Bruno. On sait que tu lui envoyais un peu d'argent et des lettres… On a même trouvé une photo d'elle dans ton appart.

Paul se maudit en sourdine. Il a commis des erreurs impardonnables. Qui le conduisent là, aujourd'hui.

— Alors, on a envoyé une équipe dans ton pays de merde pour la récupérer. Et on a laissé deux types là-bas, des fois que tu te pointes à ton tour pour aller la chercher… Mais heureusement, ce con d'avocat s'est décidé à allumer son portable !

La porte de l'entrepôt grince, des pas fendent ce silence étouffant.

Marilena, encadrée par deux molosses.

Pour Paul, un choc.

Terrible.

Elle a tellement changé, tellement grandi ! Elle est devenue une jolie jeune fille, à présent. Beaucoup trop maigre, mais… Son visage respire encore l'enfance malheureuse. Paul l'aurait reconnue entre mille. Ses yeux, eux, sont toujours les mêmes. Deux grandes alcôves bleues, magnifiques et tendres.

Lorsqu'elle voit son frère, les traits de Marilena se détendent, son regard s'illumine. Elle se jette dans ses bras, en hurlant son prénom. Il la serre contre lui, la décolle du sol.

— *Bunã Ziua, Marilena*, murmure-t-il. *Ce mai faci ?*

— *Bine… Dar sunt obositã !*

— *Mã bucur sã te vãd !*

— *Unde suntem ?*

— Eh ! gueule Bruno. Parlez français, OK ?

— Je lui demandais si ça allait, explique Paul en la reposant par terre. Elle me dit qu'elle est fatiguée, me demande où elle est…

Il repousse gentiment sa sœur, récupère ses larmes sur son pouce.

— Ne t'inquiète pas, Marilena. Ça va aller…

— Bon, ça suffit ! décrète Gustave. Tu l'as vue, alors maintenant, sortez-la d'ici !

Les deux hommes de main veulent s'emparer de la gamine, Paul recule en la tenant derrière lui.

— Où vous l'emmenez ?

— À l'abri. Tu préfères qu'elle reste là pour assister à la suite, Paulo ?

Il renonce. Mais Marilena refuse de le lâcher.

— N'aie pas peur… Tout va bien, maintenant. Je viens te chercher bientôt.

Les chiens de garde l'emportent enfin. Le Vieux retourne à son obsession.

— Bon, t'as vu ta frangine ? Tu as pu constater qu'on ne l'a pas maltraitée ? Alors dis-moi où est ma came.

— Vendue, j'te dis ! Sinon, où j'aurais pris tout ce fric, hein ?

— À qui ?

— Je connais pas son nom. J'ai branché un dealer, il a contacté son patron. J'ai vendu aussi vite que je pouvais, au premier qui m'a fait une offre.

— Tu l'aurais pas plutôt fourguée à Alexandru, ta came ? soupçonne Bruno.

Le visage de Paul ne trahit rien.

— Je suis pas cinglé ! L'échange s'est passé à Montpellier. Mais le nom du mec, j'en sais foutrement rien !

— Tu veux que je rappelle mes hommes ? Qu'ils ramènent la petite ?

Bruno s'approche, tout près. Et murmure :

— Tu veux qu'on la baise devant toi, Paulo ?

Paul blêmit, à peine. Sa tension artérielle fait un bond impressionnant. Pourtant, il garde un air impassible.

Ne pas paniquer.

— Tu perdrais ton temps... Je connais pas le nom de ces types. Votre poudre, vous pouvez faire un trait dessus. Fallait me laisser partir !

— On ne quitte pas la famille comme ça ! martèle Gustave avec colère.

— Après tout ce que j'ai fait pour vous ! s'insurge le gamin.

— Et moi ? rappelle Bruno. Je ne t'ai pas laissé la vie sauve ? Je ne t'ai pas traité comme un fils ?

— *Comme un fils ?*

Paul préfère arrêter de les provoquer. Ne pas attiser leur colère.

Le Vieux quitte enfin son fauteuil. Résigné à se satisfaire de ce qu'il a obtenu. Le principal, c'est que l'enquête de la fouille-merde italienne soit en lieu sûr. Pour le reste...

Il se plante face à Paul.

— Tu m'as trahi, mon garçon. Et ça, c'est impardonnable. Je t'aimais bien, tu sais... Oui, j'avais de l'affection pour toi. Je crois que j'aurais pu faire une exception pour toi. Seulement, tu as fait bien plus grave que me trahir... Tu m'as enlevé ma fille et surtout, un de mes fils. Pour ça, il n'y a aucun pardon possible... Tu le sais, n'est-ce pas ?

— Oui, je le sais. Mais c'était lui ou moi. J'avais pas le choix ! Quant à Adelina, je ne l'ai pas forcée. Et ce sont tes hommes qui l'ont abattue !

— À cause de toi, Paul. À cause de toi… De toute façon, elle n'a eu que ce qu'elle méritait. J'espère seulement que Dieu lui pardonnera. Mais Marco… Marco, c'est une plaie dans mon cœur. Une souffrance que seul ton sang pourra apaiser !

— Ma sœur n'a rien à voir avec ça. Maintenant que je suis là, tu vas avoir ce que tu veux… Tu vas pouvoir me tuer. Alors libère-la ! Elle n'est pour rien dans tout ce merdier !

Sa mission est là. La mission de sa vie. Décider le Vieux et surtout Bruno à épargner Marilena. Il va falloir ramper, peut-être. Et après ?

— Pourquoi je t'accorderais cette faveur ? Tu m'as volé, tu m'as trahi, tu as tué mon fils…

— Ouais ! ajoute Bruno avec rage. Tu as tué notre frère, alors on va buter ta sœur ! Œil pour œil, dent pour dent !

— Ça ne vous ramènera pas Marco !

— Mais ça va nous soulager, assène Enzo. Le pire, c'est que tu vas être au spectacle ! On va aller la chercher, on va s'occuper d'elle et…

Perdant brusquement son calme, Paul se jette sur le cadet. Bruno intervient, la lutte est acharnée, violente. Une droite dans la mâchoire envoie le gamin valser contre la cloison. Puis il encaisse une dérouillée d'anthologie ; déluge brutal de coups de pied, de coups de poing. Paul ne fait pas le poids face aux deux frangins, véritables forces de la nature. À terre, il capitule enfin, se recroquevillant sur ses douleurs. Mais

Enzo continue à cogner, avec les mots et un odieux sourire.

— On va se la faire, ta sœur ! Je suis sûr qu'elle est bonne !

Paul reste un moment inerte. Puis, dans un sursaut de dignité, il essaie de se relever. Il se regroupe, s'accroche à une caisse en bois. Nausée, vertige.

— T'es bien par terre ! beugle Bruno en lui administrant un ultime coup de pied dans le dos. Restes-y !

Paul abdique, il renonce à se mettre debout. Une main amarrée à la caisse, l'autre pressée sur son abdomen, il compte les perles d'hémoglobine qui gouttent sur le béton sale. Ne pas tourner de l'œil.

Réfléchir, trouver les mots. Paul sait qu'il a encore une chance. Parce que le Vieux n'a jamais aimé s'en prendre aux enfants. Ni lui, ni Bruno d'ailleurs. Oui, il doit bien y avoir encore une parcelle d'humanité chez eux. Quelque part…

— Je vous en prie !

Implorer, il ne reste plus que ça. Il est venu jusqu'ici pour sauver Marilena. Il a décidé de donner sa vie pour ça.

— Je vous en prie, laissez-la partir…

Il sonde le visage buriné du patriarche, y espérant une once de pitié.

— Pourquoi te ferais-je ce cadeau, mon garçon ?

— Je pouvais plus continuer, explique-t-il en baissant les yeux. J'y arrivais plus… C'est pour ça que j'ai voulu partir. J'ai essayé de vous le dire mais vous n'avez pas voulu m'écouter ! Je voulais pas vous trahir. Je voulais juste arrêter. Elle n'est pour rien dans tout ça… S'il vous plaît.

Le Vieux retourne s'asseoir, Bruno s'appuie au bureau. Il semble bien s'amuser. Il tient sa vengeance, enfin. La savoure pleinement.

Paul veut encore se redresser, comme par réflexe. Mais Enzo veille au grain. Nouveau choc dans le dos.

— Je retravaillerai pour vous ! essaie Paul en désespoir de cause. Je buterai qui vous voudrez si vous la laissez partir !

Les Pelizzari éclatent soudain de rire. En chœur.

Paul s'attend au pire.

Bruno s'accroupit, enfonce ses prunelles de charbon au fond des siennes.

— On va pas la tuer, ta petite sœur… On n'a jamais eu l'intention de la tuer !

Le Petit connaît un instant de bonheur, fugace. Aurait-il gagné ?

Mais ce qu'il lit dans les yeux de son tortionnaire le ramène bien vite à la réalité. Bruno donne le coup de grâce.

— Tu es encore plus con que je le pensais, Paulo ! Flinguer une gamine mignonne comme ça, c'est vraiment un sacrilège, non ? Du gaspillage…

— Qu'est-ce que vous allez faire d'elle ?

— La vendre, bien sûr.

— Mais… Elle n'a que quatorze ans !

— Ben justement, on la vendra un peu plus cher, comme ça ! J'ai déjà trouvé un client, figure-toi. Mes hommes l'ont emmenée à l'usine, il doit venir la chercher cette nuit.

Bruno se relève, Paul entame une chute vertigineuse.

— Eh oui ! renchérit Enzo d'un ton sadique. Elle va partir en Belgique, ta sœurette ! Et crois-moi sur parole, elle va apprendre des tas de choses qu'elle connaît pas encore !

— Tu imagines, Paulo ? poursuit Bruno. Tu imagines ce qu'ils vont lui faire subir ?...

Ils rigolent encore un bon coup. Paul n'arrive plus à respirer.

Oui, Marilena va rester en vie. Mais s'il le pouvait, en cet instant, il la tuerait de ses propres mains pour lui éviter ça. Il sent les larmes arriver. Ses nouvelles amies depuis des jours. Il tente de les refouler, n'y parvient pas.

— Oh ! Vous avez vu ça ? s'exclame Enzo. T'es devenu une gonzesse ou quoi ?

Encore une bonne raison de se marrer. Ils ont tout ce qu'ils voulaient ou presque.

Il est temps de passer à la conclusion.

Bruno et Enzo remettent le gamin sur ses pieds, le tenant chacun par un bras. Paul croise le regard du Vieux. Inutile de supplier encore, ça ne servirait à rien.

Ils lui attachent les poignets dans le dos.

— On va même pas gaspiller une balle pour toi, chuchote Bruno dans son oreille. On va te ligoter les chevilles et te balancer dans le Rhône... J'espère que tu sais nager, mon garçon ?

— Tuez-moi d'abord !

Sa prière s'échoue dans le néant.

Paul vacille, suffoque de plus belle. Mais il ne peut plus tomber, solidement retenu par deux poignes d'acier qui l'entraînent vers son funeste destin.

Plus d'espoir, plus d'avenir.

Plus rien.

Il n'a même pas sauvé sa sœur. Même pas sauvé ces enfants qui meurent en Afrique. Même pas sauvé François. Même pas sauvé sa propre peau.

Il a échoué. N'a pas rempli le contrat.

Il continue à sangloter, terrorisé comme jamais il ne l'a été. Si, le jour où il s'est retrouvé dehors, avec la main d'Huna dans la sienne, avec Marilena dans ses bras. Oui, la même frayeur que ce jour-là.

Ils sont presque à la sortie ; le Vieux suit, retardé par ses douleurs. Il veut assister à l'exécution.

Soudain, la porte s'ouvre de l'extérieur.

Paul croit rêver. Un mirage, une apparition divine. Une hallucination, peut-être...

Une silhouette, postée à l'entrée du hangar. Forme humaine noyée dans l'obscurité et le brouillard qui émane du fleuve. Il écarquille les yeux... C'est bien François, un flingue dans chaque main.

— Lâchez-le ou je tire dans le tas !

D'ailleurs, il tire directement dans la pile de cartons à droite de Bruno.

— Jetez vos armes !

Bruno hésite. Il pourrait toujours essayer de dégainer. Ce bourge ne doit pas savoir viser ! Mais pour les rater à cette distance il faudrait qu'il soit aveugle ou complètement bourré.

Les deux frères déposent l'artillerie sur le sol.

— Détachez-le, maintenant.

Paul se retourne, Bruno desserre ses liens.

— Tu vas pas t'en tirer comme ça, Paulo... N'oublie pas qu'on a ta sœur.

— Plus pour longtemps, annonce le gamin.

Enfin libre de ses mouvements, il se hâte de ramasser les deux calibres qui gisent dans la poussière, dont le sien. Il sait que le Vieux n'est pas armé, Enzo rarement. Seul Bruno porte un Glock. Ils sont donc à sa merci.

Paul recule jusqu'à François en les tenant en joue.

— Qu'est-ce que tu fous là ?!

— Ce que j'ai à faire, réplique simplement Davin.

— Va dans la voiture…

— On les enferme ?

— Attends-moi dans la voiture, répète le gamin. J'en n'ai pas pour longtemps.

François s'évanouit dans la brume, Paul ajuste son tir. Le Glock à gauche, le fidèle Beretta à droite.

Tueur ambidextre, Paul.

Les Pelizzari restent sans réaction, paralysés par la mort qui leur chuchote des horreurs dans le creux de l'oreille. Le patriarche se tourne alors vers son fils aîné. Dans ses yeux, un message que Paul déchiffre aisément.

Un ultime reproche.

— Ouais, il n'aurait jamais dû m'épargner ! lance-t-il. C'est ça que t'as envie de lui dire, pas vrai, Gustave ? À cause de ça que toute la famille va crever… À cause de lui. Vous voyez, vous auriez dû me rendre ma liberté…

Les deux premiers coups de feu atteignent le Vieux, en pleine tête, et Bruno dans la cage thoracique. Tandis qu'ils s'effondrent, Enzo se précipite sur le côté, entre deux piles de cartons. C'était à prévoir. Il n'allait pas se laisser tirer comme un lapin !

Paul s'avance.

— Sors de là, Enzo…

Ça va être difficile de le retrouver au milieu de ce dédale. Mais l'instinct du chasseur se réveille. Il ne doit laisser personne derrière lui. Personne qui pourrait chercher à se venger.

Il faut décimer la tribu une bonne fois pour toutes.

La traque s'engage. La lumière est faible, l'entrepôt immense. Et le temps presse. Il faut arriver avant que Marilena ne soit enlevée par cet esclavagiste belge.

— Montre-toi, Enzo… Qu'est-ce qui se passe ? T'as les foies ?

Paul longe les parois abruptes de marchandises.

Subitement, la silhouette de Pelizzari surgit.

Un éclair, un bruit assourdissant.

Paul se jette à terre. Heureusement pour lui, Enzo n'a jamais su manier un flingue.

Il entend le pas du gibier qui s'éloigne. La donne a changé, sa cible est armée.

Quel con ! J'aurais dû vérifier.

— Tu m'as raté, Enzo ! clame-t-il haut et fort. Mais moi, je te raterai pas… Et tu le sais.

Paul décide de prendre de la hauteur. Il se lance dans l'escalade périlleuse d'un amoncellement de caisses. En haut, il s'agrippe à la rambarde d'une coursive puis se hisse avec agilité sur ce pont métallique qui effectue le tour du hangar.

Depuis son poste de vigie, il aperçoit sa proie, non loin de la sortie.

Mais Enzo aussi, l'a repéré. Il fait feu en premier, Paul se baisse, puis appuie sur la gâchette à son tour.

Le dernier des Pelizzari s'écroule.

Paul s'élance sur la coursive, descend par l'escalier en ferraille. Il lui reste une chose à faire avant de courir au secours de Marilena. Vérifier qu'il a accompli du bon travail.

Il s'approche des cadavres. Enzo et son père ont reçu une balle en pleine tête. Ils sont morts.

Bruno, lui, est encore en vie. Le sang a inondé sa chemise. Touché près du cœur, il ne s'en sortira pas. Paul songe un instant à le laisser agoniser dans cette crasse. Il s'accroupit, lui parle avec une étonnante douceur.

— Tu vois, Bruno, j'ai trouvé un ami… Un vrai. Lui m'a traité comme un fils. Pas toi…

Bruno essaie de répondre. Peut-être de supplier, à son tour. Mais seul un râle de souffrance sort de sa gorge. Il fixe son assassin… Tant de regrets, dans ses yeux.

Paul se redresse, dirige le canon du Beretta vers le front de Bruno.

Mais son doigt refuse de presser la détente. C'est si dur, d'un seul coup. D'achever un homme à terre. Un qu'il a connu. Qui, des années en arrière, l'a sauvé de la mort.

Paul serre les mâchoires. Sa main tremble.

Alors, il tourne la tête.

Et tire. Deux fois.

CHAPITRE 24

— Tu les as tués ?

Paul se contente de hocher la tête.

— Où on va ? demande François.

— À l'usine de Gustave… C'est là qu'est ma sœur. J'ai récupéré les clefs sur le Vieux, on peut y aller.

François met le contact, le moteur de la Renault ronronne bon marché.

— Qu'est-ce que t'as fait de ta caisse ? interroge le gamin.

— Je l'ai laissée à l'hôtel et j'ai acheté celle-là avec une partie du fric que tu m'as filé.

— Ce tas de boue ?

— C'est pas un tas de boue ! Elle marche bien. Si je t'avais suivi avec la BM, tu m'aurais repéré vite fait, alors…

— T'es pas croyable ! Putain, t'es pas croyable, comme mec !

Paul le regarde comme s'il le voyait pour la première fois. Avec admiration, émotion. Tendresse aussi. Mais soudain son visage s'assombrit.

— Faut que je te dise quelque chose, François…

— Oui ?

— C'est… C'est au sujet de ta femme, Florence. Elle ne s'est pas suicidée, tu sais… Ce sont les Pelizzari qui l'ont tuée.

— J'ai compris depuis longtemps, révèle François avec une fêlure dans la voix.

— Et tu ne m'en veux pas ?

— Ce n'est pas toi qui l'as tuée. Ce n'est pas ta faute.

Les feux de la voiture tranchent l'obscurité. François se concentre sur la route, luttant contre une nouvelle crise qui s'annonce. Pas le moment de flancher.

Paul, de son côté, fait le point des armes et munitions en leur possession. Un véritable arsenal ! Son calibre, bien sûr, mais aussi les deux qu'a apportés François. Les deux qu'il transporte dans son sac depuis le gîte. Ainsi que le Glock de Bruno. Mais il ne va pas avoir besoin de cinquante flingues ; il n'a que deux mains.

— File-moi une clope, Petit… Et arrête de pleurer. C'est pas le moment.

Une cigarette plus tard, la Renault s'arrête près de la gare de triage tapie au bord du fleuve. Jungle de caténaires, lianes métalliques rampant sur le sol.

Ils sont à une distance raisonnable de « l'usine » de Gustave Pelizzari. Une simple société d'import-export, une des façades légales du Vieux.

— Normalement, il y a deux mecs avec Marilena, explique Paul. Ces salauds veulent la vendre à…

— Je sais. J'ai tout entendu.

— T'étais à l'intérieur du hangar ?

— Oui… Je m'étais approché du petit local. Quand j'ai compris qu'ils allaient te balancer dans le Rhône, je me suis dit que je pouvais toujours essayer de les attendre à la sortie avec un flingue dans chaque main… Pour les impressionner !

— T'es pas croyable !

— J'ai entendu qu'ils te frappaient, aussi… Tu as mal ?

Il suffit de le regarder pour le savoir. La lèvre ouverte, enflée. La pommette explosée. Et ce n'est que la partie visible de l'iceberg.

— Un peu mais ça va, prétend stoïquement le gamin. Bon, je vais y aller et…

— Non. *On* va y aller. On ne sera pas trop de deux.

Paul ne songe pas à protester. Ils s'avancent à petites foulées vers les bureaux endormis. Deux voitures attendent sur le parking désert : celle des hommes de main et celle du gardien, sûrement. À moins que… À moins que l'acheteur ne soit déjà arrivé.

La plaque d'immatriculation ne leur laisse aucun doute. Il est déjà là. Mais tant qu'il n'est pas reparti… Paul a hâte de le rencontrer. Pour pouvoir lui régler son compte, une bonne fois pour toutes.

Face à ce genre d'ordures, sa main ne doit plus trembler.

Ils repèrent immédiatement une fenêtre éclairée au troisième étage. L'entrée principale est verrouillée, comme de bien entendu. Mais Paul connaît l'endroit. Ils s'introduisent par une porte dérobée. Il n'y a pas grand-chose de valeur, ici. Pas de système d'alarme sophistiqué.

Ils empruntent les escaliers, avalant les étages sans un mot. Paul souffre. Une ou deux côtes cassées, sans doute. Une impressionnante collection d'hématomes qui promet de fleurir sur sa peau dès cette nuit. Mais tout cela est secondaire.

François est venu le chercher, le sauver. Comme lui va sauver sa sœur, à présent.

Il n'a pas été abandonné, cette fois. Il a trouvé quelqu'un qui tient à lui au point de risquer sa vie pour lui venir en aide.

Oui, tout le reste est secondaire, vraiment.

Davin serre la crosse d'une arme dans sa main droite. Personne ne lui a jamais appris à s'en servir. Mais c'est si simple : enlever le cran de sécurité, presser la détente. Un jeu d'enfant. Le plus dur étant de trouver la force d'appuyer si cela est nécessaire.

La force d'ôter la vie.

— Tu vas les descendre ? murmure-t-il soudain.

Question stupide à laquelle le jeune homme ne prend même pas la peine de répondre.

Évidemment, qu'il va les tuer ! Ne laisser aucun témoin sur son passage. Juste une traînée sanglante.

Une dernière signature.

Ils accèdent au troisième. Paul ouvre la marche dans le couloir étroit, sauvé de l'obscurité par quelques veilleuses éparses. Il avance, à pas de loup, sur le linoléum qui exhale le désinfectant industriel à plein nez. Il repense brusquement à cet homme dans le parking. À cet Alain Desrovières. Il l'a refroidi pour rien, finalement. Non, pas pour rien : pour pouvoir être là ce soir. Pour sortir sa sœur des griffes de ces monstres.

Soudain, ils aperçoivent de la lumière sous une porte. Paul part en éclaireur. Il se faufile dans le bureau voisin, se met à quatre pattes. Grâce à la cloison partiellement vitrée, il peut observer la scène. Il n'y a qu'un seul larbin, assis sur le fauteuil de direction. L'autre a dû se casser. Un mec suffit à garder une enfant de quatorze ans… Sur une chaise, en face, l'acheteur. Ils attendent sans doute Gustave pour conclure la transaction.

— Tu vas attendre longtemps, connard ! chuchote Paul.

Marilena, elle, est assise par terre. Dans sa petite robe rouge, elle a l'air terrifiée.

— J'arrive ma puce !

Mais alors qu'il va rebrousser chemin, le Belge se lève. Il s'accroupit devant Marilena qui replie ses jambes. Il pose une main sur son genou, retrousse sa robe jusqu'à mi-cuisses.

Le chien de garde se marre.

— Faut payer avant de consommer ! braille-t-il avec un sourire obscène.

Court-circuit dans la tête de Paul. Envie de tirer.

Non, agir avec prudence. Ne pas faire n'importe quoi. Il quitte le bureau en quadrupède, se relève dans le couloir. François n'a pas bougé, fidèle sentinelle.

— C'est bon, dit-il d'une voix à peine audible. Ils sont deux mais ne se doutent de rien.

— Qu'est-ce qu'on va faire ? souffle Davin.

— On a l'effet de surprise pour nous. Je propose de pousser la porte et d'entrer. On leur fait déposer leurs armes et ensuite, tu t'en vas avec ma sœur… Tu l'emmènes jusque dans la bagnole. Le reste, je m'en charge. D'accord ?

À ce moment, les cris de Marilena déchirent le silence. François sursaute.

— On y va ! ordonne Paul.

Les deux malfrats restent médusés par cette intrusion fracassante. Les armes braquées sur eux les rendent immédiatement tétraplégiques. Le sbire de Gustave ne lève pas ses fesses du fauteuil et garde la bouche ouverte. Le négrier ôte ses pattes de Marilena, recroquevillée contre le mur. Les jambes nues.

— Viens, Mari…

Elle se relève, bouscule le Belge et se précipite vers son frère. Il la prend contre lui, tout en gardant un bras levé en direction des deux hommes. Il embrasse ses cheveux, constate qu'elle pleure, que sa robe est déchirée.

— François, occupe-toi d'elle, s'il te plaît… Emmène-la. Attendez-moi dans la voiture.

Davin attrape Marilena par le poignet puis ils quittent le bureau. Il accélère le pas, sentant la main terrorisée qui comprime la sienne. La gosse a confiance. Elle a vu cet homme avec son frère, a compris qu'il est son sauveur.

— Allez, viens ! Il faut se dépêcher !

Courir dans le couloir, puis dans les escaliers. Paul a bien agi. Inutile que sa sœur assiste à la double exécution. Juste avant qu'ils n'atteignent la sortie, les deux déflagrations retentissent dans le bâtiment à quelques secondes d'intervalle. Marilena pousse un cri strident.

— C'est rien, ma chérie ! assure François en serrant sa main. Viens…

Il pousse la porte restée entrouverte ; les deux fuyards s'élancent sur le parking…

Paul dévale les étages.

Ça y est, tout est fini. Il va enfin pouvoir…

Premier coup de feu.

Le gamin rate une marche, se rattrape à la rampe.

Seconde détonation.

Il cesse de respirer.

François ? Marilena ?…

Paul se jette à nouveau dans une course effrénée. Le deuxième homme de main ! Encore une négligence qui va lui coûter cher ! Qui va coûter la vie aux personnes à qui il tient le plus au monde…

Il arrive bien vite sur le parking, à bout de souffle.

Deux corps étendus sur le goudron.

Au-dessus de l'un d'eux, sa sœur se penche. S'épanche.

— François !

Il se rue vers son ami, se jette à genoux à côté de lui. Les yeux grands ouverts, Davin suffoque. Ses doigts encore tétanisés sur la crosse de l'arme.

— François !

Sa sœur lui explique, entre deux tremblements, entre deux sanglots. Un type est arrivé, en sens inverse. Il a visé Davin, qui est tombé. Elle a voulu s'enfuir, l'homme l'a rattrapée. Et François a tiré alors qu'il était par terre. Et… Elle ne peut plus parler, fond en larmes. Paul caresse sa joue.

— Ça va aller, Mari… Ça va aller.

Il se concentre sur le blessé. La balle l'a touché à l'épaule gauche, au-dessus du cœur.

Au mauvais endroit.

Il gémit de douleur, maintenant.

— François, tu m'entends ?

— Oui.

— Je vais te sortir de là… Je vais te sauver !

— C'est trop tard, Petit… Je vais mourir.

François se raccroche à ce visage angélique. À ces yeux gris, tristes, noyés. À cette voix qui lui intime l'ordre de tenir.

De ne pas l'abandonner.

À cette voix qui hurle.

— *Nu !*

Enfin, il comprend ce que ce mot signifie. *Non.*

Puis il sombre, doucement. Rassuré.

Mission accomplie.

« Souviens-toi que le Temps est un joueur avide
Qui gagne sans tricher, à tout coup ! c'est la loi.
Le jour décroît ; la nuit augmente ; souviens-toi !
Le gouffre a toujours soif ; la clepsydre se vide.

« Tantôt sonnera l'heure où le divin Hasard,
Où l'auguste Vertu, ton épouse encor vierge,
Où le Repentir même (oh ! la dernière auberge !),
Où tout te dira : Meurs, vieux lâche ! il est trop tard ! »

Les Fleurs du mal, LXXXV, « L'Horloge »

CHAPITRE 25

Dix-huit jours.

Dans cet endroit sans âme, sans soleil, sans sourire. Sans aventure ni mésaventure.

Dans cet endroit vide.

François n'a pas d'affaires à rassembler. Il n'a plus rien, d'ailleurs. Juste les vêtements qu'il portait à l'usine, gracieusement lavés par l'hôpital. Ils ont presque réussi à enlever le sang qui les maculait, c'est déjà ça.

Il a encore du mal à bouger son épaule gauche et une douleur l'étreint à chaque fois qu'il inspire. Pourtant, le toubib n'a cessé de crier au miracle. La balle s'est logée au-dessus du cœur. Par chance, elle n'a touché ni les artères, ni la colonne.

Un miracle ? Encore un mauvais coup de la tumeur, plutôt ! Elle veut s'approprier ma mort, ne laissera rien lui voler la vedette ! Pas même une bastos de gros calibre…

En quittant la chambre, François ressent un violent vertige. Certainement parce qu'il ne s'alimente quasiment plus. Ils lui ont collé une perfusion, bien sûr, mais ont renoncé à le faire changer d'avis quant aux traitements anticancéreux. Têtu, le père Davin…

Hier soir, le chirurgien est passé. *Vous êtes en état de sortir, Maître*. Traduction : *Puisque vous refusez notre science, allez mourir ailleurs, s'il vous plaît. Ici, ça ferait désordre.*

François descend aux admissions. Même l'ascenseur pue.

Pendant dix-huit jours, il n'a fait que dormir, souffrir. Et penser à elle. À cette chose qui ronge méthodiquement son cerveau.

Je vais mourir.

Mais tu ne m'auras pas, salope. C'est moi qui vais décider où et quand. Et surtout, comment.

Les seuls bons moments, c'est lorsqu'il songe au Petit. Qui se dore déjà la pilule dans les îles.

J'espère qu'il pense à moi, de temps en temps… Comme on se remémore les bons souvenirs. Ou les conneries de jeunesse.

Il s'assoit face à l'employée. Il a encore son portefeuille, ses papiers, sa carte Vitale, quelques centaines de francs. Une existence légale.

Les flics l'ont cuisiné, bien sûr. Ils se sont acharnés, même. Revenant plusieurs fois à l'assaut.

Mais François ne leur a pas révélé grand-chose et les a dirigés vers diverses fausses pistes, les laissant patauger au milieu de l'impressionnante collection de cadavres. Au milieu de la mare de sang.

Il a juste raconté comment il a pris un gamin en stop, un soir aux abords de Lyon. Un jeune qui s'appelle Paul. Et que, de fil en aiguille, il l'a suivi jusque devant cette société d'import-export. Il a tout de même balancé le trafic de déchets toxiques orchestré par Pelizzari et ses fils. Il a parlé de l'assassinat de la journaliste, aussi. Mais sans preuve…

Les poulets ont fini par laisser tomber ce mourant qu'une tumeur fait délirer, sans doute. À moins qu'ils n'aient reçu l'ordre de ne pas fouiner plus avant dans cette macabre affaire.

Malgré tout, François est placé sous contrôle judiciaire. Un juge d'instruction devrait bientôt le convoquer. Il a même interdiction de quitter le territoire.

Quitter le territoire ? Mais c'est la vie, qu'il va quitter François. Il n'a pas encore décidé de quelle manière mais ce sera pour aujourd'hui.

C'est la seule chose dont il est sûr.

Se jeter du haut d'un immeuble, sous un train ou dans le Rhône. Se faire percuter par un trente-huit tonnes, se pendre dans une chambre d'hôtel, s'ouvrir les veines.

Les options ne manquent pas. Le plus tôt sera le mieux.

La jeune femme a enfin terminé sa besogne, elle lui rend ses papiers.

Bonne journée, monsieur Davin.

Ma dernière journée.

Il traverse le hall, les vitres s'écartent. Il s'arrête un instant pour respirer l'air vicié de Lyon. Il s'appuie contre un pilier. Ça tangue.

Il aurait dû sortir plus tôt, en finir plus tôt. À quoi bon se laisser soigner quand on va mourir ?

Il tente quelques pas, s'arrête encore.

S'il est resté si longtemps ici, s'il n'a pas signé de décharge pour sortir, s'il n'a pas sauté par la fenêtre, c'est parce qu'il espérait. Il l'espérait.

Qu'il vienne le voir, une dernière fois. Qu'il lui sourie. Qu'il vienne lui dire adieu, avant de partir.

Mais non, Pavel n'est pas venu. Il ne reviendra jamais.

Et il a raison.

Il n'est plus seul, maintenant. Il a retrouvé les vestiges de sa famille. Sa liberté, aussi. N'a aucune raison de faire marche arrière pour récupérer un piéton étalé au carrefour...

François a peur, parfois. Peur que les *cousins* italiens n'aient flairé la trace du gamin. Car ils doivent le traquer, à leur tour.

Non, Paul est trop débrouillard pour ça... Il est au soleil, déjà. Sur les plages de ses rêves !

Davin se remet en marche, direction la sortie. Direction la mort.

Avant, il a envie d'un café dans un bistrot, même pourri. Besoin d'entendre des voix, des rires, même gras. Voire le son d'une télé. Un soupçon de vie avant la mort.

Il marche vers le grand portail. Au milieu du défilé d'ambulances.

Soudain, une main se pose sur son épaule. Il sursaute, se retourne.

— Bonjour, Maître Davin.

François reste muet. Trop ému pour articuler la moindre syllabe. Ses lèvres tremblent. Le gamin le serre dans ses bras. Une étreinte puissante. De longues secondes pendant lesquelles François étouffe de bonheur.

— Ta voiture est dehors... Tu viens ?

Ils cheminent lentement, côte à côte. François n'a pas prononcé un mot, encore. Pourtant, tant de choses qu'il a envie de dire... Trop, sans doute.

Il vacille, sur le point de s'évanouir. Paul le soutient, étaye ce corps affaibli.

— On est presque arrivés… Tu te sens mal ?

— Tu es revenu pour moi ?

— Tu croyais vraiment que j'allais partir seul ?

Le Petit sort de la poche de son blouson trois passeports.

— J'ai les faux papiers, tu vois. On n'a plus qu'à acheter les billets pour Delhi… J'ai pas pu aller les chercher, je savais pas quand tu sortirais.

— Mais comment…

— Quand tu t'es évanoui, devant l'usine, je t'ai déposé devant les urgences… Ensuite, je suis retourné à l'entrepôt récupérer le fric. Depuis, Marilena et moi, on surveille chaque jour… On t'attend.

Ils se remettent à marcher, François frissonne. L'hiver s'est installé, en dix-huit jours seulement.

— Tu as toujours le dossier ?

— Oui. J'ai une copie, aussi. Je t'attendais pour savoir quoi en faire.

Davin sourit, enfin. Prend à nouveau le gosse dans ses bras, oubliant la douleur.

— Allez, viens François… Faut pas traîner ici !

Ils approchent de la BMW. Marilena paticnte, sagement assise à l'arrière. Elle lui adresse un sourire, un peu timide.

Avant de monter, François pose une dernière question.

— Pourquoi ?… Pourquoi t'es pas parti sans moi, Petit ?

Paul regarde Marilena.

— Elle a besoin d'un père.

Et plus tard un Ange, entrouvrant les portes,
Viendra ranimer, fidèle et joyeux,
Les miroirs ternis et les flammes mortes.

Les Fleurs du mal, CXXI,
« La Mort des amants »

ÉPILOGUE

Avant de quitter la France, Pavel et François ont adressé l'enquête d'Ilaria à un grand quotidien national ainsi qu'à une chaîne de télévision.

Aucun des deux médias n'a donné écho à ces informations mettant en cause Pelizzari, son complice italien, quelques grandes firmes industrielles, chimiques et pharmaceutiques. Ainsi que plusieurs gouvernements européens ou du continent américain…

Pourtant, trois semaines plus tard, une partie des informations a filtré. Certaines images ont d'abord été diffusées en Italie, puis en Grande-Bretagne. Les journaux français et allemands ont pris le relais. Sans jamais citer personne. Aucun dirigeant, aucun groupe industriel n'a été mis en cause explicitement. Aucun lien n'a été fait avec le carnage de Lyon.

Ces images chocs ont ému l'opinion. Pendant quelques jours.

Quelques jours, pas plus.

Avant de tomber aux oubliettes.

Et les camions sont revenus sur nos routes… Les bateaux attendent à nouveau leur cargaison mortelle dans nos ports.

Huit mois après son arrivée à Delhi, François est mort. Il a succombé à une overdose de morphine.

Après l'injection, Pavel n'a pas lâché sa main.

Il vit désormais avec sa sœur, sous une fausse identité, quelque part en Amérique du Sud. Finalement, il a ressorti son Beretta du coffre où il l'avait soigneusement enfermé.

Pour toujours, croyait-il.

Mais François parti, le tueur est revenu.

Pour Marilena, Pavel a dépensé une grande partie de l'argent de la drogue. Pour qu'elle connaisse la chaleur et la sécurité, qu'elle aille dans la meilleure école. Qu'elle ait une vie, une vraie.

Pour qu'elle ne soit jamais l'esclave de personne.

Qu'elle soit libre.

Comme lui, aujourd'hui.

Tous les soirs, avant de s'endormir, il songe à François.

Tu vois, Petit, Satan était un ange... Et il le redeviendra.

Je suis un prophète. Qui annonce mort et destruction.

Je suis la main de Satan et rien d'autre.

Mais quand j'aurai traversé l'enfer d'une vie, je redeviendrai l'enfant que j'étais.

Je redeviendrai un ange.

« Et Il essuiera toute larme de leurs yeux, et la mort ne sera plus, et il n'y aura plus ni deuil, ni cri, ni labeur ; parce que les premières choses auront disparu. »

Apocalypse selon Saint Jean,
chapitre 21

Le 20 mars 1994, la journaliste italienne Ilaria Alpi et Miran Hrovatin, son cadreur, ont été assassinés à Mogadiscio, en Somalie. Ilaria menait une enquête sur un trafic international de déchets toxiques et avait réuni suffisamment de preuves pour faire éclater le scandale. L'assassinat n'a jamais été élucidé et tous les documents réunis par cette grande journaliste ont disparu. Elle avait 33 ans.

Les autres personnages de ce roman sont le fruit de mon imagination.

Au moment de clore ce nouveau chapitre, j'ai une pensée toute particulière pour Jacky Pop et WoôManh qui ont grandement contribué à la genèse de ce roman.

Pour leur aïde précieuse, je tiens à remercier Céline Thoulouze, Céline Gonzalez et Jean-François Lanvin.

Je remercie également l'association GREENPEACE qui m'a permis de trouver plus d'informations sur le trafic international de déchets toxiques.

Et enfin, je remercie celles et ceux qui ont accepté de lire ce roman avant qu'il ne paraisse afin de me donner leur avis sincère : Valérie, Anne et Philippe, Xavier-Marie, et Liliane, ma maman.

Composé par Facompo
187, rue Calmette-et-Guérin, 14100 Lisieux

Imprimé en France par

MAURY IMPRIMEUR
à Malesherbes (Loiret)
en octobre 2015

POCKET – 12, avenue d'Italie – 75627 Paris Cedex 13

N° d'impression : 203954
Dépôt légal : novembre 2015
S25865/01